グッド・ドーター
上

カリン・スロータ―
田辺千幸 訳

THE GOOD DAUGHTER
BY KARIN SLAUGHTER
TRANSLATION BY CHIYUKI TANABE

ハーパー
BOOKS

THE GOOD DAUGHTER
BY KARIN SLAUGHTER

Published by K.K. HarperCollins Japan, 2020

〝……あなたが従うための闘いと呼んでいるものは……
従うためではなく、情熱を持って受け入れるための闘いである。
それも、できれば喜びを持って。
ひそかな喜びと共に歯を食いしばるわたしを
——相当に危険な旅なので完全武装だ——
思い浮かべてみてほしい〟
——フラナリー・オコナー

グッド・ドーター 上

おもな登場人物

シャーロット（チャーリー）・クイン――弁護士
サマンサ（サム）・クイン――チャーリーの姉
ハリエット（ガンマ）・クイン――チャーリーとサムの母親
ラスティ・クイン――弁護士。チャーリーとサムの父親
レノーラ――ラスティの秘書
ザカライア（ザック）・カルペッパー――ラスティの依頼人
ダニエル・カルペッパー――ザックの弟
ベン・バーナード――地方検事補。チャーリーの夫
ケン・コイン――地方検事。ベンの上司
キース・コイン――保安官。ケンの兄
ハッカビー（ハック）――教師
ダグラス・ピンクマン――パイクビル中学校の校長
ジュディス・ピンクマン――教師。ダグラスの妻。旧姓ヘラー
ルーシー・アレクサンダー――8歳の少女
ケリー・レネ・ウィルソン――高校生
デリア・ウォフォード――ジョージア州捜査局特別捜査官
ルイス・エイヴリー――FBI特別捜査官

一九八九年三月十六日　木曜日

サマンサの身に起きたこと

サマンサ・クインは千匹のスズメバチに内側から脚を刺されているような気分で、手入れの行き届いていない私道を母屋に向けて走っていた。スニーカーが土を踏む音が激しい鼓動を伴奏し、汗に濡《ぬ》れて太いロープのようになったポニーテールがぴしぴしと肩を打つ。足首の細い骨がいまにも折れそうな気がした。

サマンサはさらにスピードをあげた。乾いた空気をかろうじて吸いこみ、痛みのなかへと突進していく。

前方では、妹のシャーロットが母親の影のなかに立っていた。ふたりは常に母親の影のなかにいた。ガンマ・クインは圧倒的な存在感のある女性だった。聡明《そうめい》そうな青い目、短く切った黒い髪、封筒のように白い肌、そして触れられたくないまさにその場所に小さいけれど鋭い傷を与える辛辣な物言い。この距離からでも、手のなかのストップウォッチを見つめるガンマの唇が不満そうにきつく結ばれているのがわかった。

サマンサの頭のなかで、秒針が時を刻む音が響いた。もっと速く走ろうとした。脚の腱《けん》が悲鳴をあげる。スズメバチが肺に移動してきた。手のなかのプラスチック製のバトンが滑った。

あと二十メートル。十五メートル。十。

シャーロットがサマンサに背を向けてスタートの体勢を取ったかと思うと、走り出した。右手をうしろに伸ばし、手のひらにバトンが押しつけられるのを待つ。

相手を見ないで受け取るブラインドパスだ。信頼と協調が必要なバトンパス。だがこの一時間ずっとそうだったように、今回もうまくいかなかった。シャーロットはためらい、振り返った。サマンサが前につんのめる。ここまでの二十回と同じで、プラスチックのバトンはシャーロットの手首を引《ひ》っ掻《か》いて、肌に赤い筋を残した。

シャーロットは悲鳴をあげた。サマンサはよろめいた。バトンが落ちた。ガンマは悪態をついた。

「もうおしまい」ガンマはストップウォッチをオーバーオールの胸ポケットにしまうと、家に向かって歩きだした。土がむき出しになっているせいで、裸足《はだし》の足の裏が赤くなっているのが見えた。

シャーロットは手首を撫《な》でながら言った。「ばか」

「間抜け」サマンサは痛む肺に空気を吸いこもうとした。「振り向いちゃだめじゃん」

「なんであたしの腕を引っ掻くわけ？」

「これはブラインドパスなんだから。びくびくパスじゃないんだからね」

キッチンのドアが音をたてて閉まった。ふたりはそろって築百年の農家を見あげた。なんの規則性もないでたらめな建物は、建築許可や建築基準法以前の時代の記念物だ。沈みつつある太陽もその不格好さを補うことはできずにいたし、それを言うなら繰り返し塗りたくられてきた白いペンキも同様だ。筋のついた窓ガラスにはよれよれのレースのカーテンがかけられ、玄関のドアは北ジョージアの朝日を百年以上も浴び続けたおかげで、流木のような灰色に色あせていた。屋根がくぼんで見えるのは、クイン一家が越してきたことでこの家が背負うことになった重みのせいなのかもしれない。

十三歳になる妹とは小さいころから喧嘩《けんか》ばかりだが、少なくともいまは同じことを考えているとサマンサにはわかっていた。家に帰りたい。

町の近くにある赤いレンガのランチハウスが、彼女たちの家だった。シャーロットの部屋にはポスターやステッカーがペタペタ貼られ、緑色のフェルトペンの落書きがあった。あそこには、きれいに刈りこんだ芝生の前庭があった。鶏の爪痕が残る、なにも生えていないただの土の区画ではなくて。ここの私道は七十メートルもあって、だれが来てもすぐにわかった。

赤いレンガの家にやってきた人間を見ていた者はいなかった。

彼女たちの人生がめちゃめちゃになってからわずか八日しかたっていなかったが、遠い昔のことのように思えた。あの夜、ガンマとサマンサとシャーロットは陸上競技会に行くために徒歩で学校に向かった。父親のラスティはいつものごとく仕事で留守だった。見慣れない黒い車がゆっくりと通りを走っていたことをあとになって隣人が思い出したが、赤いレンガの家の出窓に飛びこむ火炎瓶を目撃した者はいなかった。ひさしから吹き出す煙や屋根をなめる炎に気づいた者はいなかった。警報が鳴ったときには、赤いレンガの家はすでにくすぶる黒い穴と化していた。

服。ポスター。日記。ぬいぐるみ。宿題。本。二匹の金魚。乳歯。誕生日にもらったお金。盗んだ口紅。隠しておいた煙草《たばこ》。結婚式の写真。赤ん坊のころの写真。男物の革のジャケット。その持ち主からもらったラブレター。音楽のテープ。CDにコンピューターにテレビに家。

「チャーリー！」勝手口の外のポーチに立ったガンマが、腰に手を当てて叫んだ。「テーブルの支度をしてちょうだい」

シャーロットは「一件落着！」とサマンサに言い残すと、家へと駆け出していった。

「ばか」サマンサはぼそりとつぶやいた。〝一件落着〟と言っただけでは、なにも落着しない。

サマンサは疲れきった脚でゆっくりと歩いた。あたしは、うしろに手を伸ばしてバトンが渡されるのをじっと待つこともできない能なしじゃないんだから。どうしてシャーロットはあんな簡単なバトンパスができないのか、サマンサにはさっぱりわからなかった。

靴と靴下を脱いで、勝手口のポーチに置かれていたシャーロットのものの隣に置いた。家のなかの空気はじっとりとよどんでいた。ドアをくぐったサマンサの脳裏に浮かんだのは、〝愛されていない〟という言葉だった。以前ここに住んでいた九十六歳の独身男は、去年、下の階の寝室で死んだ。保険会社とのことが片付くまでのあいだ、彼女たちの父親の友人がここを貸してくれたのだ――ことが片付くときが来るとしたらの話だが。父親の行為が放火を誘発したのではないかという声があるからだ。

世論という法廷では判決はすでにくだっていて、先週、一家が滞在していたモーテルのオーナーに別のところを見つけてくれと言われたのは、おそらくそれが理由だろう。

サマンサはキッチンのドアを音をたてて閉めた。そうしないときちんと閉まらないからだ。オリーブグリーンのコンロに水を入れた鍋がのっている。ラミネート加工の茶色いカウンターの上にはスパゲッティの箱。キッチンはじめじめしていて息苦しく、家のなかでいちばん愛されていない場所だった。ここにあるものはなにひとつ調和していない。年代物の冷蔵庫は開けるたびに音をたてたし、シンクの下のバケツは勝手に揺れた。ぐらぐらする合板のテーブルのまわりには不ぞろいの椅子が並んでいる。歪《ゆが》んだしっくいの壁は、以前写真が飾られていた箇所がところどころ白くなっていた。

シャーロットはテーブルに紙皿を並べながら、舌を出した。サマンサはプラスチックのフォークを一本手に取ると、妹の顔に向かって投げた。シャーロットが息を呑《の》んだのは、怒ったからではなかった。「わお、すごい！」フォークは空中で優雅に一回転し、シャーロットの唇のあいだに見事に収まっていた。サマンサにそのフォークを突き返しながら、シャーロットは言った。「二回続けて同じことができたら、お皿洗いはあたしがやってもいいよ」

サマンサは言い返した。「あんたがあたしの口にちゃんと投げられたら、一週間あたしが洗う」

シャーロットは片目をつぶり、狙いをつけた。サマンサが、自分の顔にフォークを投げるように妹をそそのかしたばかさかげんを考えないようにしていると、ガンマが大きな段ボール箱を持って入ってきた。

「チャーリー、お姉ちゃんにフォークを投げないの。サム、このあいだ買ったフライパンを捜すのを手伝って」ガンマは箱をテーブルに置いた。箱の外側には〝すべて1ドル〟と記されている。家じゅうのあちこちに半分開いた数十の箱が置かれていて、部屋や廊下は迷路のようになっていた。どれにも、ガンマがリサイクルショップで格安で手に入れた物がいっぱいに詰まっている。

「これでいくら節約できたと思う？」ガンマは〝Well, Isn't That SPE-CIAL〟と書かれたチャーチレディの色あせた紫色のTシャツを両手で広げてみせたものだ。

少なくともサマンサにはそう書いてあるように見えたが、人の服を着せられることが恥ずかしくてたまらず、シャーロットとふたりで部屋の隅に隠れていたのではっきりとはわからない。人の靴下。さらには人の下着まで着せようとしたが、幸いにもそれだけは父親が断固として反対した。

「いいかげんにしろ」ラスティはガンマを怒鳴りつけた。「それくらいなら、みんなにずた袋でも着せておいたらどうだ？」

ガンマは憤然として言い返した。「わたしにお裁縫しろって言うの？」

言い争いをするおなじみのものがなくなってしまったので、ふたりは新しいものについて言い争いをするようになった。ラスティが集めていたパイプ。帽子。家じゅうに散乱していたほこりをかぶった法律書。赤線や丸印や書きこみのあるガンマのジャーナルや研究論文。玄関で脱ぎ捨てたケッズのスニーカー。シャーロットの凧《たこ》。サマンサのヘアクリップ。ラスティの母親のフライパンはなくなった。ガンマとラスティが結婚祝いとしてもらった緑色の電気鍋はなくなった。焦げ臭いにおいのするオーブントースターはなくなった。目が出たり引っこんだりするフクロウの形をしたキッチンの時計。ジャケットをかけていたフック。そのフックが取りつけられていた壁。ガンマのステーションワゴンは、かつてはガレージだった黒い穴のなかで恐竜の化石のようになっていた。

農家には、独身男の遺品を処分したときに売れ残ったぐらぐらする椅子が五脚とアンテイークと呼ぶにはあまりに安っぽい古いテーブルがあって、トム・ロビンソンにお金を払って壊してもらわなければならないとガンマが言う大きなシフォローブ（洋服ダンスと引き出しが合体した家具）が、小さなクローゼットに押しこまれていた。シフォローブにはなにも吊るされていなかった。引き出しは空だったし、食料品庫の棚にもなにも置かれていなかった。

一家がここに越してきたのは二日前だが、箱はまだほとんど手つかずのままだ。キッチンの先の廊下は間違ったラベルが貼られた箱や染みのついた茶色い紙袋の迷路と化していて、キャビネットがきれいになるまではそれらをしまうことができず、ガンマに命じられた娘たちが取りかからないかぎり、キャビネットがきれいになることはない。マットレスは二階の部屋で床に直接置かれていた。さかさまにした木箱の上に置いたひびの入ったランプの脇で読む本は、彼女たちの所有物ではなくパイクビル公立図書館から借りてきたものだった。

サマンサとシャーロットは毎晩、ランニングパンツとスポーツブラと靴下とレディ・レベルズ・トラック・アンド・フィールドのTシャツを手洗いした。炎の犠牲にならなかった数少ない貴重な持ち物だった。

「サム」ガンマが窓に取りつけられたエアコンを指さした。「空気を動かしたいから、それのスイッチを入れて」

サマンサは大きな金属の箱をじっと眺め、ようやくスイッチを見つけた。モーターがうなる。湿ったフライドチキンのにおいがかすかにする冷たい空気が吹き出てきた。サマンサは窓越しに側庭を眺めた。錆《さ》びついたトラクターが壊れかけの納屋の脇に止められ、半分地面に埋まったなにかの農機具がその隣に転がっている。父親の車のシェベットは泥まみれだが、少なくとも母親のステーションワゴンのようにガレージの床に溶けて貼りついてはいない。

ガンマに尋ねた。「何時にパパを迎えに行くの？」

「裁判所からだれかに送ってもらうことになってる」ガンマは、機嫌よさそうに口笛を吹きながら紙皿で紙飛行機を作ろうとしているシャーロットをちらりと眺めた。「あの事件を担当しているの」

あの事件。

サマンサの頭のなかで、その言葉が反響した。父が担当する事件には、父を憎む人々が必ずつきまとった。ジョージア州パイクビルには、ラスティ・クインが代理人を務めたごろつきが大勢いる。麻薬の売人。性的暴行犯。殺人者。強盗。車泥棒。小児性愛者。誘拐犯。銀行強盗。その事件簿は、必ずいやな結末を迎える三文小説のようだ。町の人々はラスティを呪われた者の弁護士と呼んだ。クラレンス・ダロウも同じように呼ばれていたが、サマンサの知るかぎり、殺人犯を死刑囚監房から救い出したからといって彼の家に火炎瓶を投げこんだ人間はいない。

あの火事はそれが理由だった。

灯油入りの火炎瓶がクイン家の出窓から投げこまれたのは、白人女性殺害の容疑で逮捕されていたエゼキエル・ウィタカーという黒人男性が、釈放されたその日だった。それだけではメッセージが不充分だと考えたのか、放火犯はご丁寧にも私道の入り口に〝黒んぼの味方〟とスプレーの落書きを残していた。

そしていまラスティは、十九歳の少女を誘拐し、強姦したとされている男の弁護をしている。今回はどちらも白人だが、男は育ちが悪く、少女はいい家の生まれだったから、人々の風当たりは強かった。ラスティとガンマが表立って事件の話をすることはなかったが、事件がセンセーショナルなものだったため、町でささやかれる噂話《うわさばなし》はドアの隙間や換気口を通じてクイン家のなかにまで入りこみ、眠りにつこうとする一家の耳の奥に届いた。

異物の挿入。

違法監禁。

自然に逆らう犯罪。

ラスティのファイルには、好奇心旺盛なシャーロットでさえ、のぞき見しようとはしない写真があった。そのなかに、自宅の納屋で首を吊っている少女の写真があったからだ。

男にされたことはあまりにもおぞましすぎて少女はとても生きていくことができずに、自らの命を絶っていた。

その少女の弟がサマンサと同じ学校だった。二歳年上だが、ほかのみんなが知っているように、彼はもちろんサマンサの父親がだれであるかを知っていた。ロッカーが並ぶ学校の廊下を歩くのは、炎に皮膚を焼かれながら赤いレンガの家のなかを歩くのも同然だった。

火事が奪ったのは、サマンサの寝室や服や盗んだ口紅だけではなかった。サマンサは革のジャケットの持ち主である少年も、パーティーや映画やお泊まり会に呼んでくれていた友人も失った。六年生のころから教えてくれていた大好きだった陸上競技のコーチさえ、これ以上彼女を教えられない理由を並べるようになった。

ガンマは荷物の整理を手伝わせたいので、娘たちをしばらく学校にも陸上競技の練習にも行かせないと校長に告げたが、本当は火事以来、シャーロットが毎日泣きながら学校から帰ってきていたせいであることをサマンサは知っていた。

「ああ、もう」ガンマはフライパンを捜すのをあきらめたらしく、段ボール箱を閉じた。「今夜はベジタリアンになってもらうけれど、いいわね」

なにが変わるわけでもなかったから、ふたりに異存はなかった。ガンマはとんでもなく料理が下手だ。レシピを嫌い、スパイスには敵意を抱いている。ガンマはまるで野良猫のように、飼い慣らされることを断固として拒否した。

ハリエット・クインがガンマと呼ばれているのは、幼い子供が〝ママ〟と発音できなかったからではなく、ふたつの博士号を持っているからだ。ひとつは物理、もうひとつはサマンサにはどうしても覚えられないのだが、同じくらい難しいなにかで、おそらくはガンマ線に関わることだった。NASAで働いていたガンマはシカゴのフェルミ国立加速器研究所に移り、その後危篤状態の両親の面倒を見るために、パイクビルに戻ってきた。将来を約束されていた科学者としてのキャリアを捨てて小さな町の弁護士と結婚するにあたり、なにかロマンチックな物語があったのかもしれないが、サマンサは聞いたことがなかった。

「ママ」シャーロットが食卓の前で頭を抱えて座りこんだ。「お腹《なか》が痛い」

ガンマが訊《き》いた。「宿題があるんじゃないの?」

「化学」顔をあげて尋ねる。「手伝ってくれる?」

「ロケット科学じゃなければね」ガンマはコンロの上の水の入った鍋にスパゲッティを放りこんだ。つまみをまわしてガスを出す。

シャーロットは腕を組んでつめよった。「それって、ロケット科学じゃないなら、あたしが自分でできるってことなのか、それともママはロケット科学のことしかわからないから、ロケット科学じゃなかったら教えられないっていう意味なのか、どっちなの?」

「もう少し、すっきりした言葉遣いをしなさい」ガンマはマッチをすった。ボッという音がしてガスに火がついた。「手を洗ってきなさい」

「答えてもらってないけど」

「早く」

シャーロットはわざとらしくうなり声をあげながら立ちあがると、長い廊下を駆けていった。ドアの開く音がして、閉まる音がして、さらにまた別のドアを開閉する音が聞こえた。

「ファッジ！」シャーロットが怒鳴っている。

長い廊下に並ぶ五つのドアは、どれひとつとして道理にかなったものがない。ひとつは薄気味悪い地下室に通じていて、ひとつを開けるとそこはシフォローブだ。真ん中のドアのひとつはどういうわけか、独身男がそこで息を引き取った小さな寝室につながっている。もうひとつのドアは食料品庫のもので、残ったひとつがバスルームだ。この家に来て二日がたつが、いまだにだれひとりとしてどのドアがどれなのかを長期記憶にとどめておくことができずにいた。

「見つけた！」まるでガンマたちが息を詰めて待っていたかのように、シャーロットが大声で報告した。

「文法はさておき、あの子はいつかいい弁護士になるかもね。なるといいけれど。討論で稼げなければ、ほかで稼げるとは思えないもの」

がさつでだらしのない妹がブレザーを着てブリーフケースをさげているところを想像し

て、サマンサは笑った。「あたしはなにになればいい？」

「なんでもいいのよ。ここ以外の場所でなら」

進路のことが最近、しばしば話題にのぼった。ガンマはサマンサがこの町を出ていき、なんでもいいから、この町の女性たちがする以外のことをしてほしいと願っていた。ラスティの仕事のせいでのけ者にされる以前から、ガンマはパイクビルの母親たちとはうまくいっていなかった。隣人も教師も通りを行きかう人たちも、だれもがガンマ・クインについては意見があって、それはたいていが否定的なものだった。彼女は頭がよすぎる。彼女は難しい女性だ。彼女は余計なことを言いすぎる。彼女はここになじもうとしない。

サマンサが幼いころ、ガンマはランニングをしていた。ブームになる前から運動熱心で、週末はマラソンをし、テレビの前でジェーン・フォンダのワークアウトをしていた。ガンマの優れた運動能力だけが、人々の反感を買ったわけではない。チェスでもボードゲームのトリビアル・パスートでもモノポリーでも、彼女に勝てる者はいなかった。彼女はクイズ番組の『ジェパディ』の答えをすべて知っていた。Whoとwhomを使い分けることができた。デマを看過することができなかった。組織宗教を軽蔑していた。人の集まるところでは、わけのわからないことを滔々《とうとう》とまくし立てるという妙な癖があった。

パンダの手根骨は肥大化しているって知っていました？

ホタテ貝は外套膜《がいとうまく》に沿っていくつもの目が並んでいるって知っていました？

ニューヨークのグランドセントラル駅のなかの花崗岩《かこうがん》は、原子力発電所で許容されている以上の放射線を出しているって知っていました？

ガンマが幸せなのか、人生を楽しんでいるのか、子供たちに満足しているのか、夫を愛しているのか、といったことは、彼女というパズルのどこにはまるのかわからない千ものピースの一部だった。

「あの子は、なにをぐずぐずしているの？」

サマンサは椅子の背にもたれ、廊下を眺めた。五つのドアはすべて閉まっている。「自分をトイレに流しちゃったんじゃない？」

「箱のどれかに、吸引具《プランジャー》が入っているわよ」

電話が鳴った。壁に取りつけられた年代物のダイヤル式電話の独特の音だ。赤いレンガの家にはコードレス電話があって、かかってきた電話はすべて留守番電話が応答するようになっていた。サマンサが〝ファック〟という言葉を初めて聞いたのが、その留守番電話だ。友人のゲイルといっしょだった。玄関を入ったときには電話が鳴っていたが、受話器を取るには遅すぎた。

「ラスティ・クイン、おまえをぶっ殺してやる《ファック・ユー・アップ》。聞こえたか？　おまえを殺して、おまえの女房に突っこんで、鹿を切り分けるみたいにおまえの娘たちの皮をはいでやる。このくそったれの慈善家野郎め」

四回目の呼び出し音が鳴った。そして五回目。

「サム」ガンマの声は険しかった。「チャーリーに出させないで」

サマンサは〝あたしならいいわけ?〟と無言で訴えながら、テーブルを離れた。受話器を取り、耳に当てる。無意識のうちに衝撃に備えて、顎を引き、奥歯を噛《か》みしめていた。

「もしもし?」

「やあ、サミー・サム。ママに代わってくれないか」

「パパ」サマンサはほっと息を吐きながら言った。ガンマが首を振るのが見えた。「いま、上でお風呂に入ってる」何時間か前にも同じ言い訳をしたことを思い出したが、手遅れだった。「あとでかけるように言う?」

「ガンマはここ最近、衛生状態をひどく気にしているみたいだな」

「家が焼けて以来っていう意味?」気づいたときには、その言葉が口からこぼれていた。火事の責任がラスティ・クインにあると考えているのは、パイクビル損害保険の代理店だけではない。

ラスティはくすくす笑った。「いままでそれを言わずにいてくれて感謝するよ」ライターの音が聞こえた。煙草はやめると聖書に誓ったことをきれいに忘れているらしい。「いいかい、サム、ガンマがバスタブから出たら、だれかにそっちの様子を見に行かせるように保安官に頼むつもりだと伝えてくれ」

「保安官？」サマンサはうろたえて視線を向けたが、ガンマは背中を向けたままだった。

「なにがあったの？」

「なにもないよ、サム。ただ家を燃やした悪党がまだ捕まっていなくて、今日また無実の男が自由の身になったから、気に入らない人間がいるかもしれないと思ってね」

「自殺した女の子をレイプした男のこと？」

「あの娘の身になにがあったのかを知っているのは、本人と真犯人と神さまだけだ。わたしはそのどれでもないし、おまえにもそんなふうに考えてほしくない」

田舎の弁護士が議論を終わりにするときの口調が、サマンサは大嫌いだった。「パパ、あの子は納屋で首を吊った。それは間違いのない事実なんだよ」

「なんだってわたしのまわりは、ひねくれ者の女性ばかりなんだろうな？」ラスティは受話器を手で覆い、ほかのだれかと話をしている。女性のしゃがれた笑い声が聞こえた。父の秘書のレノーラだ。ガンマは以前から彼女を嫌っている。

「さてと」ラスティが電話に戻ってきた。「まだそこにいるのか？」

「ほかのどこに行くっていうの？」

ガンマが言った。「電話を切りなさい」

「ベイビー」ラスティが煙を吐く息遣いが聞こえた。「わたしがなにをすればいいのか教えてくれないか。そうしたら、すぐにそのとおりにするから」

弁護士がよく使う手法だ。自分以外の人間に問題を解決させようとする。「パパ、あたしは――」

ガンマがフックを指で押さえて、電話を切った。「ママ、まだ話してたのに」

ガンマの指はフックから離れなかった。理由を説明する代わりに、彼女は言った。「電話を切る《ハング・アップ》という言葉の語源を考えてみて」サマンサの手から受話器を取り、フックにかける。「〝受話器を持ちあげる〟とか〝フックからはずす〟と言えば、意味が通る。フックがレバーであることはわかるでしょう? 押すことで回路が開いて、電話を受けることができるようになるのよ」

「保安官の部下が様子を見に来るんだって」サマンサは言った。「っていうか、パパがそうするように頼むって」

ガンマは疑わしそうな表情になった。保安官はクイン家の支持者とは言えない。「食事の前に手を洗っていらっしゃい」

これ以上話を続けようとしても無駄であることはわかっていた。そんなことをしようものなら、ガンマはねじまわしを持ち出して電話を分解し、回路の説明を始めようとするだろう。これまでにも同じようなことは幾度となくあった。あのブロックの住人で車のオイルを自分で交換する女性はガンマだけだった。

一家はもうあのブロックには住んでいないけれど。

サマンサは廊下の箱につまずいた。そうすれば痛みを追い払えるとでもいうように、爪先をしばらくつかんでいたが、やがて足を引きずりながらバスルームに向かった。途中ですれ違ったシャーロットはサマンサの腕にパンチを食らわせていった。シャーロットはそういうことをする子だ。

シャーロットはドアを閉めていて、サマンサは一度でバスルームを捜し当てることができなかった。人々の身長がいまよりも低かったころに設置された便座は低い位置にあり、シャワーはプラスチックのコーナーユニットだ。内側の継ぎ目はカビで黒ずんでいる。シンクの内側には丸頭ハンマーが置かれていて、黒い鋳鉄にはハンマーで繰り返し叩《たた》かれたらしい跡が残っている。その謎を解いたのはガンマだ。蛇口が古くなって錆びつき、取っ手を叩かなければ水を止めることができなくなっていた。

「週末に直すから」ガンマは言った。大変なものになるだろう一週間の終わりにもらえる、自分への褒美というわけだ。

例によって、シャーロットが使ったあとのバスルームは散々な有様だった。床には水たまりができていたし、鏡には水しぶきが飛んでいる。便座まで濡れていた。壁に吊るされているペーパータオルに手を伸ばしたところで、気が変わった。最初からこの家は仮住まいのつもりだったが、父は保安官をよこすと言った。つまりここも前の家と同じように、火炎瓶を投げつけられるかもしれないということで、きれいにするのは時間の無駄だ。

「食事よ！」ガンマがキッチンから叫んだ。

サマンサは顔を洗った。髪がじゃりじゃりしている。泥と汗が混じったものが、ふくらはぎと腕に赤い筋を作っている。熱い風呂に入りたかったが、この家にバスタブはひとつしかない。以前の持ち主が肌にこびりついた泥を何十年ものあいだそのなかで落としていたせいで、鉤爪《かぎづめ》足のバスタブには濃い錆色《さびいろ》の輪ができていた。多少のことは気にしないシャーロットですら、あのバスタブには入ろうとしない。

「ここはひどすぎる」バスルームからのろのろとうしろ向きに出てきたシャーロットは、そう言ったものだ。

シャーロットが動揺したのはバスタブだけではなかった。じめじめした、薄気味悪い地下室。蝙蝠《こうもり》がいっぱいの不気味な屋根裏。クローゼットのきしむドア。独身男が死んだ寝室。

シフォローブのいちばん下の引き出しに、その独身男の写真が入っていた。今朝、掃除をしているふりをしているときに見つけたのだが、ふたりとも触ろうとはしなかった。トラクターやラバといっしょに写した、大恐慌時代の農家のよくある写真だったにもかかわらず、なにか不吉なものに呑みこまれそうな気がして、丸顔の孤独な独身男をただ見つめることしかできなかった。サマンサは彼の黄色い歯から目を離せなかった。白黒写真でどうして黄色いとわかったのかは、謎だったが。

「サム?」ガンマがバスルームの入り口に立ち、鏡に映るふたりの顔を見つめていた。

姉妹と間違われたことはないものの、母と娘であることはひと目でわかる。しっかりした下顎と高い頬骨、たいていの人が傲慢と受け取る眉の形がよく似ている。ガンマは美しくはなかったが、ほとんど黒に近い髪と、なにか面白かったりばかばかしかったりするものを見るとうれしそうに輝く淡い青色の目は人目を引いた。サマンサはそれなりの年齢になっていたから、母親が人生を真剣に受けとめていないときにはそうとわかった。

「水がもったいないでしょう」ガンマが言った。

サマンサは蛇口を叩いて水を止めてから、シンクのなかに小さなハンマーを戻した。私道に車が止まる音が聞こえた。保安官が部下をよこしたのだろう。ラスティはめったに自分の言葉を守ることはなかったから、意外だった。

ガンマはサマンサの隣に立った。「まだピーターのことを悲しんでいるの?」

火事で燃えてしまった革のジャケットの持ち主のことだ。サマンサにラブレターを送ってきたのに、いまは学校の廊下ですれ違っても目を合わそうとすらしない。

「あなたはきれいよ。わかっている?」ガンマが言った。

鏡に映る自分の顔が赤く染まったのがわかった。

「わたしが若かったころよりずっときれい」ガンマは指の背でサマンサの髪を撫でた。

「母さんがあなたを見られるくらい、長生きしてくれればよかったのに」

サマンサは祖父母の話をほとんど聞いたことがなかった。わかっているのは、大学に行くために家を出た娘を最後まで許さなかったことくらいだ。「おばあちゃんって、どんな人だったの？」

ガンマは笑みを浮かべたが、唇の動きはぎこちなかった。「母さんは、チャーリーみたいにかわいらしかった。とても頭がよかった。いつだって幸せだった。いつもなにかで忙しそうだった。だれもが好きにならずにいられないような人だった」ガンマは首を振った。あれだけの学位を持っていても、いまだに好感度という科学を解明することができずにいるらしい。「三十歳になる前から白髪があった。頭を使いすぎたからだって母さんは言っていたけれど、髪は元々白いってもちろんあなたも知っているでしょう？　メラニン細胞っていう特殊な細胞がメラニンを産生して、毛嚢《もうのう》に色素を送りこむの」

サマンサは母親の胸に背中を預けて目を閉じ、聞き慣れた音楽のようなその声に耳を傾けた。

「ストレスとホルモンが色素形成を阻害することがあるけれど、でも当時の母さんの暮らしはそれほど大変じゃなかった。母親と妻と日曜学校の先生をしていただけだったもの。だから白髪になったのは遺伝的なものだと推測できる。つまり、あなたかチャーリー、もしくはふたりとも同じようになる可能性があるってことね」

サマンサは目を開けた。「ママの髪は白くないけど」

「月に一度、美容院に行っているからよ」ガンマの笑い声は不自然なほどすぐに消えた。

「どんなときもチャーリーの面倒を見るって約束してちょうだい」

「シャーロットは自分の面倒は自分で見られるよ」

「真面目な話なの、サム」

母親の断固とした口調を聞いて、サマンサは不安を覚えた。「どうして？」

「あなたはお姉ちゃんで、それがあなたのするべきことだから」ガンマはサマンサの両方の手を握った。鏡を見つめるその視線は揺るがない。「わたしたちはひどい目に遭った。なにもかもよくなるなんて、嘘をつくつもりはないわ。あなたという頼れる存在がいることをチャーリーに覚えておいてほしいの。あの子がどこにいようと、しっかりとあの子の手にバトンを渡してほしい。あなたがあの子を見つけるのよ。あの子があなたを見つけるのを待たないで」

サマンサは喉が絞めつけられるのを感じた。ガンマはなにかを告げようとしている。リレーよりもっと深刻ななにかを。「ママはどこかに行くの？」

「まさか」ガンマは顔をしかめた。「あなたは役に立つ人間にならなきゃいけないって言っているだけ。ばかみたいなティーンエージャーの段階はもう卒業したと思っているから」

「あたしはまだ――」

「ママ！」シャーロットが叫んだ。

ガンマはサマンサを自分のほうに向けると、硬い手の平で顔をはさんだ。「わたしはどこにも行かないわよ。そう簡単にはわたしを追い払えないんだからね」そう言ってサマンサの鼻にキスをした。「もう一回、その蛇口を叩いておいてね」

「ママ！」悲鳴のようなシャーロットの声だった。

「まったく」ガンマはぶつぶつ言いながらバスルームを出ていった。「チャーリー・クイン、金切り声を出さないの」

サマンサは小さなハンマーを再び手に取った。細い木の柄は、目の詰まったスポンジのようにいつも濡れていた。丸い頭は錆びて、前庭と同じような赤色をしている。蛇口を叩き、水が滴ってこないことを確かめた。

ガンマの声がした。「サマンサ？」

サマンサは思わず眉間にしわを寄せた。開いたドアのほうに向き直る。ガンマに愛称以外で呼ばれたことは一度もない。シャーロットでさえ、チャーリーと呼ばれることに慣れなければならなかった。いつか、そのことに感謝する日が来るとガンマは言った。彼女自身、ハリエットではなくハリーという名前を記したことで、より多くの論文が出版され、より多くの資金を調達できたのだと言う。

「サマンサ」ガンマの口調は冷ややかで、警告のように聞こえた。「蛇口が閉まっていることを確かめたら、急いでキッチンに来てちょうだい」

そこに写る自分の姿がどういうことなのかを説明してくれるとでもいうように、サマンサは再び鏡に視線を向けた。いつものガンマはあんな口のきき方はしない。たとえ、ヘアアイロンのマルセルタイプとスプリングタイプの違いを説明しているときであっても。サマンサは無意識のうちにシンクのなかに手を伸ばし、小さなハンマーを握りしめていた。その手を背中にまわし、長い廊下をキッチンへと歩いていく。

明かりはすべてついていた。外は暗くなってきている。キッチンのポーチにシャーロットのものと並んで置いてあるランニングシューズや、庭のどこかに転がっているプラスチックのバトンを思い浮かべた。紙皿が置かれた食卓。プラスチックのフォークとナイフ。低い咳《せき》が聞こえた。男の咳だろうか。ガンマかもしれない。火事の煙を肺に吸いこんだのか、ここのところあんな咳をしているから。

再び咳。

サマンサのうなじの毛が逆立った。

裏口は廊下の反対側にあって、ほのかな明かりがすりガラスに映っていた。廊下を歩きながら振り返った。ドアノブが見える。遠ざかっていきながら、そのノブをまわしている自分を想像した。一歩ごとに、自分はばかなことをしているのか、それとも不安に思うべきなのか、あるいは単なるジョークなのかと自問した。ガンマは冷蔵庫の牛乳瓶にプラスチックのぎょろぎょろした目玉を貼りつけたり、トイレットペーパーのロールの内側に〝助けて、トイレットペーパー工場に閉じこめられてる〞と書いたりして、娘たちをからかうのが好きだったからだ。

この家に電話機は一台しかない。キッチンのダイヤル式電話だ。

父親の銃はキッチンの引き出しのなか。

サマンサがハンマーを持っているのを見たら、シャーロットは笑うだろう。サマンサはランニングパンツのうしろに、ハンマーを突っこんだ。背中に当たる金属は冷たく、濡れた柄は丸めた舌のように感じられた。キッチンに入っていきながら、シャツでハンマーを隠した。

体がこわばるのがわかった。

ジョークではない。

キッチンには男がふたりいた。汗とビールとニコチンのにおいがする。黒い手袋をはめ、黒いスキーマスクで顔を隠している。

サマンサは口を開いたが、綿のように濃密な空気が喉をふさいだ。

ひとりは背が高い。もうひとりはがっしりしていて、ジーンズに黒いシャツを着ている。背の高いほうは色あせた白いコンサートTシャツにジーンズ、青いハイカット・スニーカーという格好で、赤い靴紐《くつひも》は結ばずにそのままにしていた。背の低いほうがより凶暴そうに見えたが、マスクから見えているのは口と目だけだったからはっきりとはわからない。だがサマンサは彼らの目を見ていたわけではなかった。

ハイカットはリボルバーを持っていた。

黒シャツが手にした散弾銃はまっすぐにガンマの頭を狙っていた。

ガンマは両手を上にあげたまま、サマンサに言った。「大丈夫よ」

「いいや、大丈夫じゃないね」黒シャツの声はしわがれて、ガラガラヘビが尻尾を振ったときのようだった。「家にはほかにだれがいる?」

ガンマは首を振った。「だれも」

「嘘をつくな、くそばばあ」

かたかたという音がした。テーブルの前に座っているシャーロットがひどく体を震わせているせいで、椅子の脚が床に当たって木をつつくキツツキのような音をたてていた。

サマンサは廊下を振り返り、ぼんやりとした明かりを通している裏口を見た。

「ここだ」青いハイカットの男が、シャーロットの隣に座るようにとサマンサに身振りで命じた。サマンサはゆっくりと移動し、両手をテーブルの上に置いたまま、慎重に膝を曲げて腰をおろした。ハンマーの木の柄が椅子の座面に当たって音をたてた。

「なんの音だ?」黒シャツがさっとサマンサに視線を向けた。

「ごめんなさい」シャーロットがつぶやいた。床に小便の水たまりができている。シャーロットは顔を伏せ、前後に体を揺すった。「ごめんなさいごめんなさいごめんなさい」

　サマンサは妹の手を握った。

「なにが欲しいの？」ガンマが口を開いた。「なんでもあげるから、もう帰って」

「それが欲しいと言ったらどうする？」黒シャツの冷たい目がシャーロットをとらえた。

「お願いよ。なんでもあなたの言うとおりにするから。なんでも」

「なんでも？」それがなにを意味しているのかを全員にわからせるような黒シャツの口調だった。

「だめだ」ハイカットが言った。若い声で、不安なのか、あるいは怯《おび》えているようにも聞こえた。「そんなことのために来たわけじゃない」咳払いをしようとするとスキーマスクの下で喉仏が動いた。「旦那《とも》はどこだ？」

　ガンマの目になにかが灯った。怒りだ。「仕事よ」

「それならどうしてやつの車が外に止まっているんだ？」

「火事のせいで車が一台しかなくて――」

「保安官が……」サマンサは、言うべきではなかったと気づいてそのあとの言葉を呑みこんだが、手遅れだった。

　黒シャツが再びサマンサに目を向けた。「なんだ？」

　サマンサは顔を伏せた。シャーロットが彼女の手をぎゅっと握った。保安官、サマンサはそう言いかけた。保安官の部下がじきにここに来る。様子を見に来てくれるとラスティは言った。けれどラスティはこれまでも、本当にならないことをたくさん言ってきた。

ガンマが言った。「この子は怯えているだけ。ほかの部屋に行きましょう。そこであなたたちの望みを聞くから」

サマンサはなにか固いもので頭を殴られるのを感じた。口のなかに金属の味がして、耳の奥が鳴っている。散弾銃だ。黒シャツの男は彼女の頭頂部に銃口を押しつけた。「保安官と言ったな。聞こえたぞ」

「言ってない」ガンマが打ち消した。「この子は――」

「黙れ」

「ただ――」

「黙れと言ったんだ！」

サマンサが顔をあげたのと、散弾銃がガンマに向けられたのが同時だった。

ガンマは手を伸ばした。まるで砂のなかに手を差し入れているような、ゆっくりした動きだ。全員が突如としてこま送りの一部になったかのようだった。体は粘土と化し、その動きはぎくしゃくしている。サマンサはひとつひとつの動きを見つめていた。母親の指が先端を切りつめた散弾銃をつかんだ。きれいに切りそろえられた爪。鉛筆を握るせいでできた親指のたこ。

ほとんど聞こえないくらいの音がした。カチリ。

時計の秒針。

ドアの掛け金。

散弾銃の薬包の雷管をはじく撃針。

サマンサはその音を聞いたのかもしれないし、黒シャツがトリガーを引いたとき、その指を見つめていたから、聞いたと思っただけかもしれない。

赤い霧が爆発した。

血が天井に飛び散る。床に降り注ぐ。熱を帯びた、ねばねばする赤い巻き毛がシャーロットの頭頂部に貼りつき、サマンサの首の横と顔にからみついた。

ガンマは床に倒れた。

シャーロットが悲鳴をあげた。

サマンサは自分の口が開いたのを感じたが、声は喉に詰まって出てこなかった。体が凍りつく。シャーロットの悲鳴は遠くで響くこだまになった。あらゆるものから色が消えた。独身男の写真のように、黒と白のまま動きを止めた。黒い血が白いエアコンのグリルに飛び散っている。小さな黒い粒が窓ガラスに点々と飛んでいる。チャコールグレーの夜空に、ぽつんと小さな星が光っている。

サマンサは手をあげて自分の首に触れた。固い粒。骨。血。あらゆるものが血まみれだった。喉で打つ脈を感じた。これはあたしの心臓？　それとも震える指の下でガンマの心臓の一部がどくどくと脈打っているの？

シャーロットの悲鳴が大きくなって、耳に刺さった。指を濡らす黒い血が真っ赤に変わった。灰色の部屋が、目の覚めるような鮮やかな色に戻った。

死んだ。ガンマは死んだ。もう二度と、パイクビルから出ていけとサマンサに言うことはない。テストでわかりきった問題を間違えたことや、陸上競技でもっと自分を追いこまないことや、シャーロットにすぐ怒ることや、自分の才能を無駄にしていることを叱ったりはしない。

サマンサは指をこすり合わせた。手のなかにガンマの歯のかけらがある。胃の中身がこみあげてきた。涙で前が見えない。ハープの弦のように、体のなかで悲嘆が振動していた。

ひとつまばたきをするあいだに、世界が根底からひっくり返った。

「黙れ！」黒シャツが、椅子から落ちそうになるくらい強くシャーロットを引っぱたいた。

サマンサはシャーロットを支え、そしてしがみついた。ふたりはすすり泣き、震え、叫んでいた。こんなことがあるはずがない。ガンマが死ぬはずがない。きっと目を開ける。ゆっくりと自分の体を元通りにしながら、心臓血管の働きを説明し始めるに決まっている。

平均的な心臓は一分間に五リットルの血を送り出しているって知っていた？

「ガンマ」サマンサはつぶやいた。散弾銃の弾は彼女の胸と首と顔に穴を開けていた。下顎の左側がなくなっている。頭蓋骨の一部も。ガンマの複雑で美しい脳みそ。弧を描く、超然とした眉。サマンサになにかを説明してくれる人はもういない。彼女が理解していようといまいと、気にかけてくれる人はもういない。「ガンマ」

「ばかやろう！」ハイカットは、骨と組織の塊を払い落とそうとして激しく自分の胸を叩いた。「なんてことするんだ、ザック！」

サマンサはさっと振り返った。

ザカライア・カルペッパー。

頭のなかでその名前がまたたいたかと思うと、自動車重窃盗、動物虐待、公然わいせつ、未成年者との不適切な関係、といった言葉が続いた。

父親の事件記録を読んでいたのはシャーロットだけではなかった。もう何年も前から、ラスティ・クインはザック・カルペッパーを刑務所行きから救っていた。未払いの弁護料は、しばしばガンマとラスティの言い争いの種になった。家が焼かれてからはなおさらだ。その額は二万ドルを超えていたが、ラスティは請求しようとはしなかった。

「ファック！」サマンサが自分の正体に気づいたことをザックは明らかに見て取った。

「ファック！」

「ママ……」すべてが変わってしまったことをシャーロットは理解していないようだった。歯がかたかた鳴るほど全身を震わせながら、ただひたすらガンマを見つめている。「ママ、ママ、ママ……」

「大丈夫よ」サマンサは妹の髪を撫でようとしたが、血と骨がからまって指がうまく動かなかった。

「大丈夫じゃない」ザックはマスクをむしり取った。険しい顔つきだ。にきびの跡があばたになっている。飛び散ったガンマの血で、目と口のまわりに赤い輪ができていた。「くそったれ！　なんだっておれの名前を呼んだりした？」

「お、おれは――」ハイカットは口ごもった。「ごめん」

「言わないから」サマンサは彼の顔を見なかったふりをするかのように、視線を落とした。「だれにも言わない。約束する」

「おれはたったいま、おまえのママを吹き飛ばしたんだぜ。なのにおまえは、ここから生きて出られると思っているのか？」

「だめだ」ハイカットが止めた。「そんなことのために来たんじゃない」

「おれは借金を帳消しにしてもらうために来たんだ」ザックの冷酷な灰色の目が、マシンガンのように部屋のなかをぐるりとなめた。「だが、逆にラスティ・クインに払ってもらわなきゃならなくなったようだな」

「だめだ。言っただろう――」

ザックは散弾銃をハイカットの顔に突きつけて、黙らせた。「おまえはわかっていないらしいな。おれたちは町を出なきゃいけない。それには金がうんとかかるんだ。ラスティ・クインが家に現ナマを置いてることは、みんな知っている」

「家は燃えたの」それが自分の口から出たものだと気づくより早く、サマンサの耳にその言葉が届いた。「なにもかも燃えた」

「ファック！」ザックは叫んだ。「ファック！」ハイカットの腕をつかみ、廊下へと連れ出した。散弾銃は彼女たちに向けたままで、引き金に指がかかっている。ふたりがひそめた声で言い争っているのがはっきりと聞こえていたが、サマンサの脳はその意味を理解してくれなかった。

「いや！」シャーロットが床に突っ伏した。震える手で母親を抱きしめようとする。「死なないで、ママ。お願い。大好きなの。ママが大好きなの」

サマンサは天井を見あげた。赤い線が縦横に走っている。涙が頬を伝い、火事で焼けなかった唯一のシャツの襟を濡らした。つかの間、悲しみにどっぷりと浸《つ》かってから、無理やり抜け出した。ガンマは死んだ。殺人者がいるこの家にいま彼女たちはふたりきりで、保安官は来ない。

どんなときもチャーリーの面倒を見るって約束してちょうだい。

「チャーリー、立って」サマンサは妹の腕を引っ張った。顔を背けていたのは、折れた肋《ろっ》骨《こつ》が歯のように突き出しているガンマの無残な胸を見ることができなかったからだ。

サメの歯はうろこでできているって知っていた?

「チャーリー、立って」

「いや。ママを――」

サマンサは無理やり妹を椅子に座らせた。耳元に口を押しつけてささやく。「チャンスを見て逃げるのよ」ひそめた声が喉に引っかかった。「振り返らないで、ただ走るの」

「なにを話しているんだ?」ザックがサマンサの額に散弾銃を突きつけた。金属が熱い。ガンマの肉片が銃身の上で焼けていた。グリルに肉を置いたときのようなにおいがした。

「そいつになんて言った? 逃げろってか?」

シャーロットがかすれた声をあげた。手で口を押さえる。

「姉ちゃんはなんて言ったんだ?」

妹に話しかけるときのザックの口調が妙に柔らかいことに気づいて、サマンサは動揺した。

「ほら、ハニー」ザックの視線がシャーロットの小さな胸と細いウエストに流れた。「おれたちは仲良くしようぜ」

サマンサはかろうじて言葉を絞り出した。「や、やめて」汗をかき、震えていた。シャーロットと同じように、いまにも膀胱《ぼうこう》のコントロールができなくなりそうだ。丸みを帯びた銃身が、頭蓋骨に穴を穿《うが》とうとするドリルのように感じられた。

それでもサマンサは言った。「妹に触らないで」

「おれが話しているのはおまえか？」ザックはサマンサの顎が上に向くまで、散弾銃をぐいと額に押しつけた。「あ？」

サマンサは両手を強く握りしめた。やめさせなければいけない。シャーロットを守らなくてはいけない。「妹に手を出さないで、ザカライア・カルペッパー」自分が抵抗したことにサマンサは驚いていた。怯えていることに変わりはないが、その恐怖にはそれ以上の怒りがこもっていた。この男はあたしの母親を殺した。妹をいやらしい目で見ている。ふたりともここから生きて出ることはないと言った。ランニングパンツのうしろに押しこんだハンマーを思い出し、ザックの頭に叩きこんでいるところを想像した。「あんたがだれなのか知っているよ、くそったれの変態」

ザックはたじろいだ。怒りに顔を歪ませる。手が白くなるほど強く散弾銃を握りしめたが、口を開いたときその声は穏やかだった。「まぶたをはがしてやろうか。そうすれば、妹の処女膜をナイフで切り刻んでいるところがよく見えるだろうからな」

サマンサはザックをにらみ返した。脅しのあとの沈黙は耳に痛いほどだった。目を逸《そ》らせない。恐怖がカミソリの刃のように心臓を切り裂いている。生まれてこのかた、これほど冷酷で無情な人間に会ったことはなかった。

シャーロットがしくしく泣き始めた。

「ザック」ハイカットが言った。「もういいだろう」そう言って、待っている。全員が待っていた。「取引したじゃないか」

ザックは動かなかった。だれも動かなかった。

「取引したはずだ」ハイカットが繰り返した。

「そうだな」ザックが沈黙を破った。ハイカットにおとなしく散弾銃を渡す。「おれは約束を守る男だ」

ザックは向きを変えようとしたが、そこで気が変わったらしかった。鞭《むち》のようにその手が伸びて、サマンサの顔をつかんだ。ボールをつかむように指に力をこめ、勢いよくうしろへと叩きつける。椅子が倒れ、サマンサの頭がシンクにぶつかった。

「おれが変態だって？」鼻が手のひらに押しつぶされる。目をえぐろうとする指は熱い針のように感じられた。「ほかに言うことはないのか？」

サマンサは口を開いたが、悲鳴をあげるだけの空気が肺に残っていなかった。ザックの爪にまぶたを裂かれ、痛みが顔じゅうに走った。ザックの太い手首をつかみ、闇雲に彼を蹴り、引っ搔き、殴り、どうにかしてやめさせようとした。頬を血が伝う。ザックが指先に力をこめたので、眼球がぴくぴく動いた。まぶたを裂こうとしてザックが指を曲げると、その爪が直接眼球をこするのが感じられた。

「やめて！」シャーロットが悲鳴をあげた。「やめて！」

始まったときと同じように、不意に彼の手が離れた。

「サミー！」シャーロットの息が熱い。サマンサの顔に両手を当てた。「サム？　あたしを見て。見える？　こっちを見て、お願い！」

サマンサはゆっくり目を開けようとした。まぶたは裂かれて、ずたずただ。古いレース越しにものを見ているような気がした。

ザックが言った。「こいつはなんだ？」

ハンマー。ランニングパンツから落ちていた。

ザックはハンマーを床から拾いあげ、木の柄をしげしげと眺めてから思わせぶりな顔でシャーロットを見た。「これでなにができると思う？」

「もういい！」ハイカットがザックの手からハンマーをひったくると、廊下に投げ捨てた。硬材の床の上で金属のヘッドが跳ねる音がした。

「ちょっとばかり楽しんでるだけじゃないか、兄弟」

「ふたりとも立つんだ」ハイカットが言った。「こいつを終わらせよう」

シャーロットは動かなかった。サマンサはまばたきをして、目から血を払った。ほとんどなにも見えない。頭上の明かりが目に流しこまれた熱いオイルのように感じられた。

「立たせてやれよ」ハイカットはザックに言った。「約束しただろう。これ以上、事態を悪くするな」

ザックは抜けるかと思うくらい強く、サマンサの腕を引っ張った。サマンサはよろめきながら立ちあがり、テーブルで体を支えた。ザックがドアのほうへと彼女を押しやる。椅子にぶつかった。シャーロットが彼女の手をつかんだ。

ハイカットがドアを開けた。「出ろ」

言われたとおりにするほかはなかった。シャーロットが先に立ち、サマンサに手を貸しながら横向きにそろそろと階段をおりていく。キッチンの明るい光が届かないところまで来ると、サマンサの目の痛みがいくらかましになったが、視界が暗さに適応することはなかった。影が揺れるのが見えるだけだ。

本当ならいまごろは陸上競技の練習をしているはずだった。けれど休ませてほしいと初めて懇願し、そして母は死に、散弾銃で弁護料を帳消しにさせようとした男に銃を突きつけられながら家の外へと連れ出されている。

「見える?」シャーロットが訊いた。「サム、見えてる?」

「見えるよ」サマンサは嘘をついた。ディスコのミラーボールのように視界が点滅している。唯一の違いは、それが光ではなく灰色と黒の点滅だということだ。

「こっちだ」ハイカットは私道に止められている古いピックアップトラックのほうではなく、農家の裏の畑へとふたりを先導した。キャベツ。ソルガム。スイカ。独身男が育てていたものだ。種の台帳が、ぽつんと二階のクローゼットに入っていた。三百エーカーの農地は隣の農家に貸し出され、千エーカーの農地には春の初めに植え付けがされていた。サマンサは、裸足の足の裏に植え付けがされたばかりの土を感じた。しっかりと手を握っているシャーロットに身を寄せ、もう一方の手を前に伸ばした。開けた場所だとわかっていても、なにかにぶつかりそうな気がした。一歩ごとに農家から、光から遠ざかり、視界が暗さを増していく。シャーロットは灰色の染みだった。ハイカットは背が高くて痩せていて、濃い灰色の鉛筆のようだ。ザック・カルペッパーは、四角くて黒い憎悪の塊だった。

「どこに行くの？」シャーロットが訊いた。

サマンサは背中に散弾銃を突きつけられるのを感じた。

ザックが言った。「歩き続けろ」

「わからない。どうしてこんなことをするの？」シャーロットがさらに言った。

ハイカットに向かって話している。シャーロットもまた、ハイカットのほうが気弱であることに気づいているようだが、いまはなぜか彼が場を仕切っていた。

「あたしたちがなにをしたっていうの？　ただの子供なのに。なんでこんな目に遭わなきゃいけないの？」

「黙れ」ザックが警告した。「ふたりともだ」

サマンサはさらに強くシャーロットの手を握りしめた。いまはもうほとんどなにも見えない。今後もずっと見えないのだろう。今後がそれほど長く続くとは思えなかったが。少なくともサマンサにとっての今後は、長くない。シャーロットの手を握る手を緩めた。妹がまわりの様子に注意を払い、逃げるチャンスをうかがっていることを声に出さずに祈った。

二日前、この家に引っ越してきた日に、ガンマはこのあたりの立体地図をふたりに見せた。探検できる地域を次々と指し示して、田舎暮らしのよさをわからせようとした。サマンサは頭のなかでそのときの記憶をたどり、脱出ルートを探った。隣人の地所は見渡すかぎり広がっていて、そっちに逃げればシャーロットは背中に弾丸を撃ちこまれることになるだろう。敷地の右側の奥には鬱蒼《うっそう》とした森が広がっていて、きっとダニでいっぱいだとガンマは言っていた。森の反対側を流れている小川は、舗装されてはいるものの、めったに使われることのない道路に通じるトンネルに気象観測用タワーの下から流れこんでいる。一キロほど北には使われていない納屋があり、東に三キロほど行けば別の農家がある。そっちには釣りの穴場に違いない沼。蛙《かえる》もいるだろう。あっちには蝶《ちょう》がいる。辛抱強く待っていれば、野原で鹿に会えるかもしれない。道路からは離れていること。葉が三枚なら、急いで逃げて。葉が五枚なら、そのまま進んで。（ポイズン・アイビーと呼ばれるウルシ科の植物に対する警告の言葉）

サマンサは心のなかでシャーロットに言った。**お願い、逃げて。お願いだから、振り返ってあたしがついてきているかどうかを確かめたりしないで。**

ザックが口を開いた。「あれはなんだ？」

全員が振り返った。

「車」シャーロットが答えたが、サマンサに見えたのは長い私道を農家に向かってゆっくりと動いていくヘッドライトだけだった。

保安官の部下？　だれかがパパを送ってきてくれた？

「くそっ。二秒でおれのトラックに気づかれる」ザックは散弾銃を牛追い棒のように使って、ふたりを森へと追いたてた。「歩き続けろ。でないと、いまここで撃つぞ」

いま、ここで。

その言葉に、シャーロットは体をこわばらせた。再び歯がかちかち鳴り始める。シャーロットはようやく気づいた。死に向かって歩いていることを理解した。

サマンサが言った。「ほかにも方法がある」

ハイカットに向けた言葉だったが、鼻を鳴らしたのはザックだった。

「なんでも望みどおりにするから」ガンマが声を合わせて言っているのが聞こえる気がした。「なんでも」

「はん。どっちにしろおれは欲しいものを手に入れるってことが、わからないのか？　ばかな女だ」

サマンサは再び言った。「あなただってことはだれにも言わない。最後までマスクをしていたって言うから——」

「おれのトラックが私道に止まっていて、おまえらの母親が家のなかで死んでいるのに?」ザックは腹立たしげに鼻を鳴らした。「おまえらクイン家のやつらはみんな、自分たちは頭がいいと思っている。なんだって口先だけで切り抜けられるってな」

「聞いて」サマンサは懇願した。「どちらにしても、あなたたちは町を出なきゃいけない。あたしたちまで殺す理由はないよね?」ハイカットのほうに顔を向ける。「お願い、考えてみて。あたしたちを縛っていけばそれでいいはず。どこか見つからないところに、あたしたちを残していけば。あなたたちが町を出ていかなきゃならないことに変わりはないんだもの。これ以上、手を血で汚したくはないよね?」

サマンサは返事を待った。全員が待った。

ハイカットは咳払いをしてから、ようやく答えた。「悪いね」

ザックの笑い声には勝利の響きがあった。

サマンサはあきらめなかった。「妹を逃がしてやって」一度言葉を切り、口のなかにたまった唾を飲みこまなくてはならなかった。「まだ十三歳なの。ほんの子供なの」

「子供には見えないがな」ザックが言った。「いいおっぱいしてるじゃないか」

「黙れ」ハイカットがたしなめた。「本気だぞ」

ザックはチッと歯を鳴らした。

「だれにも話さないから」それでもサマンサは言葉を継いだ。「知らない男だって言うから。そうよね、チャーリー？」

「黒人だって言うのか？　おまえらのパパが無罪にしたやつみたいな？」

シャーロットが吐き捨てるように言った。「小さな女の子たちにあそこを見せたあんたを無罪にしたみたいにって言いたいの？」

「チャーリー、お願いだから黙って」

「喋《しゃべ》らせろよ。おれは、やり返せるやつが好きなんだ」

シャーロットは口をつぐんだ。森のなかに入ったときも、黙ったままだった。

サマンサはそのすぐあとをついていきながら、どう言えばこんなことをする必要はないと男たちを説得できるだろうと必死で考えていた。だがザック・カルペッパーの言うとおりだ。家の前に止められている彼のトラックですべてが変わってしまった。

「だめ」シャーロットがひとりごとを言った。彼女はよく、頭のなかで交わしている会話に声を出して返事をする。

お願いだから逃げて。あたしを置いていっていいから。サマンサは心のなかで訴えた。

「歩け」もっと速く歩かせようとして、ザックは散弾銃をサマンサの背中にぐいっと押しつけた。

松葉が足の裏に刺さった。さらに森の奥へと進んでいく。空気が冷たい。見ようとしても無駄だとわかったので、サマンサは目を閉じた。シャーロットに手を引かれながら歩いていく。木の葉がかさこそと音をたてた。倒木を越え、農家から小川に流れこんでいるらしい細い流れを渡った。

逃げて、逃げて、逃げて。サマンサは声に出さずに懇願した。**お願い、逃げて。**

「サム……」シャーロットが足を止めた。サマンサの腰に腕をからませる。「シャベルがある。シャベルが」

サマンサにはわけがわからなかった。指でまぶたに触れてみた。乾いた血のせいでふさがっている。そっと押しあげて、目を開いた。

柔らかな月の光が目の前の空き地を青く照らしていた。そこにあったのはシャベルだけではなかった。地面に掘った穴の脇に、掘り返したばかりの土が山になっている。

穴がひとつ。

墓がひとつ。

トンネルのなかのような視界の先にぽっかりと口を開けた黒い空間が見えて、すべてが明確になった。強盗目的ではない。弁護料を帳消しにさせることが目的ではない。火事のせいでクイン家が経済的苦境に陥ったことはだれもが知っていた。保険会社とやり合っていること。ホテルから追い出されたこと。リサイクルショップで物を買っていること。ラスティは口座を補塡《ほてん》するために未払いの顧客に弁護料を支払わせるつもりに違いないと、ザック・カルペッパーは考えたのだろう。それは、まったくの的外れでもなかった。数日前の夜、カルペッパーに貸している二万ドルがあればおおいに助かると、ガンマはラスティに向かってわめいていたのだ。

つまるところ、すべては金に行き着くことがわかった。

そのうえ、あきれるほどの愚行であることも。なぜなら、たとえラスティが死んでも、借金は帳消しにはならないからだ。

サマンサはさっきの怒りが戻ってくるのを感じた。舌を強く嚙みすぎて、口のなかに血の味がする。ザック・カルペッパーが何度も捕まっているのには理由があった。これまでのすべての犯罪同様、今回の計画もまた杜撰《ずさん》だった。へまが重なった結果が、この有様だ。彼らはラスティのための墓を掘ったが、いつものようにラスティが遅れたせいで、たまたま今日はサマンサたちが陸上競技の練習をしていなかったせいで、サマンサとシャーロットのための墓になってしまった。

「さてと、ぼうや。自分の仕事をしてもらおうか」ザックは散弾銃の台尻を腰で支えながらポケットから飛び出しナイフを取り出して、片手で開いた。「銃を使うと音が出る。これでやれ。豚を始末するときみたいに、喉を掻っ切るんだ」

ハイカットはナイフを受け取らなかった。

「話はついたはずだろう。おまえがそいつをやる。チビはおれに任せる」

ハイカットはそれでも動こうとしない。「彼女の言うとおりだ。こんなことをする必要はない。女たちを傷つけるはずじゃなかった。そもそも、ここにはいないはずだったんだ」

「いまさらなんだ？」

サマンサはシャーロットの手をつかんだ。男たちは気を取られている。逃げるチャンスだ。

「やってしまったことは仕方がない。これ以上人殺しをして、事態を悪くすることはないんだ。罪のない人間を」

「くそっ」ザックはナイフを畳み、ポケットに押しこんだ。「キッチンで結論が出てただろうが。ほかに方法はないんだ」

「自首すればいい」

ザックは散弾銃を握りしめた。「ありえない」

「おれが自首する。おれがすべての罪をかぶる」

サマンサはシャーロットを押して、逃げるように促した。シャーロットは動かなかった。

「いいかげんにしろ」ザックはハイカットの胸を叩いた。「おまえの良心が目覚めたせいで、おれがおめおめと殺人罪で捕まるとでも思うのか？」

サマンサはシャーロットの手を離し、小声で言った。「チャーリー、逃げて」

「黙っているよ。おれがやったと言うさ」ハイカットが言った。

「おれのトラックがあるのに？」

シャーロットは再びサマンサの手を握ろうとしたが、サマンサはそれを振り払った。

「逃げて」

「くそったれ」ザックは散弾銃を持ちあげて、ハイカットの胸に向けた。「おれの言うとおりにするんだ。おまえはこのナイフで、その女の喉を掻っ切る。でないと、テキサスなみのでかい穴がおまえの胸に開くことになるぞ」そう言って足を踏み鳴らした。「やれ」

ハイカットはリボルバーでザックの頭に狙いをつけた。「おれたちは自首する」

「そのいまいましい銃をどけろ、役立たずのくそ野郎が」

サマンサはシャーロットを突いた。いましかない。ここから逃げなきゃいけない。チャンスは一度きりだ。懇願するように繰り返した。「逃げて」

ハイカットが言った。「おまえが彼女たちを殺す前に、おれがおまえを殺す」

「おまえに引き金を引くだけの根性はないさ」

「やれるさ」

シャーロットはまだ動こうとしない。またかたかたと歯を鳴らしていた。

「逃げて」サマンサは懇願した。「逃げなきゃだめ」

「金持ちのくそ野郎が」ザックは地面に唾を吐いた。口をぬぐったが、気を逸らすための仕草にすぎなかった。リボルバーに手を伸ばす。ハイカットはその動きを予測していた。散弾銃を手の甲で払った。ザックがバランスを崩し、こらえきれずに両手を振りまわしながら仰向けに倒れた。

「逃げて！」サマンサはシャーロットを突き飛ばした。「チャーリー、走って！」

なにかが動くのがぼんやりと見えた。サマンサはそのあとを追おうとした。脚をあげ、腕を曲げて――。

爆発音。

リボルバーから放たれる閃光《せんこう》。

空気が激しく揺れる。

サマンサの頭が激しくのけぞり、首がこきりと鳴った。体が大きくねじれる。こまのようにまわる。ウサギの穴に落ちていくアリスのように、サマンサは闇へと落ちていった。

自分がどれくらいきれいかわかっている？

足が地面に着いた。膝で衝撃を吸収する。

足元を見おろした。

水浸しになった硬材の床の上で、足の指を開いて立っている。

顔をあげると、鏡のなかの自分がこちらを見つめていた。

どういうわけかサマンサは、農家のバスルームのなかにいた。

ガンマが背後に立って、力強い腕でサマンサの腰を抱きしめている。鏡のなかの母はいつもより若くて、優しそうに見えた。なにか怪しい物音を聞きつけたみたいに、眉を吊りあげている。食料品店で会った見知らぬ人に核分裂と核融合の違いを説明する女性だ。イースターの休みをすべて費やすことになった、複雑なゴミ拾い競技を考えた女性だ。

今度のヒントはなんだろう?

「教えて」サマンサは鏡のなかの母親に言った。「どうすればいいのか、教えて」

ガンマの口が開いたが、声は出てこなかった。その顔が年を取っていく。決して見ることのない老いた母親が、サマンサは恋しくてたまらなくなった。ガンマの口のまわりに細かいしわができていく。目じりにはカラスの足跡。しわが深くなる。黒髪に白いものが交じる。顎の線がたるむ。

皮膚がはがれ始めた。

頬に開いた穴から白い歯が見える。髪は脂っぽい白いより糸のようになっていく。目が乾いていく。ガンマは老いているのではなかった。

腐敗している。

サマンサは逃げようとした。死のにおいが彼女を包む。湿った土、肌の下に潜りこむ丸々太ったウジ。ガンマの手がサマンサの顔をつかんだ。自分のほうに向かせる。指は乾いた骨になっていた。ガンマが口を開いて叫ぶと、黒い歯がカミソリに変わった。「逃げろって言ったでしょう！」

サマンサはあえぎながら意識を取り戻した。

わずかに目を開けた先は漆黒の闇だった。

口のなかに泥が詰まっている。湿った土。松葉。顔の上に両手があった。熱い息が手のひらに当たる。なにか音がした――。

シュッ、シュッ、シュッ。

箒《ほうき》で掃く音。

斧《おの》を振る音。

墓を埋めるシャベルの音。

サマンサの墓。

サマンサは生きたまま埋葬されようとしていた。体にかかる土の重みは金属の板のようだ。

「すまない」ハイカットが声を詰まらせながら言うのが聞こえた。「神さま、どうか許してください」

土がさらにかぶせられ、その重みは彼女の息を奪おうとする万力になった。

ジャイルズ・コーリーはセイラム魔女裁判で石責めで死亡した、ただひとりの人物だって知っていた？

サマンサの目に涙が浮かび、顔を伝った。悲鳴は喉の奥でからまって出てこなかった。パニックを起こすことはできない。叫んだり、暴れたりもできない。そんなことをしても無駄だからだ。彼らはまた撃つだろう。命乞いは、残された命をさらに短くするだけだ。**ばかなことを言わないの。あなたはそんなティーンエージャーの段階はもう卒業したはずでしょう。**

サマンサは弱々しく息を吸った。

肺に空気が入ってきたことに気づいて驚いた。

息ができる!

両手で顔を覆っていたせいで、土のなかにエアポケットができていた。サマンサは手と手をぴったりとくっつけて、隙間をなくそうとした。残った貴重な空気を節約するため、できるかぎり呼吸をゆっくりにした。

シャーロットが教えてくれたことだ。何年も前。ガールスカウトの制服を着ていた妹の姿が蘇《よみがえ》った。腕も脚も細い棒のようだった。しわだらけの黄色いシャツと、獲得したワッペンがいっぱいについていた茶色いベスト。朝食のテーブルで『冒険』のハンドブックを声に出して読んでいた。

「雪崩に巻きこまれたら、叫んだり、口を開けたりしてはいけません。流れが止まったら、顔の前に両手を当てて、呼吸ができるスペースを確保しましょう」

サマンサは舌を突き出して、手までの距離を測った。〇・五センチというところだろう。指を動かして、顔の前の空間を広げようとした。なにも動かない。手のまわりの土はしっかりと固められていて、セメントのようだった。

自分の体がどうなっているのかを確かめた。完全に仰向けになっているわけではない。左の肩が地面に押しつけられているが、横向きというわけでもなかった。腰は前傾している。ランニングパンツのうしろ側から冷たさがしみこんでくる。右膝が曲げられ、左足はまっすぐに伸びている。

上体はねじれている。

走る前のストレッチの体勢だ。サムの体は慣れた姿勢を取っていた。

体勢を変えようとしてみた。脚が動かない。爪先を動かしてみた。ふくらはぎの筋肉。ハムストリング。

反応がない。

目を閉じた。麻痺《まひ》している。二度と歩けない。走れない。だれかの手助けなしには、動くことができない。蚊の大群のように、胸のなかにパニックが広がった。サマンサにできるのは走ることだけだった。走ることはサマンサのすべてだった。二度と脚が使えないのなら、生き延びる意味がどこにある？

叫びたくなるのをこらえるために、両手を顔に押しつけた。

シャーロットはまだ走れる。妹が森に向かって駆け出すのをサマンサは見ていた。リボルバーが発射される直前、彼女が最後に見たのがそれだった。サマンサは、シャーロットがありえないほど速く脚を動かし、決してためらわず、脚を止めて振り返ったりもせず、飛ぶように走っているところを思い浮かべた。

あたしのことは考えないで。いままで何百万回も言ったことを繰り返す。**自分のことに集中して、走り続けるの。**

チャーリーは逃げきれただろうか？　だれかに助けられただろうか？　それともあたしがついてきているかどうか確かめようとして振り返り、ザック・カルペッパーの散弾銃を顔に突きつけられただろうか？

あるいはもっと悪い結果になっている？

考えまいとした。チャーリーは逃げて、助けを得て、この墓に警察を連れて戻ってくる。あの子は母親の優れた方向感覚を受け継いでいて、一度も迷ったことがないし、きっと姉が埋められた場所を覚えている。

サマンサは心臓が打つ音を数えながら、普段の速さに戻るのを待った。

喉の奥がむずむずするのを感じたのはそのときだった。

なにもかもが土だらけだ——耳、鼻、口、肺。口から出てこようとする咳を止めることはできなかった。唇が開く。反射的に息を吸うと、鼻にさらに土が入った。また咳が出た。

そしてもう一度。三度目の咳はあまりに激しかったせいで、体が丸まり、腹部が痙攣《けいれん》した。心臓がぎくりとした。

脚が引きつった。

パニックと恐怖のせいで、脳から筋肉への指令が届かなくなっていただけらしい。麻痺していたわけではなかったのだ。サマンサが怯えきっていたせいで、いまの状況を理解できるようになるまで、闘争・逃走反応が体と心を切り離したのだろう。下半身にゆっくりと感覚が戻ってくる。プールのなかを歩いているようだ。最初は土のなかで足の指が広がるのがわかった。次に足首を曲げられるようになった。足首がごくわずかに動くのが感じられた。

足を動かせるのなら、ほかにはどこを動かせる？

ふくらはぎに力を入れた。大腿《だいたい》四頭筋に痛みが走る。膝が緊張する。大丈夫、脚は動くというメッセージを体が送り返してくるまで、サムは脚に意識を集中させて、動くと自分に言い聞かせた。

麻痺していないのなら、チャンスはある。

サマンサは歩くより先に走ることを覚えたとガンマはよく言っていた。彼女の体のなかでいちばん強い部分が脚だ。

脚を使ってここから出られる。

サマンサはほんの少しずつ脚を前後に動かしては、重い土を穿っていった。手に当たる息が熱くなっていく。頭のなかにパニックの濃い霧が広がった。空気を使いすぎだろうか？

それがどうしたというの？　サマンサは現実感覚を失いつつあった。下半身を前後に動かしていると、いつしか海の上で揺れる小さなボートに乗っているような気になり、ふと我に返って地中に埋められていることを思い出すとまた脚の動きを速めるのだが、気がつけば再びボートに戻っていた。

数を数えようとした。ワン・ミシシッピ、ツー・ミシシッピ、スリー・ミシシッピ……。

脚が痙攣した。お腹が痙攣した。全身が痙攣した。ほんの数秒だけ、動きを止めた。だがじっとしていても、痛みはほとんど変わりなかった。酷使された筋肉が乳酸を作り、胃がむかついた。脊椎はきつすぎるボルトのように神経を締めつけ、首と脚がぴりぴりと痛んだ。檻《おり》のなかの鳥のように、手のなかで繰り返す息に出口はなかった。

「助かる可能性は五十パーセントありますが」『冒険』ハンドブックの続きだ。「一時間以内に救出された場合に限ります」

埋められてからどれくらいたつのか、サマンサにはわからなかった。赤いレンガの家を失ったことや、母親が死ぬのを目撃したことと同じように、遠い昔のように思えた。

お腹の筋肉に力を入れて、横向きに体を押しあげようとした。腕が硬くなる。首がこわばる。地面が押し返してきて、肩が湿った土に潜りこんだ。

もっとスペースが必要だった。最初は一センチ、そして二センチ。やがてウエストを、肩を、首を、頭を動かせるようになった。

腰を揺すった。

口と手のあいだの距離が急に広がったんじゃない？

サマンサはもう一度舌を出してみた。舌の先端が両手のあいだの隙間をこすった。少なくとも一・五センチはあるだろう。

進歩だ。

次に腕を動かしてみた。上に下に。上に下に。今度は一センチにも満たない。ミリメートルの土が動いただけだ。息ができるように手は顔を覆ったままだったが、土を掘らなければならないと気づいた。

一時間。それがシャーロットが与えてくれた時間だ。残りは少ない。手のひらは息に濡れて熱く、頭はくらくらしている。

サマンサは、大きく最後の息を吸った。

顔から手を離す。反対側に向けるだけで、手首が折れそうだ。サマンサはきつく唇を結び、奥歯を嚙みしめ、土に爪を立てて必死になって掘り始めた。

地面はそれでも押し返してくる。

肩が燃えるように痛んだ。菱形筋《ひしがた》。小菱形筋。肩甲挙筋。熱い鉄に上腕二頭筋を刺されるようだ。指がいまにも折れそうな気がした。爪が欠けた。指の節の皮膚がはがれた。肺が破裂しそうだ。ずっと息を止めてはいられない。戦い続けてはいられない。疲れていた。ひとりだった。母は死んだ。妹は行ってしまった。サマンサは叫び始めた。最初は頭のなかで、それから声に出して。彼女は怒っていた――散弾銃をつかんだ母親に激怒し、こんな事態を招いた父親に怒り狂い、もっと強くならなかったシャーロットに腹を立て、この墓のなかで死んでいく自分に激高していた。

墓は浅かった。

指がひんやりした空気に包まれた。

土を突き抜けたのだ。サマンサの生と死を分けていた墓の深さは六〇センチもなかった。喜んでいる暇はなかった。肺に空気は残っていない。掘り続ける以外に道はなかった。手に当たるものを払いのけた。木の葉。松ぼっくり。男たちは掘り返した土を隠そうとしたようだが、サムが土のなかから出てくるとは考えていなかったのだろう。土をつかんでは脇によけ、さらにつかみ、ひたすらそれを繰り返してから、最後に腹筋に力を入れて一気に体を起こした。

突然の新鮮な空気に息が詰まった。泥と血を吐き出す。髪がもつれていた。側頭部に手を当てた。小指が小さな穴に滑りこんだ。そのなかの骨はすべすべしている。弾が入った穴だ。彼女は頭を撃たれていた。

頭を撃たれていた。

手をおろした。目はあえてぬぐわなかった。遠くに目をこらしてみたが、森はぼんやりと見えるだけだ。ふたつの大きな光が、なまけもののマルハナバチのように顔の前を漂っているのが見えた。

気象観測用タワーの下を通り、舗装道路へと通じているトンネルに流れこむ水の音が聞こえた。

さらにふたつの光が漂っていく。

マルハナバチではなかった。

ヘッドライトだ。

二十八年後

1

チャーリー・クインはパイクビル中学校の暗い廊下を、不安に包まれながら歩いていた。朝帰りしたわけではないが、胸のなかは後悔ばかりだ。セックスするべきではない相手と初めてセックスしたのがまさにこの建物のなかだったから、ふさわしい感情だといえるかもしれない。厳密に言えばあれは体育館だったが、門限を遅くするのは危険だと言った父が正しかったことを証明する結果になった。

チャーリーは角を曲がりながら、手のなかの携帯電話を強く握りしめた。間違った少年。間違った男。間違った電話。間違った道。チャーリーは自分がどこにいるのかさっぱりわからなかった。向きを変え、来た道を戻る。どこもかしこも見慣れているような気がするのに、なにひとつ彼女の記憶どおりのところはなかった。

左に曲がると、そこはフロントオフィスの外だった。校長に呼び出された生徒が座って待つための椅子が並んでいる。プラスチックの椅子は、子供のころのチャーリーが腰かけていたものとよく似ていた。口答え。生意気な口をきいたこと。教師や同級生に乱暴な態度を取ったこと。大人の自分がその場にいたら、ティーンエージャーだったころのどうしようもない自分を引っぱたいていただろう。

窓に手を当てて、暗いオフィスのなかをのぞいた。ようやく記憶どおりのものが見えた。秘書のミセス・ジェンキンスがいた高いカウンター。水の染みがある天井から垂れさがるペナント。壁に貼られた生徒たちの作品。奥のほうでひとつだけ明かりがついていたが、ピンクマン校長に一夜の関係の相手の居所を尋ねようと思ったわけではない。その男からかかってきたのは、新たな誘いの電話ではなかった。「やあ、ゆうべ〈シェイディ・レイズ〉に止めたトラックのなかでやったあと、きみはぼくのｉＰｈｏｎｅを間違えて持って帰ったよ」の電話だった。

いったい自分はなにを考えていたのだろうと自問しても意味はない。〈シェイディ・レイズ〉は考えごとをするために行くような店ではないのだから。

手のなかで携帯電話が鳴った。チャーリーは、コング（犬用玩具のブランド）の玩具《おもちゃ》をくわえたジャーマンシェパードの見慣れない待ち受け画面を眺めた。発信者は〝学校〟になっている。

電話に出た。「もしもし」

「どこにいる？」彼の声は緊張していて、バーで会った見知らぬ男とのセックスに潜むあらゆる危険をチャーリーは思い浮かべた。治らない性感染症。嫉妬深い妻。子供を盾にして夫を思いどおりにできると考えている妻。

「ピンクのオフィスの前」

「回れ右して、ふたつ目の廊下を右に曲がるんだ」

「わかった」チャーリーは電話を切った。彼の口調の意味を考えようとしている自分に気づいたが、もう二度と会わないのだからどうでもいいことだと考え直した。

来た道を引き返して暗い廊下を歩いていくと、ワックスを塗った廊下の上でスニーカーがキュッキュッと鳴った。背後でカチリという音がした。フロントオフィスの明かりがついた。ミセス・ジェンキンスの幽霊のようにも見える背中の丸まった年配の女性が、カウンターの向こう側に足を引きずりながら歩いていく。どこか遠くで重たい金属製のドアが開閉する音がした。金属探知機の警告音が聞こえた。だれかが鍵束をじゃらじゃらさせていた。

朝の猛攻に備えて学校が身構えているかのように、なにか音がするたびに空気が引き締まっていく感じがする。チャーリーは壁の大きな時計を見た。時間割がいまも変わらないなら、最初のホームルームのベルがじきに鳴り、早く来てカフェテリアで待っていた子供たちで間もなく校舎はいっぱいになるだろう。

チャーリーもそんな子供のひとりだった。昔は父親のことを考えるたび、シェベットの窓から火をつけたばかりの煙草を持った手を垂らし、学校の駐車場から出ていく姿が脳裏に浮かんだものだ。

チャーリーは足を止めた。

教室の番号がようやく目に入り、とたんに自分がどこにいるのかを悟った。閉じた木のドアに指を触れた。第三教室、彼女の避難所。ミズ・ビーヴァーズははるか昔に引退したが、その老いた声が蘇ってきた。〝あなたが干し草をどこに隠しているかを教えなければ、あの子たちはあなたのヤギをつかまえられないの〟

チャーリーはいまでもその言葉の正確な意味を理解できていない。チャーリーがようやく復学したとき、容赦なく彼女をいじめたカルペッパー一族に関することなのだろうと想像するだけだ。

それとも、エッタ・ビーヴァーズという名の女子バスケットボールチームのコーチは、愚弄されるのがどういうことかを知っていたのかもしれない。

いまの状況にどう対処すればいいのか、チャーリーにアドバイスしてくれる人間はいなかった。大学を卒業してから初めて、チャーリーは行きずり《ワン・ナイト・スタンド》の関係を持った。体位のことを言うなら、ワン・ナイト・シットと呼ぶべきだろうか。これまでは、そういうことをするタイプではなかった。バーには行かないし、飲みすぎることもない。あとからひどく後悔するようなことは、まずしない。少なくとも最近までは。

チャーリーの人生は去年の八月からつまずき始めた。それ以来、次々に出現する誤りを正すことに、ほぼすべての時間を費やしている。五月という新しい月を迎えても、まったく進歩はなさそうだ。今回は、まだベッドから出ないうちに新たな失態が始まった。今朝、ハンドバッグから聞き慣れない呼び出し音が鳴ったのは、ベッドのなかでじっと天井を見あげ、ゆうべのようなことは二度と繰り返さないときつく自分に言い聞かせているときだった。

その携帯電話をアルミホイルで包んでオフィスの裏のゴミ箱に捨て、新しいものを買って、バックアップしてあるデータを復元すればよかったと気づいたのは、電話に応対してしまったあとだった。

その後の短いやりとりは、見知らぬふたりの人間が交わすにふさわしいものだった。

〝もしもし、名前を聞いたはずだが覚えていない人だね？　携帯電話を取り違えたみたいだ〟

彼の仕事場まで行くとチャーリーが言ったのは、自分の居所を知られたくなかったからだ。仕事場やどんな車に乗っているのかも。彼のピックアップトラックと引き締まった美しい体つきから、なにかの職人か農家だろうとチャーリーは勝手に考えていた。だが教師だと聞くと、『いまを生きる』（一九八九年のアメリカ映画）のような場面が脳裏に浮かんだ。そのあと彼が中学校で教えていると言ったときには、小児性愛者に違いないとなんの根拠もなく結論づけた。

「ここだ」彼は廊下の突き当りにある開いたドアの前に立っていた。

それが合図だったかのように頭上の蛍光灯が灯り、味も素っ気もない光がチャーリーを包んだ。とたんに彼女は、みすぼらしいジーンズと色あせたデューク・ブルー・デビルズのバスケットボールチームの長袖Tシャツを着てきたことを後悔した。

「なんてこと」チャーリーは思わずつぶやいた。廊下の突き当りになにか問題があったわけではない。

ミスター・名前を覚えていない男は、チャーリーの記憶よりもさらに魅力的だった。中学校の教師の制服ともいえるボタンダウンのシャツにチノパンという服装をしていても、四十代のたいていの男性がビールと揚げ物で脂肪を蓄えている場所にしっかり筋肉がついていることがよくわかった。不ぞろいの顎ひげは不精ひげと呼ぶには長く、こめかみの白いものはどこか謎めいた雰囲気を醸し出している。顎には、栓抜き代わりになりそうな深いくぼみがあった。

チャーリーがデートをしてきたタイプとは違っている。それどころか、あえて避けてきたタイプの男性だ。あまりに強く、あまりに謎めいている。弾の入った銃で遊ぶようなものだ。

「これがぼくの名」彼は教室の外の掲示板を指さした。白い厚手の丈夫な紙に小さな手書きの文字が書かれている。切り出された紫色の名前はミスター・ハックルベリーとあった。

「ハックルベリー?」チャーリーは尋ねた。

「本当はハッカビーだ」彼は手を差し出した。「ハックだ」

チャーリーはその手を握り返したあとで、彼はiPhoneを返してもらおうとしたのだと気づいた。「ごめんなさい」携帯電話を渡した。

彼は、多くの少女たちが胸を焦がしているに違いないと思える笑みを浮かべた。「きみのはこっちだ」

チャーリーは彼について教室に入った。彼は歴史の教師らしく、壁に何枚もの地図が貼られているのは納得がいった。〝ミスター・ハックルベリーは世界史が大好き〟という表示を信じるならばの話だが。

チャーリーは言った。「ゆうべのことはあまりよく覚えていないんだけど、確かあなたは海兵隊員だって言わなかった？」

「いまは違うが、中学校の教師よりはそっちのほうがセクシーに聞こえるからね」彼は自虐的な笑みを浮かべた。「十七歳で入隊して、六年前に辞めた」そう言って机に寄りかかった。「人の役に立つ仕事を続けたくて、復員軍人援護法を利用して修士を取った。そしてここにいるというわけだ」

「バレンタインデーには涙の染みのついたカードが山ほど届くんでしょうね」先生がミスター・ハックルベリーのようだったなら、歴史は毎回落第していただろうとチャーリーは思った。

「子供はいるの?」彼が訊いた。

「わたしが知るかぎり、いないわ」同じことを尋ねようとはしなかった。子供がいる人間は、犬の写真を携帯電話の待ち受け画面には使わないだろう。「結婚している?」

彼は首を振った。「向いていなかった」

「わたしには向いていたの。九カ月前から別居中だけれど」

「浮気したの?」

「そう思われても仕方ないけれど、違う」チャーリーは机の脇の棚に並ぶ本を指でなぞった。ホーマー。エウリピデス。ボルテール。ブロンテ。「あなたは『嵐が丘』を読むようには見えないけれど」

彼はにやりとした。「トラックではあまり話をしなかったからね」

チャーリーも笑い返そうとしたが、後悔のせいで口角がさがった。この何気ない、軽いやりとりのほうが、実際のセックスの行為よりも罪深いもののように感じられる。夫とも冗談を言い合った。夫にばかげた質問をした。

そしてゆうべ、結婚してから初めて、チャーリーは夫を裏切った。

ハックは彼女の気分が変わったことに気づいたらしかった。「もちろんぼくには関係ないことだが、きみを手放すなんて彼はばかだよ」

「わたしは面倒な女なのよ」チャーリーは地図の一枚に目を留めた。ヨーロッパのほとんどの場所と中東の一部に青いピンが刺してある。「この全部に行ったの？」

彼はうなずいたが、説明しようとはしなかった。

「海兵隊員って、海軍特殊部隊《Navy SEAL》っていうこと？」

「特殊部隊の海兵隊員はいるが、すべての海兵隊員が特殊部隊っていうわけじゃない」

質問に答えていないとチャーリーは言おうとしたが、ハックのほうが早かった。

「きみの電話は、夜明け前から鳴りだしたよ」

チャーリーの心臓が跳ねた。「出たの？」

「いいや。発信者のＩＤからきみがどんな人かを想像しているほうが楽しかったからね」

彼は机に腰かけた。「朝五時ごろにＢ２から電話があった。ビタミンショップの恋人なんだろうと思った」

心臓が再び跳ねた。「ビタミンＢ２はリボフラビンよ。スピンクラス（自転車に似た器具を使うフィットネスプログラム）のインストラクター」

彼は疑わしげに目を細くしたが、追及しようとはしなかった。「次の電話は五時十五分ごろ。〝ダディ〟と出たが、その前にシュガーとついていなかったから、きみの父親だろうと思った」

チャーリーはうなずいた。「ほかには？」

彼は顎ひげを撫でるふりをした。「五時半ごろから、郡刑務所からの電話が何本も入った。五分置きに、少なくとも六回はかかってきたね」

「さすがね、名探偵さん」チャーリーは降参だと言うように両手をあげた。「わたしは麻薬の密売人なの。週末に、何人かの運び屋が捕まったのよ」

彼は声をあげて笑った。「半分、信じるところだった」

「弁護士よ。麻薬の密売人って言ったほうが、すんなり受け入れてくれる人が多いの」

笑い声が止まった。再び彼の目が細くなり、陽気さが消えた。「きみの名前は?」

「チャーリー・クイン」

彼がたじろいだのを確かに見たとチャーリーは思った。

「なにか問題でも?」

彼は骨格が浮き出るくらい、強く奥歯を噛んだ。「クレジットカードの名前は違っていた」

聞き捨てならない台詞《せりふ》だ。「あれは結婚後の名前。どうしてわたしのクレジットカードを見たの?」

「見たわけじゃない。きみがカウンターに置いたとき、たまたま目に入っただけだ」彼は立ちあがった。「授業の準備をしないと」

「わたし、なにか変なことを言った?」チャーリーは冗談にしてしまおうとした。自分の言葉のせいであることはわかっていた。「必要になるまでは、みんな弁護士を嫌うのよね」

「ぼくはパイクビルで育った」

「それで説明がつくみたいな口ぶりね」

彼は机の引き出しを開け、そして閉めた。「ホームルームがもう始まる。一時間目の準備をしなきゃいけないんだ」

チャーリーは腕を組んだ。パイクビルに長く住む人間とこの手の会話をするのは初めてではない。「あなたみたいな振る舞いをするのには、理由がふたつある」

彼は聞こえないかのように、別の引き出しを開けて閉めた。

チャーリーは指を一本立てて言った。「ひとつ目はわたしの父を嫌っているから。それは別にかまわないのよ。父を嫌っている人は大勢いるもの。もしくは——」チャーリーはより可能性のある理由を説明しようとして、もう一本指を立てた。それは、復学した二十八年前にチャーリーがいじめのターゲットになった理由であり、カルペッパー一族を支持する人々からいまだに険しいまなざしを向けられる理由でもある。「父が彼らのわずかな生命保険とぽんこつのトレーラーを手に入れられるように、ザカライア・カルペッパーと罪のない弟を陥れる手助けをしたあばずれ娘だと、わたしのことを考えているかのどちらかね。言っておくけれど、父はそんなことをしていないから。未払いの弁護料二万ドルを請求することもできたのに、しなかった。言うまでもないけれど、わたしは目をつぶっていたってふたりのことがわかった」

チャーリーが言い終わるのを待たずに、彼は首を振った。「そういうことじゃない」

「本当に?」パイクビルで育ったと彼が言ったときに、カルペッパー信者なのだろうとチャーリーは決めつけていた。

だが一方で、ヘロインを少しばかりやりすぎたり、売春婦と遊びすぎたりして本人が必要とするまでは、元海兵隊員がラスティのような弁護士を嫌うのは理解できた。父がいつも言っているように、民主党員は刑事司法制度を経験した共和党員にすぎない。

チャーリーは言った。「わたしは父が好きだけれど、同じような仕事のやり方はしない。わたしが取り扱う事件の半分は未成年相手だし、もう半分は麻薬関連。愚かなことをした愚かな人たちのために働いている。ああいう人たちには、厳しすぎる刑罰を検察官から求刑されないために弁護士が必要なのよ」チャーリーは肩をすくめた。「わたしはただ、ハンディをなくしているだけ」

ハックは彼女をにらみつけた。さっきまではただの怒りだったものが、ひとつまばたきをするあいだに激怒に変わっていた。「ぼくの教室から出ていってもらいたい。いますぐに」

彼の口調にチャーリーは思わずあとずさりした。彼女がここにいることはだれも知らないうえ、ハックは片手で彼女の首を折れるだろうことに、初めて思い至った。

「わかった」机の上の携帯電話を奪うように手に取ると、ドアのほうへと歩きだした。口を閉じて出ていくべきだとわかっていながら、振り返って尋ねる。「父があなたになにをしたの？」

ハックは答えなかった。椅子に座って机に向かったまま、赤いペンを手に持ち、書類の束の上に頭を垂れている。

チャーリーは待った。

答える気はないことを告げるように、彼はこつこつとペンで机を叩いた。ペンをどこに刺せばいいのかをチャーリーが教えようとしたとき、廊下で大きな破裂音がした。

続いてもう三度。

花火ではない。

車のバックファイヤーではない。

銃が人の体に撃ちこまれるところを間近で見た人間は、銃声を絶対に聞き間違えたりはしない。

チャーリーは床に引き倒された。ハックがファイルキャビネットの向こう側に彼女を引っ張りこんで、その上に覆いかぶさった。

彼がなにか言ったが――口が動くのが見えた――チャーリーに聞こえるのは、頭のなかで反響する銃声だけだった。間違えようのない四発の銃声に、恐ろしい過去が蘇る。以前と同じように、口のなかがからからになった。以前と同じように、心臓が鼓動を止めた。喉が詰まる。視界が狭まる。あらゆるものが小さくなって、点になった。

ハックの声が戻ってきた。「中学校で何者かが発砲している」電話に向かって落ち着いた声で話している。「校長室の近くらしい――」

再び破裂音。

またたれかが撃ったのだ。

さらにもう一発。

そのとき、ホームルームのベルが鳴った。

「まずい」ハックが言った。「カフェテリアには少なくとも五十人の生徒がいる。ぼくは――」

血を凍らせるような悲鳴が彼の言葉を遮った。

「助けて！」女性の叫び声がした。「お願い、助けて！」

チャーリーは目をしばたたいた。

ガンマの胸がはじける。

もう一度まばたきした。

サムの頭から血しぶきが飛ぶ。

チャーリー、逃げて！

ハックが止める間もなく、チャーリーは教室を飛び出していた。走る。心臓が激しく打つ。スニーカーはワックスを塗った床を踏みしめていたが、チャーリーは裸足の足の裏に土を、顔に当たる木の枝を感じていた。有刺鉄線のような恐怖に胸を締めつけられていた。

「助けて！」女性が叫んだ。「お願い！」

角を曲がったところで、ハックが追いついてきた。だがチャーリーの視界はひどく狭まっていたので、なにかが動いているとしかわからない。彼女に見えていたのは廊下の先の三つの人影だけだった。

男性の爪先が天井を向いている。

その向こうの右側には、小さなふたつの足。

ピンクの靴。ソールには白い星。歩いたときにぴかぴか光るライト。

幼い少女の横に中年の女性が膝をついて、体を前後に揺すりながら泣き叫んでいた。

チャーリーも泣きたかった。

血がオフィスの外のプラスチックの椅子を赤く染め、壁や天井に飛び散り、床を濡らしていた。

体から力が抜けていくようなこの惨状には覚えがあった。チャーリーは走る速度を落とし、やがて歩きだした。この光景は前にも見たことがある。いずれはすべてを小さな箱に閉じこめて封印できることを、人生を続けていけることをチャーリーは知っていた。たとえあまりよく眠れなくて、深く息ができなくて、充分に生きていなくて、死に連れ去られそうになるとしても。

どこかで、いくつかのドアが勢いよく開く音がした。廊下を歩く大きな足音。声があがる。悲鳴。泣き声。だれかが叫んでいるが、チャーリーには聞き取ることができなかった。水のなかにいるようだ。増した重力に逆らうように腕と脚を持ちあげて、ゆっくりと動いた。見たくないものすべてを脳が無言で記憶に刻んでいく。

ピンクマン校長が仰向けに倒れている。青いネクタイが肩にかかっている。白いドレスシャツの中央から血が噴き出している。左側頭部に穴が開いて、白い頭蓋骨周辺にずたずたになった紙のような皮膚が垂れさがっている。右目があったところには、深く黒い穴がある。

ミセス・ピンクマンは夫のかたわらにはいなかった。さっきまでの悲鳴はやんでいた。膝の上に少女の頭をのせて、パステルブルーのセーターをその首に押し当てていた。銃弾は少女の重要な臓器に傷を負わせたようだ。ミセス・ピンクマンの両手は真っ赤だった。結婚指輪のダイヤモンドがサクランボの種のようになっていた。

チャーリーの膝から力が抜けた。

少女の横に膝をつく。

チャーリーは森のなかに倒れている自分を見ていた。

十二歳？　十三歳？

ひょろりとした細い脚。ガンマのような黒いショートヘア。サムのような長いまつげ。

「助けて」ミセス・ピンクマンの声はしわがれていた。「お願い」

チャーリーは手を伸ばしたが、その手をどうすればいいのかわからなかった。少女は白目をむいたかと思うと、その視線が不意にチャーリーの上で焦点を結んだ。

「大丈夫よ」チャーリーは少女に言った。「大丈夫だから」

「この小羊をお導きください、神さま」ミセス・ピンクマンが祈っている。「この子のそばにいてやってください。急いでこの子を助けてください」

死んじゃだめ。チャーリーは頭のなかで願った。あきらめちゃだめ。高校に行くの。大学にも行って、結婚するの。あなたを愛してくれている家族の心に大きな穴を開けないで。

「いますぐわたしをお導きください、神さま、どうぞお救いください」

「わたしを見て」チャーリーは言った。「よくなるから」

この少女がよくなることはない。

少女のまぶたが震え始めた。紫色になった唇が開く。小さな歯。血の気のない歯茎。淡いピンク色の舌の先。

少女の顔からゆっくりと色が消えていく。チャーリーは、山に冬がやってくるときの様子を連想した。赤やオレンジや黄色に華やかに色づいた木の葉が暗褐色に変わり、茶色になり、そして散っていく。冷たい冬の指が町の外の山麓にまで届くころには、すべてが死んでいるのだ。

「ああ、神さま」ミセス・ピンクマンはすすり泣いている。「小さな天使。かわいそうな小さな天使」

いつそうしたのか記憶になかったが、チャーリーの指と少女の小さな指がからまってい た。校庭に落ちていた手袋のように小さくて冷たい。チャーリーが見つめるあいだに少女の指からゆっくりと力が抜けていき、やがてぱたりと床に手が落ちた。

逝ってしまった。

「コード・ブラック！」

突然聞こえた声に、チャーリーはぎくりとした。

「コード・ブラック！」警官が廊下をこちらに走ってくる。片手に無線機を、もう一方の手に散弾銃を持っていた。パニックに陥っているのか、声が裏返っている。「学校に来てくれ！　学校に来てくれ！」

一瞬、彼とチャーリーの目が合った。はっとしたような表情がその顔に浮かんだのもつかの間、彼は少女の死体に気づいた。恐怖と悲嘆に表情が歪んだ。靴の先端が血だまりに触れた。足が滑り、床にしたたかに体を打ちつけた。開いた口から息が漏れた。手から散弾銃が離れ、床を滑っていく。

チャーリーはたったいままで少女の手を握っていた自分の手を見つめた。指をこすり合わせる。血はべとべとしていた。オイルのようにぬるぬるしていたガンマのものとは違う。**真っ白な骨。心臓と肺の一部。腱と動脈と静脈と命が、ぽっかり開いた傷口からこぼれ出ていた。**

すべてが終わってから、農家に戻ったときのことを思い出した。ラスティは人を雇って後片付けをさせたはずだったが、完全ではなかった。数カ月後、キャビネットの奥でボウルを捜していたチャーリーは、ガンマの歯のかけらを見つけていた。

「やめろ！」ハックが叫んだ。

チャーリーは顔をあげ、そこで目にしたものに衝撃を受けた。いままで気づいていなかったものに。ほんの十五メートルも離れていないにもかかわらず、ひと目見たときには理解できなかったものに。

ティーンエージャーの少女がロッカーに背中を向けて、床に座りこんでいた。チャーリーの脳に映像が蘇った。惨状に向かって廊下を走っていたとき、狭まっていた視界の隅にこの少女がいた。チャーリーはひと目で少女のタイプを見て取っていた。黒い服に黒のアイライナー。ゴスだ。血はない。丸い顔はショックを浮かべてはいるものの、痛みはなさそうだ。この子は大丈夫。チャーリーはそう考え、彼女を通り過ぎ、ミセス・ピンクマンと少女に駆け寄ったのだ。けれどゴス少女は大丈夫ではなかった。

撃ったのは彼女だった。

手のなかにリボルバーがある。けれど新たな被害者を探す代わりに、彼女はその先端を自分の胸に向けていた。

「銃を捨てろ！」警官は散弾銃を構え、数メートル離れたところで叫んだ。銃を握りしめる手も前のめりになって体を揺するその動きも、すべてが恐怖に支配されている。「銃を捨てろと言ったんだ！」

「わかっている」ハックは少女をかばうように、彼女に背を向けて膝をついていた。両手をあげているが、その声はしっかりしていた。「大丈夫だ。落ち着いて」

「そこをどけ！」警官は冷静さを失っていた。興奮していて、狙いをつけた瞬間に引き金を引くつもりだろうと思えた。「そこをどけと言っているんだ！」

「彼女はケリーだ」ハックが言った。「ケリー・ウィルソン」

「いいからどけ、ばか野郎！」

チャーリーの視界に男たちは入っていなかった。彼女が見ていたのは銃だ。

リボルバーと散弾銃。

散弾銃とリボルバー。

全身をうねりが通り過ぎ、これまでに何度も経験してきたように感覚が麻痺していくのがわかった。

「どけ！」警官はハックをよけて狙いをつけようと、散弾銃を右に左にと動かした。「お

れの邪魔をするな！」

「どかない」ハックはそこを動こうとはしなかった。手はあげたままだ。「やめるんだ。

彼女はまだほんの十六歳だ。きみだって殺したくは──」

「そこをどけ！」警官の恐怖がパチパチと音をたてて放電しているようだった。「床に伏

せろ！」

「やめてくれ」ハックは散弾銃の動きに合わせて体を移動させ、警官に狙いをつけさせな

かった。「彼女は自分を撃とうとしているだけだ」

少女の口が動いた。チャーリーには聞き取れなかったが、警官の耳には届いたようだ。

「あのくそガキの言ったことを聞いただろう？　やらせりゃいい。それがいやなら、そこ

をどくんだ！」

「お願い」ミセス・ピンクマンのか細い声が聞こえた。チャーリーは彼女のことをすっか

り忘れていた。校長の妻はなにも見なくてすむように、両手で顔を覆っていた。「お願い、

やめて」

「ケリー」ハックの声は穏やかだった。上に向けた手を彼女に向かって差し出す。「ケリ

ー、銃を渡すんだ。そんなことをしなくていいんだ」数秒待ってから、さらに言う。「ケ

リー、ぼくを見て」

少女はゆっくりと顔をあげた。口は開き、目はガラスのように生気がない。

「前廊下！　前廊下！」もうひとりの警官がチャーリーの脇を駆け抜けた。片膝をつき、両手でグロックを構えながら、床を滑っていく。「銃を捨てろ！」

「お願いです、神さま」ミセス・ピンクマンは手に顔をうずめてすすり泣いている。「どうぞこの罪をお赦《ゆる》しください」

「ケリー、銃を渡すんだ。これ以上だれも傷つけることはない」ハックが言った。

「伏せろ！」ふたり目の警官が怒鳴った。興奮のあまり、声がうわずっている。引き金にかけた指に力が入っているのがわかった。「床に伏せろ！」

「ケリー」ハックは怒った親のような毅然《きぜん》とした口調になった。「これ以上言わない。いますぐ銃を渡すんだ」自分の言葉を強調するように、差し出した手を揺する。「いますぐ」

ケリー・ウィルソンはうなずいた。ハックの言葉が頭のなかでゆっくりと意味を持ち始めたのか、少女の目が少しずつ焦点を取り戻していく。するべきことを指示してくれる人がいる。この状況から逃れる方法を示してくれる人がいる。少女の肩から力が抜けた。口が閉じる。数回まばたきをした。少女がどういう状態にあったのか、チャーリーは理屈ではなく理解できた。彼女の時間は止まっていて、再び動かすための鍵をだれかが見つけたのだ。

ケリーはハックの手にゆっくりとリボルバーを置いた。

そのとき、警官が引き金を引いた。

2

銃弾が腕をかすめ、ハックの左肩ががくんと跳ねあがった。鼻孔が広がる。息を吸おうとして唇が開く。シャツに赤いアヤメのような血の花が咲いた。それでもハックは、ケリーから受け取ったリボルバーを放そうとはしなかった。

だれかがつぶやいた。「なんてこった」

「ぼくは大丈夫だ」ハックは自分を撃った警官に言った。「きみは銃をしまうんだ。いいね？」

警官の手は銃を握っていられないくらい、激しく震えていた。

「ロジャーズ巡査、銃をしまって、このリボルバーを受け取るんだ」

チャーリーは、警官の一群が脇を駆け抜けていくのを感じた。速い動きを表すときの漫画の曲線のように、空気が彼女のまわりで大きくうねった。

気がつけば、救急医療隊員に腕を握られていた。だれかが彼女の目にペンライトの光を当て、怪我《けが》をしているのか、ショック状態なのか、病院に行きたいのかを尋ねてきた。

「いいえ」ミセス・ピンクマンが言った。別の救急医療隊員が彼女の様子を確かめている。彼女の赤いシャツは血に染まっていた。「わたしは大丈夫です」

だれもミスター・ピンクマンの様子を確かめてはいなかった。

だれも幼い少女の様子を確かめてはいなかった。

チャーリーは自分の手を見おろした。指先で骨が震えている。その感覚がゆっくりと全身に広がっていき、やがて自分が体の三センチ外側に立っているように思えてきた。息のひとつひとつが、その前の息の残響のようだ。

ミセス・ピンクマンがチャーリーの頬に片手を当てた。親指で涙をぬぐった。彼女の顔の深いしわには痛みが刻まれていた。ほかの人間だったならチャーリーは体を引いていただろうが、ミセス・ピンクマンのぬくもりにはおとなしく身を預けた。

前にも似たようなことがあった。

二十八年前、まだミス・ヘラーだったミセス・ピンクマンは、あの農家から三キロ離れたところで両親と共に暮らしていた。ためらいがちなノックの音に応対し、フロントポーチに立つ十三歳のチャーリーを見つけたのが彼女だった。汗と血にまみれたチャーリーは、アイスクリームはありますかと彼女に訊いた。

当時の話をするとき、人々が必ず強調するのがそれだった。ガンマが殺されたことでも、サムが生きたまま埋められたことでもなく、とてもひどいことが起きたとミス・ヘラーに話す前に、チャーリーがたっぷりとアイスクリームを食べたことだ。

「シャーロット」ハックがチャーリーの肩をつかんだ。チャーリーは、もう彼女のものではなくなった名前を繰り返す彼の口元を眺めていた。ネクタイが緩んでいる。腕に巻かれた白い包帯に赤い染みができている。

「シャーロット」彼はもう一度チャーリーを揺すった。「お父さんに電話するんだ。いますぐ」

チャーリーは顔をあげ、あたりを見まわした。時間は、彼女を置き去りにしていた。ミセス・ピンクマンはいなくなっていた。救急医療隊員はいなくなっていた。さっきと同じなのは死体だけだ。ほんの数メートル向こうに横たわっている。肩にネクタイがかかったままのミスター・ピンクマン。血の染みがついたピンクの上着の少女。

「電話するんだ」ハックが言った。

チャーリーはうしろのポケットに入っている携帯電話を探った。彼の言うとおりだ。ラスティが心配するだろう。無事であることを知らせなくてはいけない。

「新聞記者をよこすように言うんだ。警察署長でもいい。彼が呼べる人間ならだれでもいいから」ハックは視線を逸らした。「ぼくでは止められない」

チャーリーは心臓をなにかにつかまれた気がした。危険なものに囚《とら》われていると彼女の体が告げている。廊下を見つめるハックの視線をたどった。

彼はチャーリーを心配していたわけではなかった。

彼はケリー・ウィルソンを心配していた。

ケリーは床にうつぶせにされ、背中にまわした両手に手錠をはめられていた。小柄でチャーリーとほぼ変わらない体形であるにもかかわらず、凶暴な犯罪者のように押さえつけられている。警官のひとりが背中を膝で押さえ、別のひとりが脚の上にかがみこみ、さらに別の警官が顔をブーツで踏みつけている。

これだけなら、百歩譲って許容範囲の拘束と呼べるかもしれないが、ハックがラスティに電話をしろと言ったのには違う理由があった。さらに五人の警官が少女を取り囲んでいたのだ。いままではなにも聞こえなかったが、ようやく彼らの言葉がチャーリーの耳に届き始めていた。彼らはわめき、罵り、両手を振りまわしている。そのなかには知っている顔もあった。高校でいっしょだったり、裁判所で見かけたり、あるいはその両方だったりした。彼らの顔は一様に怒りに染まっていた。死人が出たことに激高し、自分の無力さに激怒している。ここは彼らの町で、彼らの学校だった。彼らの子供がここの生徒だったり、教師だったり、友人だったりした。

警官のひとりが、金属製のドアのヒンジが壊れるくらい強くロッカーを殴りつけた。檻のなかの動物のように、行ったり来たりを繰り返している者もいる。実際、彼らは動物なのかもしれなかった。なにかひとつ間違ったことを言えば、それが蹴りになり、パンチになり、次には警棒が抜かれ、銃が取り出され、彼らはジャッカルのようにケリー・ウィルソンに襲いかかるだろう。

「娘が同じ年だ」だれかが食いしばった歯の隙間から言った。「同じクラスだった」

再びロッカーにこぶしが叩きこまれた。

「おれはピンクに教わった」

「ピンクはもう二度とだれにも教えられない」

別のロッカーのドアのヒンジが蹴り壊された。

「あなたたち――」そこまで言ったところで、チャーリーの声が裏返った。危険だ。危険すぎる。「やめて」懇願した。「お願いだから、やめて」

男たちにはその声が聞こえなかったのか、あるいは聞くつもりがなかったらしい。

「シャーロット」ハックが言った。「首を突っこむんじゃない。いいから――」

「くそったれのガキが」ケリーの背中を膝で押さえつけている警官が、彼女の髪をつかんだ。「どうしてこんなことをした？　どうしてふたりを殺した？」

「やめて」チャーリーが言った。ハックが腕をつかもうとしたが、チャーリーはかまわず立ちあがった。「やめて」

だれも聞いていなかった。全身の筋肉が男たちの怒りに口をはさむなと告げていたから、チャーリーの声はあまりに弱々しかった。喧嘩をしている犬を止めようとするのに等しい。

それも弾の入った銃を持つ犬を。

「ねえ」恐怖のせいで言葉がつかえた。「彼女を警察署に連れていって。留置場に入れて」

高校時代から知っている、体ばかりたくましいジョナ・ヴィッカリーが金属の警棒を取り出した。

「ジョナ」膝がいまにもくずおれそうで、チャーリーは壁に寄りかからなければならなかった。

「ミランダ警告をしないと告知しないと――」

「シャーロット」ハックが座るようにと身振りで示した。「口をはさむんじゃない。お父さんに電話するんだ。彼なら止められる」

そのとおりだ。警官たちは彼女の父親を恐れている。彼がどんなことをしているかを知っている。チャーリーは電話のホームボタンを押そうとした。指がうまく動かない。汗のせいで乾いた血がペーストのようになっていた。

「急げ。彼女が殺されてしまう」

だれかがケリーの脇腹を蹴り、彼女の腰が床から浮きあがった。

別の警官も金属の警棒を取り出した。

チャーリーはようやくホームボタンを押した。ハックの犬の写真が画面に出てきた。チャーリーは暗証番号をハックに訊かなかった。手遅れだ。ラスティに電話をかけてももう間に合わない。ロック画面を飛び越せることを知っていたので、カメラのアイコンをタップした。二度スワイプすると、ビデオの録画が始まった。少女の顔にズームする。「ケリー・ウィルソン。こっちを見て。息はできる?」

ケリーがまばたきした。顔の横を踏みつけている警察支給の黒いブーツに比べると、その頭はまるで人形のようだ。

「ケリー、カメラを見て」

「ちきしょう」ハックが毒づいた。「だから――」

「やめなさい」チャーリーは肩でロッカーをこすりながら、男たちに近づいた。「彼女を警察署に連れていくの。写真を撮って、指紋を取る。こんなことは――」

「動画を撮っているぞ」警官のひとりが言った。グレッグ・ブレナーだ。彼も体ばかりたくましいろくでなしだ。「やめろ、クイン」

「十六歳の女の子なのよ」チャーリーは撮影を続けた。「わたしがいっしょに車に乗る。あなたたちは彼女を逮捕して――」

「やめさせろ」ジョナが言った。ケリーの顔を踏みつけているのが彼だ。「あの女はくそったれの父親よりも始末が悪い」

「アイスクリームを食わせてやれ」アル・ラリシーが言った

「ジョナ、彼女の顔から足をどけて」チャーリーは男たちひとりひとりの顔にカメラを向けた。「正しいやり方があるはずよ。わかっているでしょう？　この事件をややこしいことにしないで」

ジョナは足にさらに力をこめた。ケリーの口が開き、歯のブリッジが頬の裏側に食いこんだのか、血が流れてきた。

「あそこで死んでいる子を見たか？」ジョナは廊下を指さした。「首が吹き飛ばされているのを見たか？」

「どう思うの？」チャーリーの手は、まだ少女の血にまみれていた。

「おまえは、罪のないふたりの被害者よりもくそったれの人殺しのほうが大事なんだろう」

「もういい」グレッグが電話をつかもうとした。「切れ」

チャーリーはそれをかわし、撮影を続けようとした。「わたしたちふたりを車に乗せて。警察署に連れていって、そして――」

「それをよこせ」グレッグが再び電話に手を伸ばした。

チャーリーは逃げようとしたが、グレッグの動きは速かった。彼女の手から電話を奪い、床に投げ捨てた。

チャーリーはかがみこんで、それを拾おうとした。

「やめろ」

チャーリーはさらに手を伸ばした。

なんの前触れもなく、グレッグの肘がチャーリーの鼻を打った。チャーリーの頭がのけぞり、ロッカーにぶつかる。その痛みはあたかも顔の内側で爆弾が爆発したかのようだ。チャーリーの口が開いた。咳《せ》きこんで血を吐き出した。

だれも動かなかった。

だれもなにも言おうとはしなかった。

チャーリーは両手で顔を覆った。蛇口をひねったように、鼻から血が噴き出してくる。チャーリーは呆然《ぼうぜん》としていた。グレッグは呆然としているように見えた。わざとじゃないと言わんばかりに、彼は両手を広げてみせた。だがあとの祭りだ。チャーリーはよろめいた。自分の足につまずく。支えようとしてグレッグが手を伸ばしたが、間に合わなかった。床に倒れこみながらチャーリーが最後に見たものは頭上でまわる天井だった。

3

チャーリーは取調室の隅に体を押しこむようにして床に座っていた。警察署に連行されてからどれくらいの時間がたったのだろう。少なくとも一時間にはなるはずだ。手首には手錠がはめられたままだった。折れた鼻にはトイレットペーパーが突っこまれ、後頭部を縫ったところが痛んだ。頭ががんがんする。目がかすむ。胃がひっくり返りそうだ。写真を撮られた。指紋を取られた。同じ服を着たままだ。ジーンズには赤黒い染みがいくつもできている。デューク・ブルー・デビルズTシャツにも同じ模様ができていた。使うことのできたトイレでは、汚らしい蛇口から冷たい茶色い水がちょろちょろ流れるだけだったので、両手には乾いた血がこびりついたままだ。

二十八年前、チャーリーは風呂に入らせてほしいと病院で看護師に頼んだ。ガンマの血が肌にこびりついていた。なにもかもがべたべたしていた。赤いレンガの家が焼けてから、チャーリーは一度も全身をお湯に浸していなかった。温かさにすっぽりと包まれて、記憶から悪い夢が消えていくように血と骨が流れていくのを見たかった。

けれどなにひとつ消えることはなかった。時間はただ記憶の角を削るだけだった。

チャーリーはゆっくりと息を吐き出した。側頭部を壁にもたせかけて、目を閉じる。学校の廊下で死んでいる少女が見えた。冬が来るときのように彼女から色があせていく。ガンマのときと同じように、少女の手が自分の手から滑り落ちる。

少女はいまもまだ学校の冷たい廊下に横たわっているのだろう――少なくとも彼女の遺体は、ミスター・ピンクマンの遺体といっしょにあそこにある。ふたりとも死んで、最後にまた不当な目に遭っている。人々がまわりを行ったり来たりしているあいだ、覆うものもなく、無防備なままでさらされている。殺人事件とはそういうものだ。犯罪現場の隅々まで写真を撮り、分類し、計測し、図を描き、捜査するまで、なにひとつ動かすことはできない。それがたとえ子供であり、みんなから愛されたコーチであったとしても。

チャーリーは目を開けた。

どれも彼女がよく知っていることだった。頭から消すことのできないイメージであり、砂利道ですり減っていくタイヤのように、脳が何度も繰り返し再生を続ける暗い場面だ。

チャーリーは口で息をしていた。鼻がずきずき痛む。救急医療隊員は折れていないと言ったが、信用していなかった。彼女が頭を縫合されているあいだ、警官たちは口裏を合わせ、互いをかばうような報告をしていた。チャーリーが反抗的で、自分からグレッグの肘にぶつかっていき、彼女がうっかり踏んだせいで携帯電話が壊れたことになっていた。

ハックの携帯電話だ。

あの携帯電話もそこに記録されている内容も自分のものだと、ハックは繰り返し強調した。動画が削除されていることがわかるように、彼らに画面を見せることすらした。

そのときは痛みがひどくて首を振ることもできなかったが、いまならできる。警官たちは正当な理由もなくハックを撃った。だがそのハックが彼らの味方をしている。チャーリーはこれまで関わったほぼすべての警察で、この手の言動を見ていた。

どういった事情であれ、彼らは必ず身内をかばう。

ドアが開いた。ジョナが入ってきた。両手にひとつずつ、折り畳み椅子を持っている。ウィンクをしてみせたのは、チャーリーが自分の監視下にあることがうれしいからだ。高校時代から、彼はそういうサディスティックなところがあった。警官の制服はそれを正当化したにすぎない。

「父に連絡して」だれかが取調室に入ってくるたびに、チャーリーは同じ言葉を繰り返していた。

ジョナは再びウィンクをすると、テーブルの両側に椅子を広げた。

「わたしには弁護士を呼ぶ権利がある」

「たったいま電話で話をしたよ」そう答えたのはジョナではなく、地方検事補のベン・バーナードだった。彼はろくにチャーリーを見ようともせずテーブルにフォルダーをどさりと置くと、椅子に腰をおろした。「彼女の手錠をはずしてくれ」

ジョナが訊いた。「テーブルにつなごうか？」

ベンはネクタイを撫でおろすと、ジョナをまっすぐに見つめて言った。「わたしの妻の手から、いまいましい手錠をいますぐはずせと言ったんだ」

ベンはいくらか声を荒らげたものの、怒鳴ることはなかった。彼は決して怒鳴らない。少なくともチャーリーと知り合ってからの十八年間、怒鳴ったことは一度もなかった。

ジョナはあくまでも自分のタイミングと意思ですることだと思い知らせるように、指先で鍵をぶらぶらと揺らした。チャーリーの手首から乱暴に手錠をはずしたが、彼女はすっかり感覚が麻痺していてなにも感じなかったので、意味のないことだった。

ジョナは取調室を出ていくと、音をたててドアを閉めた。

チャーリーはコンクリートの壁に反響するその音を聞いていた。床に座ったまま、ベンがなにか冗談っぽいことを言うのを待ったが、彼はいま、殺されたふたりの被害者と自殺しかねないティーンエージャーに対処せねばならず、そのうえ自分の妻は血まみれで取調室の隅に座っている状態だったので、顎をあげて向かいの椅子に座るようにと促してきただけで満足することにした。

チャーリーは尋ねた。「ケリーは無事なの？」

「自殺しないよう監視している。二十四時間体制でふたりの女性警官が見張っている」

「十六歳なの」チャーリーは言ったが、ケリー・ウィルソンが成人として起訴されることはふたりともよくわかっていた。ティーンエージャーであることの——文字どおり——唯一の救いは、未成年者は死刑にならないというだけだ。「彼女が親に会わせてと言ったら、それは弁護士を要求したのと同じ意味よ」

「それは裁判官次第だ」

「そのときは、パパが裁判地の変更を要請するもの」この案件を引き受ける弁護士は父以外にいないことをチャーリーは知っていた。

ベンが再度、顎で椅子を示すと、頭上の明かりが眼鏡に反射した。

チャーリーは壁にもたれるようにして、立ちあがった。めまいが襲ってきて、思わず目を閉じる。

ベンが訊いた。「医者に診てもらうか？」

「さっきも訊かれた」チャーリーは病院に行きたくなかった。おそらく脳震盪《のうしんとう》を起こしたのだと思うが、体のどこかでなにかしっかりしたものに触れていれば歩くことはできる。

「わたしは大丈夫」

ベンは無言だったが、〝もちろんきみは大丈夫だ、いつだってきみは大丈夫だ〟という声に出さない言葉が部屋じゅうに反響していた。

「ほらね」チャーリーは指先を壁に当てたまま言った。綱渡りをしている気分だ。

ベンは顔をあげなかった。眼鏡の位置を調節し、目の前のファイルフォルダーを開いた。紙が一枚入っている。ベンがかっちりした大きな字を書き始めても、チャーリーはそこに焦点を合わせることができなかった。

「わたしはなんの罪で告発されているの?」

「司法妨害だ」

「それってなんにでも使えて便利よね」

ベンは書き続けている。やはりチャーリーを見ようとはしない。

「あの人たちがわたしになにをしたのか、もう知っているんでしょう?」

返ってきたのは、ベンが紙の上にペンを走らせる音だけだった。

「だからあなたはわたしを見ないのね。すでにあの向こうからわたしを見たから」チャーリーはマジックミラーを頭で示した。「あそこにはだれがいるの? コイン?」地方検事のケン・コインはベンの上司で、なにごとも白黒はっきりつけたがる耐えがたいほど不愉快な男だ。最近は、住宅建築ブームのせいでメキシコ人の移民がアトランタから大量に流れてきているから、茶色もそこに加えたほうがいいかもしれない。

チャーリーは鏡に目をやり、コイン地方検事に敬意を表して中指を立てている自分の姿を眺めた。

ベンが言った。「きみは現場でひどく動揺していて、ブレナー警官が落ち着かせようとしていたときに、たまたま彼の肘に鼻が当たってしまったと、九人の証人が供述している」

彼が法律家として話をしてくるのなら、彼女も法律家として対応するまでだ。「携帯電話で撮った動画にはその様子が映っているのかしら？　それとも、削除されたファイルを復元してもらうように裁判所の命令が必要？」

ベンは肩をすくめた。「必要なことをすればいい」

「わかった」チャーリーはテーブルに両手をついて体を支え、椅子に腰をおろした。「わたしが過剰な暴力をふるわれたと申し立てなければ、でっちあげの司法妨害の告発を取りさげるということ？」

「でっちあげの司法妨害の告訴はすでに取りさげた」彼のペンは次の行に移った。「そうしたければ、好きなだけ申し立てをすればいい」

「わたしは謝罪してほしいだけ」

鏡の向こうでなにか音がした。息を呑んだような音。この十二年のあいだにチャーリーは、パイクビル警察を相手に二度大きな勝利を収めていた。チャーリーは、自分の目の前で死んだ少女のために悲しんでいるのでも、退学がふさわしいとわかっていながら居残りの罰を与えるだけですませてくれた校長先生の死を悼んでいるのでもなく、市から受け取れる金の額を数えているに違いないとケン・コインは考えていたのだろう。

ベンは顔を伏せたままだ。テーブルにこつこつとペンを打ちつけている。チャーリーは、学校の机で同じことをしていたハックのことを考えまいとした。

「本当にいいのか？」

チャーリーはそこにコインがいることを願いながら、鏡に向かって手を振った。「なにか間違ったことをしたとあなたたちが認められるなら、正しいことをしたときには世間の人はそれを信じてくれるでしょうね」

ベンはようやくチャーリーに目を向けた。怪我の具合を確かめるように、その視線が彼女の顔をなぞった。顔をしかめたベンの口のまわりに細かいしわが寄り、眉間にくっきりとした溝が刻まれるのを見て、彼は自分の妻の顔にも同じような老いの兆候を見ているのだろうかとチャーリーは考えた。

ふたりが出会ったのはロースクールだった。ベンはチャーリーといっしょにいるためにパイクビルに移ってきた。残りの人生をいっしょに過ごすはずだった。

チャーリーは言った。「ケリー・ウィルソンには――」

ベンは片手をあげて彼女を黙らせた。「きみが言おうとしていることすべてにぼくが同意するのは、わかっているはずだ」

チャーリーは椅子の背に体を預けた。ベンも彼女も、ラスティとケン・コインのように〝我々対彼ら〟という考え方をしたことはなかったと思い出した。

「グレッグ・ブレナーから書面で謝罪してもらいたい。本当の謝罪よ。〝きみがそんなふうに感じたことを残念に思う〟なんていうたわごとじゃなくて。わたしがヒステリックな女で、自分は乱暴なことはしていないみたいな言い訳もまっぴら」

ベンはうなずいた。「わかった」

チャーリーは書類に手を伸ばした。ペンを手に取った。文字はにじんでよく見えなかったが、証人の供述書は散々見ていたから、どこに自分の名前を書けばいいのかはわかっている。下のほうにサインをして、ベンに書類を返した。「取引条件についてはあなたを信じるわ。どうにでも好きなように書いて」

ベンは書類を見つめた。紙の端で彼の指が止まった。見つめているのはチャーリーのサインではなく、白い紙に残された血の指紋だ。

チャーリーは視界をはっきりさせようとしてまばたきをした。この九カ月で、ふたりがいちばん近づいた瞬間だった。

「わかった」ベンはフォルダーを閉じて、立ちあがった。

「ふたりだけ?」チャーリーが尋ねた。「ミスター・ピンクとあの――」

「そうだ」ベンはつかの間ためらったあと、再び腰をおろした。「管理人のひとりがカフェテリアを封鎖した。教頭は外でバスを止めた」

ケリー・ウィルソンがベルが鳴る数秒前でなくあとで発砲していたなら、どれほどの被害が出ていたかは、考えたくもなかった。

「全員に話を聞く必要がある。生徒。教師。スタッフ」

　これだけ大きな事件にこの町が自分たちだけで対処できないのは無論のこと、それほど大勢の人間に話を聞くことすら不可能なのはわかっていた。パイクビル警察には十七人の正規の警察官がいる。ベンは地区検察局にいる六人の法律家のひとりだ。

「コインは応援を頼んだの？」

「もう来ているよ。いつの間にか現れた。州警察。保安官。電話をかける必要すらなかった」

「いいことね」

「ああ」ベンはフォルダーの隅を指でつまんだ。唇がぴくぴく動いているのは、舌の先を噛んでいるからだ。彼の治らない癖だった。夕食の席で彼の母親がテーブルの向こうから手を伸ばし、やめさせようとしてぴしりと手を叩いたのを一度見たことがある。

　チャーリーは訊いた。「死体を見た？」

　ベンは答えなかったが、答えを聞く必要はなかった。現場を見ていることはわかっていた。彼の重苦しい口調やがっくりと落ちた肩がそう告げている。この二十年でパイクビルは発展したが、それでも殺人よりヘロインのほうがはるかに重大な問題になる小さな町であることに変わりはなかった。

「時間がかかることはきみも知っていると思うが、できるだけ早く死体を移動するように言ってある」

チャーリーは涙がこぼれないように天井を見あげた。ベンは最悪の夢から幾度となく彼女を起こしてくれた。警察が移動するのを忘れたせいでガンマの死体がキャビネットにもたれかかったまま腐っていくあいだ、チャーリーとラスティが日々の雑用をこなし、料理をし、洗濯をし、洗いものをしている夢だ。

キャビネットの奥で見つけた歯のかけらのせいかもしれない。ほかになにか見逃していたものがあったのだろうか？

「きみの車はオフィスの外に止めてある。学校は封鎖した。今週いっぱい、休校になるだろう。アトランタからすでにテレビ局の車が来ている」

「パパはそこで髪を梳《と》かしているの？」

ふたりはそろって少しだけ笑った。ラスティがなにより好きなのが、自分の姿をテレビで見ることだと知っていたからだ。

「しっかりしろと言っていたよ。電話をかけたときに。正確には、〝しっかりしろとあの子に伝えてくれ〟だった」

つまりラスティは、チャーリーを助けに来てはくれないということだ。彼がケリー・ウィルソンの家に駆けつけて契約書に両親のサインをもらっているあいだ、能無しの警官たちに囲まれたたくましい娘はちゃんと自分の面倒を見られると思っているのだろう。弁護士など大嫌いだと人々が語り合うとき、彼らが思い浮かべているのはラスティだった。

ベンが言った。「パトカーにきみを家まで送らせようか」

「あんなろくでなしたちと同じ車に乗るつもりなんてないから」

ベンは髪をかきあげた。切る必要がある。シャツはしわだらけだ。スーツのボタンが取れている。彼女なしではベンはだめになるのだと思いたかったが、実のところ彼は昔からだらしなかった。チャーリーは針と糸を取り出すよりは、格好いいホームレスみたいだと言って彼をからかうほうが好きだった。

「ケリー・ウィルソンは彼らの監視下にあった。抵抗していなかったの。手錠をかけた瞬間から、あの人たちにはケリーの身を守る責任があった」

「グレッグの娘はあの学校に通っている」

「ケリーだってそうよ」チャーリーは身を乗り出した。「ここはアブグレイブ刑務所じゃない。ケリー・ウィルソンには適正な手続きが行われる憲法上の権利がある。判決をくだすのは裁判官と陪審員であって、十代の女の子を叩きのめしたくてうずうずしている自警団の男たちじゃない」

「わかっている。みんなわかっていることだ」チャーリーは鏡の向こうの人間に向かって言ってるとベンはわかっているようだった。「法を順守する社会が公正な社会だ。悪い人間のように振る舞っていては、いい人間にはなれない」

ラスティの得意の台詞だ。

「あの人たちは、ケリーをめちゃくちゃに殴りつけようとしたの。もっとひどいことになっていたかもしれない」

「だからきみは代わりに自分を差し出したのか？」

チャーリーは両手がかっと熱くなるのを感じた。無意識のうちに、乾いた血をはがして小さく丸めていた。十本の爪はどれも、黒い三日月のようだ。

顔をあげて夫を見つめた。「九人の証人から話を聞いたと言ったわね？」

ベンは一度だけ、渋々うなずいた。チャーリーがなぜそんなことを訊いてきたのかわかっているのだ。

警官は八人いた。チャーリーが鼻を殴られたとき、ミセス・ピンクマンはいなかった。それはつまり九人目の証人はハックだということで、それはつまりベンがすでに彼と話をしたという意味だった。

チャーリーは訊いた。「知っているの？」いまふたりのあいだで重要なことはそれだけだった。今朝、チャーリーが学校にいた理由をベンが知っているのかどうか。もし彼が知っているのなら、ほかのだれもが知っているということで、チャーリーはまたもやひどく残酷な形で夫に屈辱を与えたことになる。

「ベン？」

ベンは髪をかきあげた。ネクタイを撫でおろした。ふたりが二度といっしょにトランプはできないことを、その仕草のひとつひとつが物語っていた。

「ベン、ごめんなさい」チャーリーはささやくような声で言った。「本当にごめんなさい」

短いノックに続いてドアが開いた。父であることを祈ったが、入ってきたのは濃紺のパンツスーツと白いブラウスに身を包んだ年配の黒人女性だった。短く切った黒い髪には、ところどころに白いものが見える。チャーリーが仕事に使っているものと同じくらいの大きさの傷だらけのハンドバッグを腕に抱えていた。ラミネート加工したIDを首からぶらさげていたが、チャーリーには読めなかった。

彼女が言った。「わたしはこの事件を担当するジョージア州捜査局《GBI》特別捜査官のデリア・ウォフォード。あなたがシャーロット・クインね？」握手をしようとして手を伸ばしてきたが、乾いた血がこびりついたシャーロットの手を見て気が変わったらしかった。

「写真はもう撮った？」

チャーリーはうなずいた。

「まったく」デリアはハンドバッグを開けると、ウェットティッシュのパックを取り出した。「好きなだけ使って。わたしはほかのがあるから」

ジョナがもう一脚椅子を持って戻ってきた。デリアはそこに置いてと言うように、テーブルの上座を指さした。「こちらの女性に手を洗わせようとすらしなかったろくでなしはあなた？」

ジョナはそう訊かれて、どうすればいいのかわからないようだった。母親以外の女性になにかを答えたことなどないのだろう。それすらも遠い昔の話に違いない。

「ドアを閉めて」デリアは腰をおろしながらジョナに指示した。「ミズ・クイン、できるだけ早く終わらせましょう。録音してもかまわない？」

チャーリーはうなずいた。「お好きなように」

デリアは携帯電話を操作して録音を開始すると、ハンドバッグからノートと本と書類を取り出してテーブルに置いた。

脳震盪のせいでなにも読むことができなかったので、チャーリーはウェットティッシュのパックを開けて、手を拭き始めた。まずは指のあいだをぬぐって、燃え盛る炎から飛んできた灰のような黒い染みを消した。血が毛穴にまでしみこんでいる。老女のような手になっていた。チャーリーは不意に激しい疲労に襲われた。家に帰りたかった。熱い風呂に入りたかった。今日起きたことを考え、あらゆる事柄を検証し、すべてをまとめて箱に入れ、二度と関わらなくてすむように棚のいちばん上にしまいこんでしまいたかった。

「ミズ・クイン？」デリア・ウォフォードが水のボトルを差し出した。

チャーリーは奪うようにしてそのボトルを手に取った。たったいままで、喉が渇いていることに気づいていなかった。胃酸過多の胃に一気に水を流しこむのはよくないと彼女の脳の論理的な部分が警告したときには、すでにボトルは半分が空になっていた。

「ごめんなさい」チャーリーは手のなかにげっぷをした。

デリアはこんなことには慣れっこのようだ。「準備はいい？」

「録音しているの？」

「ええ」

チャーリーはパックからもう一枚ウェットティッシュを取り出した。「その前に、ケリー・ウィルソンのことを聞かせて」

デリアは内心のいらだちを表に出さないだけの経験を積んでいた。「医者の診察を受けた。いまは監視下に置かれている」

チャーリーが訊きたかったのはそういうことではないし、デリアにもそれはわかっていた。「未成年者の証言が信頼できるかどうかを確定するには、九つの要素が――」

「ミズ・クイン」デリアが遮った。「ケリー・ウィルソンのことを心配するのはやめて、自分の心配をしたほうがいいんじゃないかしら。必要以上にここにいたくはないでしょう？」

めまいを起こすおそれがなかったなら、チャーリーは天を仰いでいただろう。「彼女は十六歳なの。まだ子供で――」

「十八よ」

チャーリーは手を拭くのをやめた。デリアではなく、ベンを見つめる。結婚生活のごく初めのころに、省略による嘘も嘘に変わりはないとふたりで結論づけていた。

ベンはチャーリーを見つめ返した。その表情からはなにもうかがえない。

デリアが言った。「出生証明書によれば、ケリー・ウィルソンは二日前に十八歳になっている」

「あなたは――」破綻した結婚よりも死刑執行令状のほうがいまは重要だったから、チャーリーはベンからデリアに視線を戻した。「ケリーの出生証明書を見たの？」

デリアはフォルダーをごそごそと探って目的のものを見つけると、チャーリーの前に一枚の紙を置いた。チャーリーに見て取れたのは、役所のものらしい丸い標章だけだった。

「学校の記録もそれを裏付けていたけれど、一時間前にジョージア保険局からこれをファックスしてもらったの」デリアは、ケリーの誕生日だろうと思われる箇所を指さした。

「土曜日の朝六時二十三分に彼女は十八歳になっている。でもあなたも知っているとおり、法律上、公式に成年として扱われるようになるのは夜中の十二時からね」

チャーリーは気分が悪くなった。二日。四十八時間の違いで、執行猶予の可能性か注射による死かに運命が分かれるのだ。

「彼女は一度、落第している。混乱したのはおそらくそのせいね」

「ケリーは中学校でなにをしていたの？」

「わかっていないことがまだたくさんあるの」デリアはハンドバッグをかきまわして、ペンを出した。「ミズ・クイン、確認しておきたいのだけれど、供述するつもりはあるかしら？　あなたには拒否する権利がある。知っているわね」

その言葉はほとんどチャーリーの耳に届いていなかった。胃に手を当てて、落ち着けと自分に言い聞かせる。奇跡が起きてケリー・ウィルソンが死刑を免れたとしても、ジョージア州の〝七つの大罪〟法によって、彼女は一生刑務所に閉じこめられることになる。

それが、そんなに間違ったことだろうか？

事件に曖昧なところはない。ケリーは凶器を手にしているところを捕まったのだ。

チャーリーは自分の手を見つめた。彼女の目の前で死んでいった幼い少女の血で汚れた手。ケリー・ウィルソンに撃たれたせいで死んだのだ。彼女が殺した。ミスター・ピンクマンを殺したように。

「ミズ・クイン？」デリアはちらりと腕時計を見たが、彼女がいまいるべき場所がほかにはないことをチャーリーは知っていた。

法律制度がどんなふうに機能するかも知っている。今朝なにが起きたかを語れる人間のなかに、ケリー・ウィルソンを厳しく罰することを望んでいない者はいない。あの場にいた八人の警官も。ハックも。おそらくは彼女の教室の入り口からほんの十メートルのところで夫を殺された、ミセス・ピンクマンでさえも。

「供述することに同意します」チャーリーは言った。

デリアはリーガルパッドを自分の前に広げ、ペンのキャップをはずした。「ミズ・クイン、最初に言っておきたいのだけれど、あなたがこんなことに巻きこまれたのを本当に気の毒に思っているの。あなたたちの家族のことは知っている。今回の事件を目撃したのは……」

チャーリーは話を進めてと言う代わりに、手をまわした。

「わかった」デリアは言った。「まだ言っておかなければいけないことがあるわ。わたしのうしろのドアに鍵はかかっていない。あなたは逮捕されてはいないし、拘留もされていない。いつでも好きなときに帰ってくれていい。ただ、今日の悲劇の数少ない目撃者のひとりであるあなたの任意の供述は、なにが起きたのかを解明するために役立つかもしれない」

チャーリーは、GBI捜査官に嘘をつくと刑務所送りになる恐れがあると彼女が警告しなかったことに気づいていた。「ケリー・ウィルソンに対する容疑を固める手助けをしろということね」

「事実を話してほしいだけよ」

「わたしが話せるのは、わたしが知っていることだけ」下を向くと組んだ腕が視界に入り、チャーリーは初めて自分が彼女に敵意を感じていることを知った。

デリアはテーブルにペンを置いたが、録音を止めようとはしなかった。「ミズ・クイン、はっきりさせておきたいのだけれど、わたしたちはいまとても困った状況にあるの」

チャーリーは待った。

「ご主人に出ていってもらえば、もう少し話す気になるかしら?」

チャーリーはきゅっと唇を結んだ。「ベンは、今朝わたしが学校にいた理由を知っているから」

切り札が空振りだったことに落胆していたとしても、デリアは態度には出さなかった。再びペンを手に取った。「それなら、そこから始めましょう。あなたの車は、正面玄関の東側にある教員用駐車場に止まっていた。建物にはどうやって入ったの?」

「横の入り口から。開けたままになっていたから」

「車を止めたときに、ドアが開いているのに気づいたということ?」

「あそこはいつも開いているの」チャーリーはそう言ってから、首を振った。「わたしがあの学校の生徒だったときには、そうだった。駐車場からカフェテリアに行くにはあそこを使うほうが早い。昔は……」関係ないことだと気づいて、そのあとの言葉を呑みこんだ。

「横の駐車場に車を止めて、生徒だったころの経験から開いているだろうと推測した横の入り口からなかに入った」

デリアのペンがノートの上で動いている。顔をあげずにチャーリーに訊いた。「まっすぐミスター・ハッカビーの教室に向かったの？」

「引き返さなきゃいけなかった。フロントオフィスの前を通ったわ。なかは暗くて、奥にあるミスター・ピンクマンの部屋の明かりだけがついていた」

「だれかを見かけた？」

「ミスター・ピンクマンは見ていない。明かりがついていただけ」

「ほかには？」

「おそらく秘書のミセス・ジェンキンス。オフィスに入っていくのを見たと思うけれど、そのときわたしはもう廊下をかなり進んでいたの。明かりがついたので、振り返った。三十メートルは離れていたと思う」そこは、ミスター・ピンクマンと幼い少女を殺したときにケリー・ウィルソンが立っていた場所だった。「オフィスに入っていったのがミセス・ジェンキンスだったとは断言できないけれど、彼女に似ている年配女性だったことは間違いない」

「あなたが見たのは、その人だけなのね？」

「そう。教室のドアは閉まっていた。でも何人かの教師はなかにいたはずだから、見たのかもしれない」チャーリーは唇を嚙んで、頭のなかを整理しようとした。なるほど、彼女の依頼人たちがうまく話せなくて、困った事態になるのも無理はない。チャーリーは容疑者ですらなく、目撃者にすぎないのに、それでもすでに細かいところを飛ばしている。

「ドアの向こうにいる教師には気づかなかった。彼らがわたしを見たかどうかはわからないけれど、見ている可能性はある」

「いいでしょう。それからあなたはミスター・ハッカビーの教室に行ったのね？」

「ええ、銃声が聞こえたとき、わたしは彼の教室にいた」

「一発？」

チャーリーはテーブルの上でウェットティッシュを転がして丸めた。「四発」

「続けざまに？」

「ええ。いいえ」チャーリーは目を閉じて、記憶をたぐった。ほんの数時間しかたっていないのに、なにもかもが遠い昔のように思えるのはなぜだろう？「二発聞こえて、それから二発？それとも三発と一発だったかもしれない」

デリアはペンを宙に浮かせて待っている。

「覚えていないわ」チャーリーはそう答えてから、これが宣誓陳述書であることを再び思い出した。「わたしが思い出せるかぎりでは、銃声は全部で四発だった。数えていたから。そうしたらハックがわたしを引き倒したの」チャーリーは咳払いをした。ベンの顔を見て、彼がどう受け止めているのかを確かめたくなるのをこらえた。「ミスター・ハッカビーがファイルキャビネットの向こう側にわたしを引き倒した」

「その後、銃声は？」

「わたし——」記憶が曖昧だったので、チャーリーは首を振った。「わからない」

「少し時間を戻すわね。教室にいたのはあなたとミスター・ハッカビーだけだったの？」

「ええ。廊下にはだれの姿もなかった」

「銃声が聞こえる前、あなたはミスター・ハッカビーの教室にどれくらいいたのかしら？」

チャーリーは再び首を振った。「二、三分くらい？」

「つまりあなたは教室に入り、二、三分たったところで四発の銃声を聞き、ミスター・ハッカビーがファイルキャビネットの向こう側にあなたを引き倒した。それから？」

チャーリーは肩をすくめた。「走った」

「出口に向かって？」

チャーリーは思わずベンをちらりと見た。「銃声が聞こえたほうへ」

ベンは黙って顎を掻いた。だれもが逃げているときに、チャーリーだけは必ず危険に向かって走っていくというのは、ふたりが問題にしていたことのひとつだった。

「なるほどね」デリアは書きながら言った。「銃声に向かって走っていたとき、ミスター・ハッカビーもいっしょだったの？」

「うしろにいた」チャーリーはケリーの前を通り過ぎたことを思い出した。前に伸ばしていた彼女の脚を飛び越えたのだ。今度は、彼女の脇に膝をついているハックの姿が浮かんできた。筋が通る。彼はケリーの手のなかの銃に気づいたのだろう。少女が死んでいくのをチャーリーが見ているあいだ、ハックはリボルバーを渡すようにケリーを説得しようとしていたのだ。

チャーリーはデリアに尋ねた。「彼女の名前を教えてくれる？　あの小さな女の子の」

「ルーシー・アレクサンダー。母親があの学校の教師よ」

少女の様子がありありと蘇ってきた。ピンクのコート。同じ色のバックパック。ジャケットの裏側に刺繍《ししゅう》されていたのは彼女の名前だろうか？　それともチャーリーが勝手に想像しただけ？

デリアは言った。「名前は公表していないけれど、両親には連絡済み」

「苦しまなかったはず。少なくともわたしはそう思った。本人はきっとなにも知らないまま……」事実であってほしいと願っていることで空白を埋めようとしている自分に気づき、チャーリーは再び首を振った。

「あなたは銃声が聞こえたほうに駆けていった。フロントオフィスのほうに」デリアはノートのページをめくった。「ミスター・ハッカビーはあなたのうしろにいた。ほかにだれを見かけたの？」

「ケリー・ウィルソンを見た記憶はない。でも、見ていたことをあとになって思い出したの。警官が叫んだときに。でも走っていたときは、えーと、その前にハックがわたしに追いついて、角でわたしを追い越して、そのあとでわたしがまた彼を追い越して……」チャーリーは再度唇を嚙んだ。依頼人から話を聞いているとき、チャーリー自身がひどくいらつくのがこういう類のとりとめのない話だ。「ケリーの前を通り過ぎた。子供だと思った。生徒のひとりだと」ケリー・ウィルソンはそのどちらでもあった。十八歳にしては小柄で、自分の子供がいる一人前の女性になってからも子供に見られるようなタイプだ。

「時系列がよくわからないわ」デリアが言った。

「ごめんなさい」チャーリーは説明しようとした。「なにかのただなかに自分がいるときは、頭が混乱することがあるでしょう？　時間の流れが直線から曲面になってしまって、あとになってようやくどういうことなのかがわかって、いろいろな方向からものごとを見られるようになる。そのときになって初めて、ああ、思い出した――こんなことがあって、それからこうなって、そのあと……って思う。そしてようやく、筋が通るように一本のまっすぐな線につなげられるようになるの」

ベンはじっとチャーリーを見つめていた。彼がなにを考えているのかは、自分のことよりもよくわかる。いま口にした短い説明は、ガンマとサムが撃たれたときにどんな思いでいたのかを、十六年間の結婚生活で彼に伝えていた以上のことを明らかにしていた。

チャーリーはデリアに視線を向けたまま言った。「わたしが言いたいのは、二度目にケリーを見て初めて、最初に彼女を見たときのことを思い出したということ。既視感《デジャヴ》のようだけれど、現実なの」

「なるほどね」デリアはうなずき、またなにかを書き留めた。「続けて」

チャーリーはどこまで話したのかを思い出さなくてはならなかった。「最初に見たときと二度目に見たとき、ケリーは同じ体勢だった。壁に背を向けて、両脚を前に投げ出していた。廊下を駆けていた最初のとき、わたしは無事かどうかを確かめようとして彼女を見た。被害者じゃないことを確認した。そのときは銃には気づかなかった。ゴス少女みたいに黒い服を着ていたのは見えたけれど、手もとまでは見なかったから」チャーリーは言葉を切り、大きく息を吸った。「なにかが起きているのは廊下の突き当りのフロントオフィスの前だけのように見えた。ミスター・ピンクマンが床に倒れていた。死んでいるように見えた。彼の脈を確かめるべきだったんだろうけれど、女の子のほうに駆け寄った。ルーシーに。ミス・ヘラーがそこにいた」

デリアのペンが止まった。「ヘラー？」

「え？」

ふたりはどちらも当惑した様子で見つめ合った。

口をはさんだのはベンだった。「ヘラーはジュディス・ピンクマンの旧姓だ」

チャーリーは痛む頭を振った。やはり病院に行くべきだったかもしれない。

「わかりました」デリアはまたページをめくった。「あなたが廊下の突き当りで見たとき、ミセス・ピンクマンはなにをしていたの？」

チャーリーは再度記憶をたどらなくてはならなかった。「叫んでいた。そのときじゃなくて、もっと前から。ごめんなさい、そのことを抜かしていたわ。ハックの教室にいたとき、彼にファイルキャビネットの向こうに引き倒されたあと、女の人の悲鳴が聞こえた。ベルが鳴る前だったかあとだったかはわからないけれど、彼女が叫んでいた。〝助けて〟」

「助けて、と言ったのね？」デリアが確認した。

「ええ」だから走り出したのだ。だれかを、世界をあるべき姿に戻す手助けをしてくれる人を待つ絶望にも似た思いがわかっていたから。

「それから？　ミセス・ピンクマンは廊下のどこにいたの？」

「ルーシーの横に膝をついて、手を握っていた。祈っていた。わたしはルーシーのもう一方の手を取って、目を見た。ルーシーはまだそのとき生きていた。目が動いていて、口が開いていた」チャーリーはこみあげてきた悲嘆を抑えこもうとした。死を幾度となく追体験していたが、口にするのは辛すぎた。「ミス・ヘラーがなにか祈って、ルーシーの手がわたしの手から落ちて、そして……」

「息絶えた？」デリアがあとを引き取って言った。

チャーリーは強く手を握りしめた。これだけの歳月がたっていても、サムの震える指を握ったときの感触はいまだにありありと思い出すことができる。

どちらを目撃するのが辛いだろう？　突然の衝撃的な死と、ルーシー・アレクサンダーのようにゆっくり消えていく死と。

どちらも耐えがたいことに変わりはない。

デリアが尋ねてきた。「少し、休憩しましょうか？」

答えないことがチャーリーの答えだった。ベンの肩越しに鏡を見た。この部屋に連れてこられてから初めて、チャーリーは自分の姿を眺めた。ハックに妙な誤解を与えたくなかったから、そのつもりでカジュアルな格好をしてきた。ジーンズ、スニーカー、ぶかぶかの長袖Tシャツ。色あせたデューク・デビルには血が飛び散っている。顔も同じようなものだ。色が変わっていた右目のまわりはりっぱなあざになりかけている。鼻に詰めていたティッシュペーパーを引っ張り出した。かさぶたのようなものがはがれた。涙がこみあげた。

「時間をかけていいから」

チャーリーは時間をかけたくなかった。「ハックが、銃をおろすようにって警官に言うのが聞こえた。散弾銃を持っていたの」記憶が蘇った。「その前に転んだんだった。散弾銃を持っていた警官のこと。血だまりを踏んで、そして……」チャーリーは首を振った。散弾警官の顔に浮かんだパニックの色や、ぎりぎりの義務感を思い出した。恐怖におののいていたにもかかわらず、彼はチャーリーと同じように、逃げるのではなく危険のあるほうへと走ってきたのだ。

「この写真を見てちょうだい」デリアはまたハンドバッグを探った。テーブルに写真を広げる。顔写真。三人の白人。角刈り。太い首。警官と知らなければ、犯罪者だと思っただろう。

チャーリーは中央の写真を指さした。「散弾銃を持っていたのはこの人」

「カールソン警官ね」

エド・カールソン。チャーリーの一学年上だった。「カールソンはハックに散弾銃を向けていた。ハックは落ち着けとか、なにかそんなことを言った」さらに別の写真を示す。ロジャーズと名前が書かれていたが、彼のことは知らなかった。「ロジャーズもいた。銃を持っていた」

「銃？」

「グロック一九」

「銃にくわしいの？」

「ええ」この二十八年間、存在するあらゆる銃について知りえることすべてを学んできた。

「カールソンとロジャーズはだれに銃を向けていたの？」

「ケリー・ウィルソンに。でもミスター・ハッカビーが彼女の前に膝をついて盾になっていたから、厳密に言えば彼に銃を向けていたことになるんだと思う」

「そのあいだケリー・ウィルソンはなにをしていたの？」

チャーリーは、銃の話をしていなかったことを思い出した。「ケリーは銃を持っていた」

「五連発？　六連発？」

「はっきりとはわからない。古いものに見えた。銃身は短くなかったけれど、でも——」

チャーリーは言葉を切った。「ほかにも銃があったの？　もうひとり、撃った人間がいたの？」

「どうして？」

「あなたは銃声を何度聞いたかと尋ねた。そしていま、リボルバーに何発弾が入っていたかを訊いたわ」

「ミズ・クイン、そういう意図があって訊いたわけじゃない。捜査のいまの段階では、ほかに銃はなかったし、撃った人間もほかにはいないとかなりの確率で断言できるわ」

チャーリーは唇を結んだ。最初、四発以上の銃声を聞いただろうか？　六発以上、聞いただろうか？

不意に、なにもかもに自信が持てなくなった。

「ケリー・ウィルソンがリボルバーを持っていたと言ったわね。彼女はそれをどうしていたの？」

チャーリーは目を閉じ、あの廊下に意識を戻そうとした。「ケリーは床に座っていた。壁に背を向けて、自分の胸にリボルバーを当てていた。こんなふうに」チャーリーは両手を合わせ、両手で銃を持って親指をトリガーガードのなかに入れていた少女の真似《まね》をした。「自殺しようとしているように見えた」

「左の親指がトリガーガードのなかに入っていたの？」

チャーリーは自分の手を見た。「ごめんなさい、わたしは左利きなの。どっちの指がトリガーガードに入っていたのかはわからない。でも入っていたことは確か」

デリアのペンは動き続けている。「それから？」

「カールソンとロジャーズが、銃を捨てろってケリーに向かって叫んでいた。ふたりは取り乱していた。わたしたちみんな取り乱していた。ハック以外は。彼は戦闘を見たことがあるんじゃないかと……」推測はやめた。「ハックは手を伸ばして、リボルバーを渡せってケリーに言った」

「ケリー・ウィルソンはなにか言った？」

チャーリーはケリー・ウィルソンがなにか言ったと証言するつもりはなかった。彼女の言葉を聞いたふたりの男が本当のことを伝えるという確信が持てなかったからだ。

「ハックは、銃を渡すようにケリーを説得していた。ケリーはそれに従おうとした」その向こうでケン・コインがちびりそうになっていることを願いながら、チャーリーは鏡に視線を戻した。「ケリーはハックの手にリボルバーを置いた。完全に手放したの。そのとき、ロジャーズがミスター・ハッカビーを撃った」

ベンがなにか言おうとして口を開いたが、デリアが手をあげてそれを押しとどめた。

「彼はどこを撃たれたの？」

「ここ」チャーリーは上腕を示した。

「そのあいだ、ケリー・ウィルソンはどうしていた？」

「呆然としているみたいだった」チャーリーはその質問に答えた自分を心のなかで叱りつけた。「わたしがそう思っただけ。わたしは彼女を知らないし、専門家でもない。彼女の精神状態はわからない」

「いいでしょう。撃たれたとき、ミスター・ハッカビーは武器を持っていなかったの？」

「手の上にリボルバーはあったけれど、横向きだった。ケリーがそこに置いたときのまま」

「見せてもらえる？」デリアはハンドバッグからグロック四五を出した。弾倉をはずし、スライドを引いて弾薬を取り出してから、テーブルの上に置く。

チャーリーはグロックに触りたくなかった。月に二度は射撃場で練習していたが、銃は大嫌いだ。だが銃の使い方がわからないというような状況に、二度とわが身を置くつもりはない。

デリアは言った。「ミズ・クイン、無理強いはしないけれど、ミスター・ハッカビーの手にリボルバーが置かれたときの位置を教えてくれると助かるの」

「あ」チャーリーは頭の上で大きな電球がぱっと灯ったような気がした。殺人という事態があまりに強烈だったせいで、警官の発砲に関してもうひとつの捜査が行われているという事実に考えが及んでいなかった。ロジャーズがあと数センチ間違った方向に銃を動かしていたら、ハックはフロントオフィスの廊下に横たわる三つ目の死体になっていたかもしれない。

「こんなふうだった」チャーリーはグロックを手に取った。黒い金属が肌に冷たい。左手で持ったが、間違いだ。ハックは右手を伸ばしていた。チャーリーは広げた右手の上に銃をのせ、ケリーがしたのと同じように横にして銃口を自分の反対側に向けた。

デリアはすでに携帯電話を手にしていた。チャーリーがいやだと言っても手遅れであることを充分承知のうえで、「かまわない？」と言いながら写真を撮っている。「リボルバーはどうなったの？」

チャーリーは奥の壁に銃口が向くようにして、テーブルにグロックを置いた。「わからない。ハックは動かなかった。ぎくりとしたのは銃弾が腕をかすめた痛みのせいだろうけれど、倒れたりはしなかった。ロジャーズにリボルバーを受け取るように言ったけれど、彼かほかのだれかが受け取ったかどうかは覚えていない」

デリアのペンが止まった。「ミスター・ハッカビーは撃たれたあとに、リボルバーを受け取るようにロジャーズに言ったの？」

「そう。ハックはすごく冷静だった。でもとても緊迫していた。ロジャーズがまた彼を撃つつもりかどうか、だれにもわからなかったから。ロジャーズはグロックをハックに向けたままだったし、カールソンも散弾銃を構えていた」

「でもそのあと発砲されることはなかったのね？」

「ええ」

「だれかが引き金に指をかけていたかどうかはわかる？」

「いいえ」

「ミスター・ハッカビーがだれかにリボルバーを渡したところは見ていないのね？」

「ええ」

「彼が自分でどこかに置いたのは見た？　床とか？」

「いいえ——」チャーリーは首を振った。「彼が撃たれたことに気を取られていたから」

「わかった」デリアはさらになにかを書きつけてから顔をあげた。「そのあとのことで、なにか覚えている？」

　自分がなにを覚えているのか、チャーリーにはわからなかった。いまそうしているように、自分の手を見おろしたんだった？　カールソンとロジャーズの激しい息遣いは覚えていた。ふたりともチャーリーと同じくらい怯えているように見えた。やたらと汗をかいて、防弾チョッキの下で胸が大きく上下していた。

〝娘が同じ年だ〟

〝おれはピンクに教わった〟

カールソンは防弾チョッキのバックルを留めていなかった。散弾銃を持って学校に駆けこんできたとき、防弾チョッキの両脇は開いていた。あの角を曲がったとき、そこでなにを見ることになるのか、彼はまったくわかっていなかった。死体、殺戮《さつりく》、頭に撃ちこまれた銃弾。

そういったものを見たことがなかったなら、精神が崩壊することもあるだろう。

デリアが訊いた。「ミズ・クイン、少し休みますか？」

チャーリーは、血だまりのなかに足を突っこんだときのカールソンの恐れおののいた顔を思い出した。涙を浮かべていただろうか？　ほんの数メートルのところで死んでいる少女が、自分の娘だったらと考えたのだろうか？

「もう帰りたい」その言葉が実際に口から出てくるまで、チャーリーは自分がなにを言おうとしているのかわかっていなかった。「帰るわ」

「供述を終わらせてもらわないと」デリアが微笑《ほほえ》んだ。「あと数分で終わるのよ」

「日を改めさせて」チャーリーは立ちあがろうとして、テーブルの端をつかんだ。「いつでも帰っていいって、あなたは言ったわよね」

「そのとおりよ」デリアはなにごとにもうろたえないことを改めて証明した。名刺を差し出す。「早い機会にまた会えることを願っているわ」

チャーリーは名刺を受け取った。視界はまだぼやけている。胃酸が喉まであがってきていた。

ベンが言った。「裏口からきみを連れ出すよ。自分のオフィスまで歩けるかい？」

ここから出る必要があるということ以外、いまはなにひとつ確かなことはない。壁が迫ってくる。鼻で息ができない。ここから出なければ窒息してしまいそうだ。

ベンはチャーリーの水のボトルをジャケットのポケットに入れた。ドアを開けた。チャーリーは倒れこむようにして廊下に出た。向かい側の壁に手をついて体を支える。塗られて四十年はたっているであろうペンキのおかげで、軽量コンクリートブロックの表面はすべすべしていた。チャーリーは冷たい壁に頰を押しつけ、何度か大きく息を吸ってめまいが去るのを待った。「チャーリー？」ベンが声をかけた。

チャーリーは振り返った。いつの間にか、ふたりのあいだに人の川ができている。建物内は、警察関連の人間であふれていた。大きなライフルをたくましい背中にくくりつけたいかつい体格の男女が走りまわっている。州警察。保安官代理。ハイウェイ・パトロール。ベンの言ったとおりだ。あらゆる人々が集まってきていた。チャーリーは、彼らのシャツの背中に書かれた文字を見た。GBI。FBI。ATF。SWAT。ICE。BOMB SQUAD。

ようやく廊下からだれもいなくなったときには、ベンは携帯電話を手にしていた。無言のまま、画面の上で親指を動かしている。

チャーリーは壁にもたれ、彼がメールを打ち終えるのを待った。彼のオフィスで働く二十六歳の女性に送っているのかもしれない。ケイリー・コリンズ。ベンの好みのタイプだ。それを知っているのは、チャーリー自身がその年のころ、彼の好みのタイプだったからだ。

「くそっ」ベンは親指で画面をスワイプした。「もう少し待ってくれ」

ひとりでも警察署を出ていくことはできた。六ブロック歩いて、自分のオフィスまで行くことはできた。

けれどチャーリーはそうしなかった。

ベンの頭頂部を眺めた。頭の天辺《てっぺん》から、スパイラルハムのようにらせんを描いて生える髪を見つめた。彼の体に溶けこんでしまいたかった。彼のなかに埋もれてしまいたかった。

チャーリーはそうする代わりに、車のなかで、キッチンで、ときにはバスルームの鏡の前で練習した台詞を頭のなかで繰り返した。

あなたなしでは生きていけない。

これまで生きてきて、この九カ月ほど孤独な日々はなかった。

お願いだから戻ってきて。これ以上はとても耐えられない。

ごめんなさい。

ごめんなさい。

ごめんなさい。

「別の事件の司法取引が失敗した」ベンは携帯電話をジャケットのポケットにしまった。チャーリーの飲みかけの水のボトルに当たる音がした。「いいかい？」

チャーリーは歩くほかはなかった。壁に指先を添わせ、黒いタクティカル・ギアに身を包んだ警官たちが再びやってきたときは、体を横向きにして彼らが通り過ぎるのを待った。だれもが無表情な冷たい顔つきだった。どこかへ行くのかもしれないし、どこかから戻ってきたのかもしれない。彼らは世界と対立するかのように、一様に歯を食いしばっていた。

これは学校で起きた銃乱射事件だ。

なにが起きたのかに気を取られるあまり、どこで起きたのかを忘れていた。

チャーリーは専門家ではないが、学校での銃乱射事件はどれも以前の事件に触発されていることがわかるくらいには、この手の捜査のことは知っていた。コロンバイン、バージニア工科大学、サンディフック。様々な法執行機関は次の事件を防ぐために、少なくとも理解するために、こういった悲劇について研究している。

以前、爆弾が使われたことがあったから、アルコール《A》・煙草《T》・火器局《F》は爆弾がないかどうか、学校じゅうをくまなく捜索するだろう。GBIは共犯者を捜す。まれではあるが、いる場合があるからだ。警察犬担当官は、廊下に残されている怪しいバックパックに目を留める。すべてのロッカー、教師全員の机、あらゆるクローゼットを調べて、爆発物を探す。ケリーの日記や、殺害予定者リストや、学校の見取り図や、隠されている武器や、攻撃計画も捜索対象になるだろう。技術者たちはコンピューターや携帯電話、フェイスブックのページやスナップチャットのアカウントを調べるだろう。だれもが動機を探そうとする。けれどどんな動機が見つかるだろう？　なぜ冷酷な殺人を犯そうと決めたのか、十八歳の少女はなにを答えることができるだろう？

その先はラスティの仕事だ。彼の一日は、そういった厄介で、道義的で、法的な問題で埋まっている。

チャーリーが決して関わりたくなかった種類の法律だった。

「さあ」ベンが先に立って歩いた。彼はいつも足の親指の付け根に体重をかけすぎるので、大股になる。

ケリー・ウィルソンはいじめられていた？　ラスティはまずそのことを調べるだろう。彼女を死刑から救えるような軽減事由はあるだろうか？　ケリーは、少なくとも一年は留年している。それは知能が低いことを意味しているのだろうか？　心神耗弱？　善悪の区別がついていた？　彼女は法律が要請しているように、自分自身の弁護に参加できるだろうか？

ベンが出口のドアを開けた。

ケリー・ウィルソンは悪い種だったのだろうか？　それが唯一の、けれど決して納得できない答えなのだろうか？　ルーシー・アレクサンダーの両親とミセス・ピンクマンに、愛する人が死んだのはケリー・ウィルソンが悪い人間だったからだとデリア・ウォフォードは説明するのだろうか？

「チャーリー」ベンは開いたドアを押さえている。手のなかに、まだｉＰｈｏｎｅがあった。

チャーリーは両目を覆いながら、外に出た。太陽の光が、ナイフのように鋭く感じられる。頰を涙が伝った。

「ほら」ベンがサングラスを差し出した。チャーリーのものだ。車から取ってきてくれたのだろう。

チャーリーはサングラスを受け取ったものの、痛む鼻にのせようとはしなかった。息を吸おうとして口を開いた。突然の暑さに耐えられそうもない。前かがみになり、膝に両手を当てて体を支えた。

「気分が悪いの？」

「いいえ」チャーリーはそう答えてから「少し」と言い直し、地面に少し跳ねる程度吐いた。

　ベンがあとずさることはなかった。彼女の肌に触れないようにしながら、髪が顔にかからないようにうしろで束ねた。チャーリーがさらに二度えづいたあとで尋ねた。「大丈夫か？」

「多分」チャーリーは口を開いた。まだ吐きそうだ。唾液がひと筋垂れたが、それだけだった。「もう平気」

　ベンが手を離すと、チャーリーの肩に髪が落ちた。「きみは脳震盪を起こしたと、救急医療隊員は言っていた」

　チャーリーは顔をあげることができずにいた。「だからと言って、どうしようもないもの」

「病院なら、いろいろと症状を確認できるだろう。めまいとか視界のかすみとか頭痛とか名前を忘れるとか簡単な質問をされても覚えていられないとか」

「わたしが名前を忘れたって、あの人たちにはわからないじゃないの。病院で夜を過ごすのはごめんよ」

「それなら、ＨＰにいるんだ」ひどく曲がりくねっているので、サムがごちゃごちゃ《higgledy-piggledy》の家と名付けた農家のことだ。「ラスティに様子を見てもらえばいい」

「そしてわたしは動脈瘤《どうみゃくりゅう》じゃなくて、副流煙で死ぬのね？」

「冗談じゃないんだぞ」

チャーリーは顔を伏せたまま、壁に手を伸ばした。頑丈なコンクリートブロックの感触が、思いきって体を起こそうという気にさせるだけの安定感を与えてくれた。片方の手で目の上にひさしを作った。今朝、フロントオフィスの窓に同じように手を当てて、なかをのぞいたことを思い出した。

ベンが水のボトルを差し出した。すでに蓋は開けてある。チャーリーは彼の心遣いに深い意味を考えないようにしながら、ふた口ほどゆっくり飲んだ。ベンはだれに対しても心遣いのできる人だ。

「銃撃が始まったとき、ミセス・ジェンキンスはどこにいたの？」

「ファイル・ルームだ」

「なにか見たの？」

「証拠開示手続きのときに、すべてがラスティに明らかにされるはずだ」

「すべてね」チャーリーは繰り返した。今後数カ月、証拠として妥当だと考えられるあらゆる捜査材料を提供することを、ケン・コインは法によって要求される。コインの考える〝妥当〟の定義は、蜘蛛《くも》の巣のようにあやふやだった。

チャーリーはベンに訊いた。「ミセス・ピンクマンは大丈夫なの？」

ベンは、チャーリーが〝ヘラー〟と口走ったことには触れなかった。彼はそういうことはしない。「病院にいる。薬で落ち着かせなければならなかった」

様子を見に行くべきなのだろうが、なにか理由をつけて行かないことは自分でもわかっていた。「ケリー・ウィルソンが十六歳だってわたしに思わせていたわね」

「水晶玉をのぞきこめば、きみはそれくらい突き止めるかと思ってね」

チャーリーは笑った。「おかげでばかなことを口走った」

「いまもね」

チャーリーは服の袖で口をぬぐった。乾いた血のにおいがまた鼻をついた。この記憶は以前からのものだ。灰のような黒い薄片が髪からひらひらと落ちたことを覚えていた。風呂に入ったあとですら、全身が痛くなるほどこすったあとですら、死のにおいは体にこびりついていた。

「今朝、あなたは電話をくれた」

ベンはどうでもいいことだと言うように肩をすくめた。

チャーリーはボトルの残りの水を手にかけた。「お母さんとお姉さんたちとは話したの？　心配するわよ」

「話した」ベンはまた肩をすくめた。「ぼくは、もう戻らないと」

だがベンはその場から動かなかった。チャーリーは彼をここにとどまらせる言い訳を探した。「バークジラは元気？」

「相変わらず吠《ほ》えているよ」ベンは空になったボトルを受け取った。蓋を閉めて、ジャケットのポケットに戻す。「エレノア・ルーズベルトは？」

「静かよ」

ベンはぐっと顎を引き、再び口をつぐんだ。いまに始まったことではない。普段は雄弁なチャーリーの夫は、この九カ月ほど彼女とはあまり口をきいていない。

けれどこの場を立ち去ろうとはしなかった。行けというように、チャーリーに顎をしゃくることもなかった。大丈夫かと彼女に訊かないのは、たとえ大丈夫じゃなくても〝大丈夫〟と答えることがわかっているからだと、説明することもなかった。

チャーリーは訊いた。「どうして今朝、電話をくれたの？」

ベンはうなるような声を出した。うしろ向きに頭を壁にもたせかける。

チャーリーも同じように顔をのけぞらせ、頭を壁に押し当てた。

チャーリーはベンの鋭い顎のラインを見つめた。彼女の好みのタイプだ――アメリカ合衆国憲法と同じくらいすらすらと『モンティ・パイソン』の台詞を暗唱できる、ひょろひょろとした気さくなオタク。彼はグラフィック・ノベルを読む。寝る前に必ずコップ一杯の牛乳を飲む。ポテトサラダと『指輪物語』と鉄道模型が好きだ。現実のサッカーよりもオンラインゲームのサッカーを好む。無理やりバターを食べさせても、体重は増えない。背筋をしゃんと伸ばせば身長は六フィートある。めったにそんな姿は見られないけれど。

チャーリーは彼を深く愛していたので、もう二度と抱きしめることができないと思うと、実際に胸が痛んだ。

ベンが言った。「十四歳のころ、ペギーには友だちがいたんだ。ヴァイオレットという名前だった」

三人いる彼の姉のうち、いちばん偉そうな態度を取りたがるのがペギーだった。

「交通事故で死んだ。自転車に乗っていたんだ。ぼくたちは葬式に行った。ぼくを連れていくなんて、母さんはいったいなにを考えていたんだか。そういうものを見るには、ぼくはまだ幼すぎた。棺《ひつぎ》の蓋は開いていて、彼女の姿が見えるようにカーラがぼくを抱きあげた」ベンの喉が動いた。「ぼくは取り乱した。母さんはぼくを駐車場に連れ出さなければならなかった。何度も夢に見たよ。あれ以上にひどいものを見ることはないだろうと思っていた。死んだ子供。死んだ幼い少女。でも彼女はきれいな姿だった。車がぶつかったのは背中だったから、どういうことになっているのかは見えなかった。出血多量で死んだんだが、出血は体内だった。今日の少女とは違う。きみが、学校で見たようなものとは違う」

ベンの目には涙が浮かんでいた。彼のひとことひとことが、チャーリーの心をさらに砕いていく。チャーリーはこぶしを握りしめ、彼に手を伸ばしたくなるのをこらえた。

ベンは言った。「殺人は殺人だ。折り合いはつけられる。麻薬の売人。暴力団。家庭内暴力であっても。だが子供？　幼い少女？」ベンは首を振り続けている。「寝ているようには見えなかっただろう？」

「ええ」

「殺されたように見えたはずだ。首を銃で撃たれ、弾丸で喉を裂かれ、無残な死を遂げたように」

ルーシー・アレクサンダーが死んでいくさまをまた思い起こしたくはなかったから、チャーリーは太陽を見あげた。

「あの男は戦争の英雄だ。知っていたか？」

ハックのことだ。

「小隊だかなんだかを救ったらしい。だが彼はバットマンかなにかみたいな男だから、自分からその話はしない」ベンは壁から体を起こし、チャーリーから離れた。「そして今朝、彼は自分の腕に銃弾を受けた。殺人犯を守るために。彼女が殺されないように、ずっと身を挺《てい》して守り続けていた。そして、もう少しで自分を殺すところだった男をかばった。もうひとりの男が困った羽目にならないように、宣誓陳述書で嘘をついた。あいつは、くそいまいましいくらい、ハンサムだ。違うか？」ベンの声は怒りと、不品行な妻に与えられた屈辱のせいで、低くかすれていた。「あんな男が通りを歩いているのを見たら、そいつとやりたいのか、ふたりでビールを飲みたいだけなのか、自分でもわからなくなるんだろうな」

チャーリーは地面に視線を落とした。その両方だったことはふたりともわかっている。

「レノーラが来た」

ラスティの秘書の赤いマツダ車がゲートの前に止まった。

「ベン、ごめんなさい。あれは間違いだったの。ひどい間違いだったの」

「あいつが上になったのか？」

「ばかなことを言うのはやめて」

レノーラがクラクションを鳴らした。窓を開けて、手を振る。チャーリーは少し待ってほしいと伝えたくて、指を広げた手を振り返した。

「ベン――」

間に合わなかった。ベンはすでに閉じたドアの向こうだった。

4

チャーリーはレノーラの車に向かって歩きながら、サングラスのにおいを嗅いだ。だれかに熱をあげている十代の少女のようなばかな振る舞いをしていることはわかっていたが、ベンのにおいが嗅ぎたかった。けれど鼻をついたのは、嘔吐物《おうと》と自分の汗の混じったにおいだった。

レノーラは身を乗り出すようにして、助手席のドアを開けた。「それは鼻にのせるものよ。顔の前にかざすんじゃなくて」

チャーリーはなにも鼻にのせたくなかったから、車に乗りこむとダッシュボードにサングラスを置いた。「パパがあなたをよこしたの?」

「ベンがメールをくれたの。どっちにしろ、あなたのお父さんからウィルソン夫妻をオフィスに連れてきてくれって言われている。コインが捜索令状を執行しようとしているの。あなたの裁判所用の服を持ってきたから」

〝あなたのお父さんから〟という言葉を聞いたところで、チャーリーは首を振り始めていた。「パパはどこにいるの？」

「ウィルソンの娘に付き添って病院にいる」

チャーリーは思わず笑いを漏らした。ベンはごまかす能力にずいぶんと磨きをかけたらしい。「彼女が警察署に拘留されていないことをパパが知ったのはいつごろ？」

「一時間ちょっと前」

チャーリーはシートベルトを締めた。「コインはこのゲームを存分に楽しみたいみたいね」地方検事がケリー・ウィルソンを救急車で病院に送りこんだのだという確信があった。警察が身柄を拘束しているわけではないと錯覚させておけば、弁護士のいないところで彼女がなにを言おうと、自発的な発言だと主張できるからだ。「ケリーは十八歳なの」

「ラスティから聞いた。病院では呆然としていて、母親の電話番号もなかなか聞き出せなかったのよ」

「わたしが見たときもそんなだった。意識がどこかに行ってしまっているみたいな」ケリー・ウィルソンが早くその状態から抜け出すことを願った。いまの段階では、彼女はラスティのもっとも重要な情報源だ。ケン・コインが情報――目撃者のリスト、警察の供述書、捜査官のメモ、鑑識結果――を開示するまでは、ラスティはまったくの手探りと言っていい。

レノーラはギアに手をのせた。「どこへ行けばいい？」

チャーリーは自宅にいる自分を想像した。熱いシャワーを浴びて、ベッドで枕に囲まれ
ているところを。だがそこにベンがいないことを思い出して言った。「ウィルソンの家に」
「一家はホラーの裏手に住んでいるの」レノーラはギアを入れた。大きくUターンして、
通りを進んでいく。「通りの名前がないのよ。ラスティは、田舎道を教えるみたいに説明
してくれた。年寄りの白い犬がいるところを左に曲がって、歪んだオークの木を右ですっ
て」

「ケリーにとっては、いい知らせね」正確な住所がないとか、目的の家のちゃんとした描
写がないことを理由に、ラスティは捜索令状を無効にできるだろう。ケン・コインがその
家を見つける可能性も低い。ホラー周辺には何百もの貸家やトレーラーハウスがある。ど
れくらいの人間がそこに住んでいるのか、彼らの名前や子供たちが学校に行っているのか
どうかを正確に知っている人間はだれもいない。スラム街の家主たちは、毎週家賃を払っ
てもらいさえすれば、賃貸契約や身元調査など気にもかけなかった。

チャーリーが訊いた。「コインが家を見つけるまで、どれくらいかかると思う？」
「わからない。一時間前にアトランタからヘリコプターが来たけれど、わたしが知るかぎ
り、いまもまだ山の向こう側にいるはずよ」

チャーリーはウィルソンの家を見つける自信があった。支払い期限を過ぎた弁護料を受
け取るために、少なくともひと月に二度はホラーに行っている。夜に赴いていることを何

気なく話したとき、ベンはぎょっとしていたものだ。パイクビルの犯罪の六十パーセントはサディーズ・ホラー周辺で起きていた。

レノーラが言った。「サンドイッチを持ってきたわよ」

「お腹はすいていない」チャーリーはダッシュボードの時計を見た。11：52AM。ほんの五時間前には、中学校の暗いフロントオフィスのなかをのぞきこんでいた。それから十分もしないうちに、ふたりの人間が死に、ひとりが撃たれ、チャーリーは鼻を折られそうになった。

「食べなきゃだめよ」

「そのうちね」チャーリーは窓の外に目を向けた。ビルの向こう側の背の高い木々の合間から差しこむ日光が、ストロボの連続のように見える。まるで昔懐かしいスライドショーが繰り広げられているようだ。めったにないことだったが、チャーリーは蘇ってきたガンマとサムのイメージにそのまま心を委ねた——農家への長い私道を走り、プラスチックのフォークを投げてくすくす笑った。そのあとになにが起きるかはわかっていたから、サムとガンマが過去のものになるまで早送りをしていき、あとには今朝の余波だけが残った。

ルーシー・アレクサンダー。ミスター・ピンクマン。

幼い少女。中学校の校長。

間違ったときに間違った場所にいたということ以外、ふたりに共通点はなさそうだ。チヤーリーの想像が正しければ、ケリー・ウィルソンは廊下の中央に立ち、体の前でリボルバーを構えてベルが鳴るのを待つつもりだったのだろう。

そこに、ルーシー・アレクサンダーが角を曲がって現れた。

バン。

すると、ミスター・ピンクマンがオフィスから飛び出してきた。

バン。バン。バン。

そしてベルが鳴り、機転の利くスタッフがいなければ、大勢の新たな被害者が廊下になだれこんできていたはずだ。

ゴス。孤立していた。落第生。

ケリー・ウィルソンは典型的ないじめられっ子タイプだ。ひとりで昼食をとり、体育の時間に組む相手もおらず、学校のダンスパーティーへはたったひとつのことしか頭にない少年と行く。

ケリーはどうして銃を手に取ったのだろう？ わたしはそうしなかったのに？

レノーラが言った。「せめて、クーラーボックスに入っているコーラだけでも飲んで。ショックに効くから」

「別にショック状態じゃないけれど」

「その鼻も折れていないと思っているんでしょう」

「折れていると思っているわよ」レノーラがしつこくチャーリーの体のことを言ってくるので、チャーリーもようやく自分の具合があまりよくないことを認める気になった。頭を万力で絞められているようだ。鼻はずきずきと脈打っている。まぶたは蜂蜜を塗ったみたいに重い。しばし抵抗をあきらめて目を閉じ、闇に身を任せた。

エンジン音に混じって、レノーラがギアを操作しながらペダルを踏む音が聞こえた。彼女はいつもハイヒールを脱いで脇に置き、裸足で運転する。短いスカートに、色付きストッキングをはくことが多かった。七十歳の女性にしてはかなりの若作りだが、脚のムダ毛はいまチャーリーのほうが多いことを考えれば、どうこう言える立場ではない。

「コーラを飲んで」レノーラが言った。

チャーリーは目を開けた。世界はまだそこにあった。

「いますぐ」

疲れきっていて、反論する気になれなかった。座席の隙間にクーラーボックスが押しこまれている。なかからコーラを取り出したが、サンドイッチには手を触れなかった。蓋を開ける代わりに、ボトルを首のうしろに当てた。「アスピリンをもらえる？」

「だめ。出血する可能性が高くなる」

痛みより昏睡《こんすい》に陥るほうを歓迎したい気分だった。まばゆいばかりの日差しが、頭をたたましく鳴る巨大なベルに変えてしまったようだ。「耳の奥がうるさい」

「耳鳴りね。いますぐコーラを飲まなければ、車を止めるわよ」

「警察が、わたしたちより先にウィルソンの家にたどり着いてもいいの？」

「あそこに行くには、警察も必ずこの道路を通らなければならないというのが、ひとつ。たとえ彼らが家の場所を突き止めて、そのうえ裁判官を連れてきていたとしても、捜索令状を出すには最低でも三十分はかかるというのがふたつ目。三つ目は、そのうるさい口を閉じるため。わたしが蹴飛ばす前にさっさと言うとおりにしなさい」

チャーリーはTシャツを使ってボトルの蓋を開けた。コーラを飲んでいると、サイドミラーを通り過ぎるダウンタウンの景色が目に入った。

レノーラが尋ねた。「吐いたの？」

「やめて」また胃が絞めつけられる気がした。外の世界は乱雑すぎる。チャーリーは気持ちを落ち着かせるために、目を閉じた。

再び頭のなかでスライドショーが始まった。ルーシー・アレクサンダー、ミスター・ピンクマン、ガンマ、サム。コンピューターでファイルを捜すときのように、チャーリーは素早くそのイメージをクリックしていった。

ケリー・ウィルソンの弁護の邪魔になるようなことを、わたしは特別捜査官デリア・ウォフォードに言っただろうか？　ラスティが知りたがるはずだ。銃声の数と順序、リボルバーは何連発だったのか、銃を渡すようにとハックが説得していたとき、ケリーがなにを言ったのかといったことも訊いてくるだろう。

最後の点は、ケリー・ウィルソンの弁護に大きく関わってくる。もしも彼女が罪を認めていたら、自分のしたことについて形ばかりの弁明や残酷な動機を口にしていたら、ラスティがどれほど雄弁に語ろうとも、彼女を死刑から救うことはできないだろう。ケン・コインが、これほど注目を浴びている事件を州の手に渡すことは絶対にない。彼はこれまで、二件の死刑裁判を有罪に持ちこんでいる。薬物注射による死刑を彼が求刑すれば、パイクビルの陪審員はだれひとりとして異議を唱えないだろう。コインの口調はそれくらい威厳に満ちている。警察官だったころには、ひとりの人間を自らの手で処刑したこともあった。

二十八年前、ケン・コイン警官が乗るパトカーが止まったとき、ザカライア・カルペッパーの弟のダニエル・カルペッパーは自分のトレーラーハウスのなかで座ってテレビを見ていた。夜の八時半だった。ガンマの遺体はすでに農家で発見されていた。サムは気象観測用タワーの下を流れる浅い水路のなかで血を流していた。十三歳だったチャーリーは救急車のうしろに座り、家に帰してくれと救急医療隊員に懇願していた。コイン警官は、ダニエル・カルペッパーのトレーラーハウスの玄関ドアを蹴り開けた。ダニエルは銃を手に取った。コインは十九歳の若者の胸に七発の弾を撃ちこんだ。

いまでも、カルペッパー一族の大半はダニエルは無実だったと主張しているが、彼の犯行を裏付ける証拠は議論の余地のないものだった。ダニエルが握っていたリボルバーは、サムの頭を撃ったときに使われたものと同じ銃であることがのちに判明した。ダニエルの血まみれのジーンズと特徴のある青いハイカット・シューズが、トレーラーハウスの裏に置かれた樽《たる》のなかでくすぶっているのが見つかった。彼の実の兄が、ラスティを殺すためにふたりそろってHPに行ったことを白状した。クイン家は火事ですべてを失ったからきっと弁護料を請求してくる、そんなばかげたことのために家を失うのがいやだったのだとザックは説明した。チャーリーは、家族の命が中古のトレーラーハウスと同等の価値しかなかったことを知りながら生きていくという辛い試練を負わされることになったのだ。

レノーラが言った。「学校を通るわよ」

チャーリーは目を開けた。近隣地域から通う千二百人の生徒を収容できるようあわてて建て増しされたため、パイクビル中学校の建物は不規則な形に広がっている。隣に立つ高校はそれよりさらに大きく、二千人近い生徒が通っている。

チャーリーは、今朝車を止めたがらんとした空間を眺めた。警察がテープを張って、一帯を封鎖している。ほかの教師たちの車が、パトカーや政府の公用車や救急車や消防車や犯罪現場捜査官のバスや検視官のバンの合間に止まっていた。マスコミのヘリコプターが体育館のすぐ上を飛んでいた。現実ではないようだった。いまにも監督が〝カット〟と叫び、全員がランチ休憩を取るような気がした。

チャーリーが言った。「ミセス・ピンクマンを薬で落ち着かせなきゃならなかった」

「いい人よね。こんな目に遭っていいはずがない。みんなそうよ」

喉にガラスが刺さっているようで声が出なかったので、チャーリーはうなずいた。ジュディス・ヘラー・ピンクマンは長年チャーリーにとって、自分を試す試金石のようなものだった。チャーリーがようやく学校に戻って廊下で顔を合わせても、ミス・ヘラーはただ微笑むだけで、決してなにかを強要したり、ふたりを結びつけた悲劇について話をさせようとしたりはしなかった。常に距離を置いていた。そのためには、たいていの人間に欠けている自制心が必要だったことが、いまになればよくわかる。

　レノーラが訊いた。「マスコミはいつまで騒いでいるかしらね？」ヘリコプターを見あげる。「被害者はふたり。たいていの銃乱射事件に比べれば、ずっと少ない」

「女の子は人を殺さない。少なくとも、こんなふうには」チャーリーが言った。

「アイ・ドント・ライク・マンデイズ」

「月曜日は嫌いっていうこと？　それともブームタウン・ラッツの歌のほう（邦題は『哀愁のマンデイ』）？」

「歌よ。銃乱射事件がモチーフになった歌。一九七九年。十六歳の女の子が校庭に向かって狙撃銃を撃った。何人死んだのかは忘れたけれど、警官になぜそんなことをしたのかって訊かれたその子は、〝月曜日が嫌いなの《アイ・ドント・ライク・マンデイズ》〟って答えた」レノーラは説明した。

「なんてこと」ケリー・ウィルソンが廊下でなにを言ったにせよ、それほど無神経でないことをチャーリーは心から願った。

わたしはどうしてこれほどケリー・ウィルソンのことが気になるのだろうと、ふとチャーリーは考えた。彼女は殺人犯なのに。

不意に頭のなかがはっきりして、チャーリーは動揺した。

今朝起きた様々なことをすべて排除すると――恐怖、死、記憶、頭痛――あとには、単純な事実がひとつだけ残る。ケリー・ウィルソンはふたりの人間をこともなげに殺した。

呼んだわけでもないのに、ラスティの声が聞こえた気がした。〝だから？〟

ケリーには裁判を受ける権利がある。かなうかぎりの弁護をしてもらう権利がある。チャーリーは同じようなことを、彼女を叩きのめしたがっていた怒れる警官たちに言った。そして、いまレノーラの運転する車に揺られながら、ほかにはだれも引き受け手がいないだろうから、自分がケリーの弁護をすることになるかもしれないとチャーリーは考えていた。

それもまた、結婚生活を難しいものにした彼女の欠点のひとつだ。

チャーリーは後部座席に身を乗り出し、今度は裁判所用の服を手に取った。ベンがアーミッシュのシャツと呼んでいたものと、まるでブルカみたいとチャーリーが考えているスカート。パイクビルの裁判官は全員が気難しい老人で、恐ろしいくらいに保守的だった。女性弁護士は長いスカートと質素なブラウスを着るか、あらゆる反論、すべての申し立て、口から出た一切の言葉を却下されるかのどちらかを選ばなければならなかった。

レノーラが声をかけてきた。「大丈夫？」

「大丈夫じゃない」本心を口にしたことで、胸のつかえが少し取れた。ほかのだれに対しても絶対に認めようとはしないことを、これまでもレノーラだけには打ち明けてきた。レノーラは五十年以上前からラスティを知っている。彼女はクイン家のあらゆる秘密を呑みこむブラックホールだった。「頭が痛くて死にそう。鼻が折れている。肺まで吐きそうな気分。目がかすんでなにも読めない。でもそんなことは全部どうでもいいの。だってわたしはゆうべ、ベンを裏切ったんだもの」

レノーラは無言でギアをシフトし、二車線の高速道路に車を進めた。

「そのときはよかったの。彼はすることをしたわけだし」チャーリーは鼻に当たらないように、慎重な手つきでデュークの長袖Tシャツを脱いだ。「今朝は泣きながら目を覚ました。涙が止まらなかった。三十分ベッドの上で天井を見つめながら、死んでしまいたいって思っていた。そうしたら電話が鳴ったの」

レノーラは再びギアをシフトした。パイクビルの市境を越えるところだ。山からの風が小型のセダンに吹きつけた。

「あんな電話取らなきゃよかった。彼の名前すら覚えていなかったのに。彼もわたしの名前を覚えていなかったのに。少なくとも覚えていないふりをしていた。あんなにみっともなくて、下劣なことなんてない。そのうえベンに知られてしまった。ＧＢＩも、彼のオフイスの人間もみんな知っているのよ。

だからわたしは今朝、学校にいたの。その人に会うため。間違えて彼の携帯電話を持ってきてしまったから、彼が電話してきて……」チャーリーはシャツを着た。糊《のり》がよく効いた前身頃にフリルのあるシャツは、女性らしさを真剣に考えていることを裁判官たちに見せつけるためのものだ。「自分がなにを考えていたのかわからない」

レノーラはギアを六にあげた。「寂しかったのよ」

それは事実で、なにも面白いことなどなかったにもかかわらず、チャーリーは声をあげて笑った。シャツのボタンを留める自分の指を見おろした。ボタンが突然小さくなってしまったようだ。それとも手に汗をかいているのかもしれない。もしくは、胸に音叉《おんさ》を当てられたような骨の振動が指に戻ってきたのだろうか。

「ベイビー」レノーラが言った。「吐き出しなさい」

チャーリーは首を振った。吐き出したくなかった。しまっておきたかった。恐ろしいイメージはすべて箱のなかに入れ、棚の上に押しこんで、二度と開けたくなかった。

けれど、涙がひと粒こぼれた。

そしてもうひと粒。

気がつけばチャーリーは泣いていた。体をふたつ折りにして、激しく泣いていた。両手で顔を覆っているのは、悲しみが抱えきれないくらい大きかったからだ。

ルーシー・アレクサンダー。ミスター・ピンクマン。ミス・ヘラー。ガンマ。サム。ベン。

車が速度を落とした。レノーラが車を路肩に寄せて止めると、タイヤが砂利の上で跳ねた。レノーラがチャーリーの背中を撫でた。「大丈夫よ、ベイビー」

大丈夫じゃない。夫にいてほしかった。役立たずで間抜けの父親にいてほしかった。パパはどこにいるの？　わたしが必要としているときに、どうしてパパはいつもいないの？

「大丈夫」レノーラはチャーリーの背中を撫で続け、大丈夫ではないことがわかっていたからチャーリーは泣き続けた。

ハックの教室で最初の銃声を聞いた瞬間、彼女の人生におけるもっとも恐ろしい時間が一気に蘇っていた。同じ言葉が幾度となく頭のなかで繰り返された。走り続けて。振り返らないで。森のなかへ。ミス・ヘラーの家へ。学校の廊下へ。銃声のするほうへ。けれど間に合わなかった。チャーリーはいつも間に合わない。

レノーラはチャーリーの髪をかきあげた。「深呼吸して、いい子だから」

チャーリーは自分が過呼吸になりかけていることに気づいた。視界がかすんでいる。額に汗が浮いていた。肺がティースプーン以上の空気を取りこめるようになるまで、ゆっくりと息をした。

「急がないで」

チャーリーはさらに数回、深呼吸を繰り返した。視界がはっきりした。少なくとも、さっき見えていた程度には。さらに深呼吸をし、できるかどうか確かめるため、一秒か二秒息を止めてみた。

「ましになった?」

チャーリーはか細い声で尋ねた。「パニック発作だったの?」

「まだ収まっていないかも」

「起こしてくれる?」チャーリーはレノーラの手を支えに、体を起こした。顔から血の気が引いていく。無意識のうちに折れた鼻に手を触れると、痛みがひどくなった。

「ひどくやられたのね」

「相手の男を見せたかった。傷ひとつないんだから」

レノーラは笑わなかった。

「ごめん。自分でもどうしたのかわからない」

「ばか言って。わかっているはずよ」

「うん、まあ」それ以上話したくないときに、チャーリーはいつもそう答えた。

レノーラはギアを入れる代わりに、その長い指をチャーリーの小さな手にからませた。ミニスカートをはいてはいても、その手は男のように節くれだってごつごつしていたし、最近は年齢による染みもできている。いろいろな意味で、チャーリーはガンマよりもレノーラからより多く母親らしいことをしてもらっていた。化粧の仕方を教えてくれたのも、初めてのタンポンを買いに連れていってくれたのも、避妊を決して男任せにしてはいけないと教えてくれたのもレノーラだった。

チャーリーは言った。「わたしを迎えに来るようにベンはあなたにメールをした。それって意味のあることよね？」

「そうね」

チャーリーはグローブボックスを開けて、ティッシュペーパーを取り出した。鼻をかむことはできなかったから、鼻の下を押さえた。窓の外に目をこらし、輪郭以上のものが見えることがわかって安堵《あんど》した。だがあいにく、その景色は最悪だった。そこは、ダニエル・カルペッパーがトレーラーハウスで射殺された場所から、三百メートルのところだった。

「なにより腹が立つのは、今日が人生最悪の日だって言えないことね」

今度はレノーラも笑った。喉の奥から絞り出すようなしゃがれた声が、チャーリーの言うとおりだと告げている。レノーラはギアを入れると、再び車を発進させた。快調に進んでいたが、やがて車は速度を落としてカルペッパー・ロードに曲がった。深い穴がいくつも空いている道路はやがて砂利に変わり、最後は踏み固めた赤い粘土になった。山をくだっていくにつれ、二、三度ほど気温がさがったようだ。チャーリーは身震いしたくなるのをこらえた。　不安が、手で触れられる形あるもののように感じられる。うなじの毛が逆立った。

ホラーに来るたびに、いつもこんな気持ちになった。ここが自分のいるべき場所ではないという感覚だけではなく、間違った角を曲がったり、間違ったカルペッパーに遭遇したりすれば、肉体的な危険が抽象的な概念ではなくなることがわかっていたからだ。

「くそっ！」金網のフェンスに犬の群れが駆け寄ってくるのを見て、レノーラが悪態をついた。犬たちの興奮した鳴き声は、まるで千ものハンマーで車を叩かれているようだ。

「田舎者の警報よ」チャーリーは言った。ホラーに足を踏み入れれば、必ず百匹もの犬に吠えられる。さらに奥へと進んでいくにつれ、フロントポーチに立って片手に携帯電話を持ち、もう片方の手をシャツのなかに入れて腹を搔いている若い白人男性の数は増えていく。彼らは働けるにもかかわらず、多大な労力を必要とする仕事をいやがった。一日じゅう麻薬をやり、テレビゲームをし、金が必要なときは盗み、ヘロインが欲しくなると恋人を殴り、障害者手当を受け取るために自分の子供を郵便局に行かせる。彼らの輝かしい人生の選択の結果は、チャーリーの弁護士としての仕事の中心だった。

ホラー全体をカルペッパー一族とひとまとめにして考えていたことに、ふと申し訳なさを覚えた。ここにはちゃんとした人たちも住んでいる。勤勉で努力家で、彼らの唯一の罪は貧しいことだけだ。そうわかっているはずなのに、近くにいると思うと過剰反応してしまう自分をどうすることもできなかった。

復学したチャーリーの毎日を地獄にした、年齢も様々なカルペッパー一族の六人の少女がいた。彩った長い爪と汚い口をした、みすぼらしく意地の悪い娘たちで、散々チャーリーに意地悪をした。昼食用の金を盗まれた。教科書をびりびりに破かれた。ジムバッグに大便を入れられたことすらあった。

今日に至るまで、散弾銃を持ったザカライアを見たというのはチャーリーの嘘だと一族は主張している。ダニエルが死んでザカライアが刑務所に送られれば、わずかばかりの生命保険と寝室がふたつのトレーラーハウスが手に入るから、それを目的にラスティが娘を使って企《たくら》んだことだと彼らは考えていた。正義を行うことをライフワークにしている男が、わずかばかりの金と引き換えに自分の倫理観を売り渡すとでも言うように。

ラスティが一家を訴えなかったという事実も、彼らのとっぴな陰謀説をひっくり返すことはできなかった。彼らはいまでも、トレーラーハウスとダニエル本人から見つかった数々の証拠は、ケン・コインがでっちあげたものだと固く信じている。政治家としての一歩に弾みをつけるためにコインがダニエルを殺し、コインの兄のキースが州の検査室で証拠を改竄《かいざん》したというのが彼らの言い分だ。

それでも、彼らの怒りの大部分を受け止めたのはチャーリーだった。犯人がザックとダニエルだと証言したのはチャーリーだ。チャーリーは嘘をついただけではなく、それが事実だとあくまでも言い張っていると彼らは考えていた。そういうわけで、カルペッパー兄弟のひとりが死に、もうひとりが死刑囚監房に閉じこめられているのは、チャーリーのせいだということにされていた。

まったくの的外れというわけでもなかった。少なくとも、ザカライアに関しては。ラスティが頑として反対したにもかかわらず、十三歳のチャーリーは満員の法廷に立ち、ザカライア・カルペッパーに死刑判決をくだすように裁判官に訴えた。ケン・コインにその楽しみを奪われていなければ、ダニエルに対しても同じことをしていただろう。

「あの音はなに?」レノーラが言った。

ヘリコプターのローターの音が頭上から聞こえてきた。アトランタのニュース局のロゴが見える。

レノーラはチャーリーに電話機を渡した。「方角を指示して」

チャーリーはパスコード——彼女の誕生日だ——を入れ、ラスティのメールを開いた。父はジョージア大学法学部を出ていて、州でもっともよく知られた法廷弁護士だが、綴《つづ》りがまったくだめだ。「ここを左」チャーリーは、大きな南部連合国旗が翻る白い旗竿《はたざお》が立つ小道を示した。「それから、あのトレーラーハウスを右に曲がって」

チャーリーはラスティの指示をさらに読み進めていくうち、以前にも通ったことがある道筋だと気づいた。ほかの中毒者に覚醒剤を売って自分が使う分を手に入れていた中毒者の弁護をしたことがあり、その男が住んでいたのがウィルソン家の二軒先だった。「ここを右に曲がって。丘の麓をもう一度右」

「あなたのハンドバッグに弁護料に関する契約書を入れておいたから」

なぜと訊こうとして口を開きかけたが、その質問に自分で答えた。「パパはわたしをウィルソン夫妻の代理人にするつもりね。そうすれば、ケリーに不利な証言ができなくなるから」

レノーラはチャーリーに目を向け、まじまじと眺めた。「どうして二十分前に気づかなかったの？」

「わからない」そう答えたチャーリーだったが、実はわかっていた。ショックを受けていたから。夫が恋しくてたまらなかったから。ポン引きやギャングや殺人犯を心配するように自分の娘のことを心配する父親であってほしいと、繰り返し期待してしまう愚か者だから。「無理よ。まともな裁判官なら、懲戒請求してくる。わたしは資格が剝奪される前に、中国に逃げなきゃならなくなる」

「訴訟が和解したら、ホラーを走りまわる必要もなくなるじゃない」レノーラは携帯電話を顎でしゃくった。「あざがはっきりしているうちに、顔の写真を撮っておいたほうがいい」

「訴訟はしないってベンに言った」

レノーラの足がアクセルからはずれた。

「わたしはただ、きちんと謝罪してほしいだけ。書面で」

「謝ってもらったって、なにも変わらないのよ」車は丘の麓までやってきていた。レノーラが鋭角に右に曲がった。ほどなくお説教が始まった。「ケン・コインみたいなろくでなしは小さな政府を主張するけれど、初めからちゃんと警官を訓練しておかないから、結局は訴訟で倍額を払うことになるのよ」

「わかっている」

「財布から搾り取ってやる以外、彼らを変える方法はないんだから」

チャーリーは両耳に指を突っこみたくなった。「そういう話ならパパからたっぷり聞かされるだろうから、いま話してくれなくてもいい。ここよ」

レノーラは急ブレーキを踏んだ。車がつんのめった。数メートルバックさせてから、舗装されていない別の道路へと入っていく。わだちのあいだに雑草が伸びていた。シダレヤナギの下に止められている黄色いスクールバスの脇を通り過ぎ、畝になっているところを乗り越えると、小さな家がいくつか見えてきた。楕円形《だえんけい》の空間のまわりに四軒の家が建っている。チャーリーはラスティのメールを再度開き、いちばん奥にある一軒が目的の家であることを確認した。私道はなく、細い通り道があるだけだ。ペンキを塗った合板でできていて、まるで膿《う》んだ吹き出物のような大きな出窓が前面に突き出していた。コンクリートブロックが玄関の階段代わりだ。

レノーラが言った。「アヴァ・ウィルソンはスクールバスの運転手なの。今朝、学校が封鎖されたとき、彼女もあそこにいたのよ」

「撃ったのはケリーだって、だれかが教えたの？」

「ラスティが彼女の携帯電話にかけるまで知らなかった」

チャーリーは、その役目をラスティから押しつけられなかったことを知ってほっとした。

「父親は？」

「エリー・ウィルソン。エリジェイでその日払いの仕事をしている。毎朝材木置き場の外で、お呼びがかかるのを待っている男たちのひとりよ」

「警察は居場所を突き止めたの？」

「まだのはず。一家には携帯電話が一台しかなくて、それはアヴァが持っているの」

チャーリーはそのわびしい家を眺めた。「それじゃあ、彼女はあそこにひとりでいるのね」

「いまのところはね」レノーラは、もう一台のヘリコプターがホバリングを始めた上空を見あげた。今度のものには、ジョージア・ステート・パトロールの特徴的な青と銀の縞《しま》模様が入っている。「令状にグーグル・マップを添付して、三十分後にはここに来るわね」

「急ぐわ」チャーリーは車を降りようとしたが、レノーラはそれを押しとどめた。

「これを」後部座席に置かれていたチャーリーのハンドバッグを手に取る。「ベンにあなたの車から持ってくるよう頼まれたの」

「それって意味のあることよね？」

「そうね」

チャーリーは車を降り、その家に向かって歩いた。ブレスミントはないかとハンドバッグを探った。前ポケットの縫い目にシラミのようにこびりついていた、ほこりまみれの数粒のティックタックで我慢するほかはなかった。

ホラーに暮らす人たちが玄関に出てくるときには、なんらかの武器を手にしていることが多いとこれまでの苦い経験から学んでいたので、コンクリートブロックの階段をのぼる代わりに出窓に向かった。カーテンはない。その下にゼラニウムの植木鉢が三つ並べられていた。ガラスの灰皿が土の上に置かれていたが、なかは空だった。

家のなかでは小柄な黒髪の女性が長椅子に座り、テレビに釘付《くぎづ》けになっていた。ホラーのどこの家にも、元々は同じトラックで運ばれていたに違いない巨大な薄型テレビがある。アヴァ・ウィルソンはニュースを見ていた。レポーターの声が外まで聞こえるほどの音量だ。

「……アトランタ支社から新たな情報が……」

チャーリーは玄関にまわり、三回鋭くノックをした。

待った。耳を澄ました。もう一度ノックした。さらにもう一度。

「こんにちは」声をかけた。

ようやくテレビの音が消えた。足を引きずっているような音が近づいてくる。鍵が開いた。チェーンがはずされた。もうひとつの鍵が開いた。薄っぺらい壁は泥棒がこぶしで簡単に突き破れることを考えれば、入念な安全対策は冗談としか思えない。

アヴァ・ウィルソンはドアの外に立つよそ者を見て、目をしばたたいた。娘と同じくらい小柄で、同じくらい子供っぽく見える。ズボンに象の絵が描かれている水色のパジャマを着ていた。目が充血している。チャーリーよりも若いはずなのに、濃い茶色の髪にはすでに白いものが交じっていた。

「わたしはチャーリー・クイン」チャーリーは名乗った。「父のラスティ・クインがあなたの娘さんの弁護士を務めます。あなたを父のオフィスに連れてくるようにと言われてきました」

彼女は動かなかった。なにも言わなかった。ショックを受けた人間はこうなるのだろう。

チャーリーは訊いた。「警察と話をしましたか？」

「いいえ」言葉がつながって聞こえるのは、ホラー特有のアクセントだ。「知っている番号以外は電話に出るなって、あなたのお父さんに言われたので」

「ええ、そのとおり」チャーリーは反対の足に体重を移し替えた。遠くで犬が吠えているのが聞こえる。頭の天辺に太陽がじりじりと照りつけている。「娘さんのことでショックを受けているのはわかっていますが、いまは今後のために準備をしなくてはいけません。警察がこちらに向かっているんです」

「ケリーを連れてくるんですか?」

アヴァ・ウィルソンの希望に満ちた口調にチャーリーはうろたえた。「いいえ、あなたの家を捜索しに来るんです。おそらくケリーの部屋から始めて、それから――」

「あの子に着替えを持っていってくれるんですか?」

チャーリーはさらにうろたえた。「違います。武器やメモやコンピューターがないかどうかを――」

「うちにコンピューターはありません」

「そうですか。ケリーは図書館で宿題をしていたんですか?」

「あの子はなにもしていません」アヴァは言った。「人を殺したりなんて……」声が途切れ、目が光った。「聞いてください。わたしのベイビーは言われているようなことをしていません」

自分の子供ははめられたのだと確信している母親と会ったことは何度もあった。だがいい人間もときに悪いことをしてしまうことがあると、アヴァ・ウィルソンを相手に語っている時間はなかった。「よく聞いて、アヴァ。あなたが招き入れなくても、警察は家に入ってくる。あなたを家から追い出して、徹底的に家探しをするの。物を壊すかもしれないし、あなたが見てほしくないものを見つけるかもしれない。あなたが拘束されることはないと思うけれど、証拠を隠滅する可能性があると思われたら、されるかもしれない。だから、お願いだからそんなことはしないで。いい？　わたしの言うことをよく聞いてね。警察にケリーのことはなにも話しちゃだめ。どうして彼女がこんなことをしたのかとか、なにが起きたのかということも。彼らはケリーを助けようとしているわけじゃないし、友だちでもないの。わかった？」

アヴァはなんの反応も見せなかった。ただそこに立っているだけだ。

ヘリコプターが高度をさげた。水滴型のガラスの向こうにパイロットの顔が見えた。マイクに向かってなにか話している。捜索令状に記すために座標を伝えているのかもしれない。

チャーリーはアヴァに言った。「なかに入ってもいい？」

アヴァが動こうとしなかったので、チャーリーは彼女の腕を取って家のなかに入った。

「ご主人から連絡は？」

「エリーは仕事が終わるまで連絡してきません。材木置き場の外にある公衆電話でかけてくるんです」

つまりケリーの父親は娘の犯罪を車のラジオで知るわけだ。「服を入れられるようなスーツケースか、小さな鞄《かばん》はある？」

アヴァは答えなかった。音を消したテレビをじっと見つめている。

画面には中学校が映っていた。上空からの映像は体育館の屋根をとらえている。おそらくそこが捜索の拠点として使われているのだろう。画面の下にテロップが流れていた。爆弾処理班が建物を捜索。二名死亡――八歳の児童と彼女を助けようとした校長。

ルーシー・アレクサンダーはほんの八歳だった。

「あの子じゃない」アヴァが言った。「こんなことしない」

ルーシーの冷たい手。

サムの震える指。

突然色を失ったガンマの肌。

チャーリーは目をこすった。再び頭のなかで始まった恐ろしいスライドショーを終わらせようとして、部屋を見まわした。ウィルソンの家はみすぼらしいものの、きれいに片付いていた。玄関脇には十字架にかけられたキリストの像。狭苦しい居間のすぐ横にこぢんまりしたキッチン。水切り籠に皿が並んでいる。黄色い手袋がシンクの縁にだらりとかかっている。カウンターは物でいっぱいだったが、順序よく並べられていた。

チャーリーは言った。「しばらくここには帰ってこられないの。着替えや洗面用具が必要よ」

「洗面所はすぐうしろにあります」

チャーリーはもう一度言ってみた。「荷造りをして」アヴァが理解したかどうかを確かめようとした。「服と歯ブラシ。それだけでいいから」

アヴァはうなずいたが、テレビから視線を逸らすことができないようだった。それとも逸らすつもりがないのかもしれない。

ヘリコプターが遠ざかっていった。時間がない。コインはすでに捜索令状にサインをもらっているだろう。警官隊がライトを点滅させ、サイレンを鳴らしながらいまにも町からやってくる。

「わたしが荷造りしましょうか？」チャーリーはアヴァがうなずくのを待った。さらに待った。「アヴァ、あなたの代わりにわたしが荷造りするから、そうしたら家の外で警察が来るのを待つのよ」

アヴァはリモコンを握りしめ、長椅子の縁に腰をおろした。

チャーリーはキッチンのキャビネットを開けて、ビニールの買い物袋を引っ張り出した。シンクにかけてあった食器洗い用の黄色い手袋をはめると、洗面所を通り過ぎ、羽目板張りの短い廊下を進んだ。ふたつある寝室は家の奥に並んでいて、ケリーはドアの代わりに紫色のカーテンでプライバシーを確保していた。一枚の紙がカーテンにピンで留めてある。

おとなはきんし《NO ADULTS ALOWT》。（正しいスペルはallowed）

殺人事件の容疑者の部屋に入るほどばかではなかったから、レノーラの携帯電話でその紙の写真を撮った。

ウィルソン夫妻の寝室は右側で、家の裏手にある険しい丘に面していた。夫妻が使っている大きなウォーターベッドが、部屋のほとんどを占めている。背の高いタンスのせいで、ドアを完全に開けることができなかった。チャーリーは手袋をはめてきてよかったと思いながら引き出しを開けた。実のところ、ウィルソン夫妻のほうが彼女よりもずっときちんとしている。そのなかには女性の下着が何枚かと、数枚のボクサーショーツ、子供向けのものらしいジーンズが一本入っていた。チャーリーはさらに二枚のTシャツをつかみ、そのすべてをビニールの買い物袋に押しこんだ。ケン・コインは、必要以上に捜索を長引かせることで有名だ。ウィルソン夫妻は週末までに自宅に帰ることができたら、運がいいと言わなければならないだろう。

チャーリーはそこを出て、バスルームに向かおうとしたところで足を止めた。

ALOWT

ケリー・ウィルソンが十八歳にもなって、こんな簡単な単語を正しくつづれないのはどうして？

チャーリーは一瞬ためらったあと、カーテンを開けた。部屋に入るつもりはなかった。廊下から写真を撮るだけだ。だが言うほど簡単ではなかった。その寝室は大きめのウォークイン・クローゼットほどの広さしかなかった。

もしくは監房ほどの。

シングルベッドの上の壁の高いところにある、細い横長の窓から光が斜めに差しこんでいた。壁の羽目板は薄紫色に塗られている。パイルの長い絨毯《じゅうたん》はオレンジ色。ベッドカバーは大きなヘッドホンを耳に当ててウォークマンを聞いているハロー・キティの柄だった。

ゴス少女の部屋ではない。壁は黒くないし、ヘビメタのポスターもない。クローゼットのドアは開いていた。きれいに畳まれたシャツが床の上に重ねられ、たわんだポールには丈の長い服が数枚吊るされていた。ケリーの服はどれも、十歳の少女が着るような子馬やウサギの柄やアップリケのついた明るい色のものばかりだった。ほぼ大人の十八歳の女性が着るものではない。

チャーリーはかたっぱしから写真を撮った。ベッドカバー、子猫の写真、化粧台の上のキャンディピンクのリップグロス。そのあいだも彼女の視線は、ここにあるべきものを探していた。十八歳の女性はありとあらゆる化粧品を持っているものだ。友だちと写した写真や、恋人になるかもしれない男の子からの手紙や、だれにも打ち明けない秘密があるものだ。

舗装していない道を近づいてくるタイヤの音が聞こえて、チャーリーの心臓が大きく打った。ベッドの上にのり、窓の外を見る。SWATと車体の横に書かれた黒いバンが黄色いスクールバスの前に止まるところだった。ライフルを手にしたふたりの男がバンから飛び降り、バスに入っていった。

「いったい……」チャーリーは言いかけたが、これほど早く警察がここに来ることができた理由など、いまはどうでもいいと思い直した。バスを調べ終えたらすぐに、彼らはいま彼女がいる家を引っ掻きまわし始めるだろう。

そのうえチャーリーはただこの家にいるだけではなかった。ケリー・ウィルソンの寝室で、ケリー・ウィルソンのベッドの上に立っているのだ。

「ファック・ミー」そうつぶやいたのは、それ以外にふさわしい言葉がなかったからだ。ベッドから飛びおりた。ゴムの手袋をした手で、テニスシューズから落ちた泥を払った。深い紫色の生地は靴跡を隠してくれたが、鑑識課員の鋭い目は日が落ちるより早く、サイズやブランドやモデル番号を突き止めるだろう。

ここを出なければいけない。両手をあげて、アヴァといっしょに外に出ていかなければいけない。重武装したSWATチームに、彼女たちが協力的であることを見せなければいけない。

「ファック」チャーリーは繰り返した。どれくらい時間があるだろう？　背伸びをして、窓の外を見た。ふたりの警官がバスを調べている。それ以外はバンのなかだ。不意をつくことができると思っているのか、爆発物を探しているかのどちらかだろう。

家の近くでなにか動くものが見えた。

レノーラが自分の車の近くに立っている。目を丸くしてチャーリーを見つめている。チャーリーが顔をのぞかせている窓が寝室のものであることは、どんなばかでもわかるからだ。

レノーラは頭で玄関を示し、声に出さずに「出て」と口を動かした。

チャーリーは服を入れたビニールの袋をハンドバッグに押しこみ、部屋を出ようとした。

紫の壁。ハロー・キティ。子猫のポスター。

三十秒、せいぜい四十秒といったところだろう。彼らがバスを調べ終え、バンに戻り、玄関までやってくるのにかかる時間はそれくらいだ。

チャーリーは手袋をした手で化粧台の引き出しを開けた。服。下着。ペン。日記はない。ノートはない。膝をついて、マットレスの下を探った。なにもない。クローゼットの床に積まれた服のあいだを調べていると、ＳＷＡＴのバンのドアが閉まり、タイヤが土を踏む音が聞こえてきた。家に近づいてきている。

ティーンエージャーの部屋がこんなに片付いているはずがない。チャーリーは小さなクローゼットの中身を片手で探り、靴箱ふたつ分の玩具を外に出し、ハンガーにかかっていた服をベッドの上に放り投げた。ポケットを叩き、帽子を裏返す。背伸びをして棚の上に手を滑らせた。

ゴムの手袋がなにか平たくて固いものに触れた。

額縁？

「おまわりさん」レノーラの低い声が薄い壁越しに聞こえた。「家のなかに女性がふたりいるんです。どちらも武器は持っていません」

警官は耳を貸さなかった。「車に戻れ！　いますぐ！」

胸のなかで心臓が爆発しそうだった。クローゼットの棚の上のものをつかんだ。思っていたよりも重い。鋭い角が頭に当たった。

イヤーブック。

パイクビル中学校　二〇一二年。

玄関のドアを激しくノックする音がした。壁が揺れた。「州警察だ！」男の声が轟《とどろ》いた。「家宅捜索だ。ドアを開けろ！」

「いま行く！」チャーリーはイヤーブックをハンドバッグに押しこんだ。なんとかキッチンまで戻ったところで、玄関のドアが裂けた。

アヴァは火がついたように悲鳴をあげ始めた。

「伏せろ！　伏せろ！」レーザーが部屋をなめる。家は土台から揺れた。窓は割られ、すべてのドアは蹴り開けられた。男たちが怒鳴る。アヴァは悲鳴をあげ続けている。チャーリーは両手をあげて膝をつき、どの男が自分を撃つのかを見極めるため両目を大きく見開いた。

だれも撃たなかった。

だれも動かなかった。

アヴァの悲鳴が不意に止まった。

タクティカル・ギアに身を包んだ六人の大柄な警官で部屋のすべての空間が埋まっていた。ＡＲ－一五を構える彼らの腕はぴんと張りつめていて、指が引き金を引かないようにしている筋肉がどれなのか、チャーリーにもわかるほどだった。

チャーリーはゆっくりと自分の胸を見おろした。

心臓の上に赤い点がある。

アヴァを見た。

彼女の胸には五つの点があった。

彼女は長椅子の上でしゃがみこんでいた。口が開いていたが、恐怖が声帯を麻痺させているようだ。どういうわけか、あげた両手に一本ずつ歯ブラシを持っていた。

アヴァのいちばん近くにいた男がライフルをおろした。「歯ブラシだ」

もうひとりが続いた。「トリガースイッチに見えた」

「確かに」

さらにライフルがおろされ、だれかがくすりと笑った。

緊張が徐々にほどけていく。

家の外から、女性の声がした。「どうなの？」

「クリア」最初の男が返事をした。彼はアヴァの腕をつかむと、家の外へと押し出した。

振り返り、チャーリーにも同じことをしようとしたが、彼女は両手をあげ、自ら外に出た。

庭に出るまで、手をおろさなかった。新鮮な空気を胸いっぱいに吸い、ひとりの警官が歯ブラシと自殺用のベストの起爆装置の違いに気づいていなければ死んでいたかもしれないとは、考えないようにした。

パイクビルで。

「神さま」チャーリーはつぶやき、それが祈りの言葉に聞こえることを願った。

レノーラは車の脇から動いていなかった。当然ながらひどく怒っていたが、顎をあげてわかりきった質問をしただけだった。〝大丈夫？〟

チャーリーはうなずいたものの、少しも大丈夫ではなかった。彼女は怒っていた——ラスティが自分をここによこしたことに、ばかな行動を取ったことに、自分でもまったく理解できない理由で法を犯したことに、おそらくはホローポイント弾で心臓を撃たれる危険を冒したことに。

ばかみたいなイヤーブックのために。

アヴァがつぶやいた。「なにが起きたの？」

チャーリーは家を振り返った。大柄な男たちがなかを歩きまわっているせいで、いまも揺れている。「あの人たちは、裁判でケリーが不利になるようなものを探しているの」

「たとえば？」

チャーリーは、自分が探していたものを並べていった。「自白。説明。学校の見取り図。ケリーが腹を立てていた人たちのリスト」

「あの子はだれにも腹を立てたりしません」

「アヴァ・ウィルソン？」分厚いタクティカル・ギアに身を包んだ長身の女性が近づいてきた。肩にライフルをかけ、丸めた紙を手に持っていた。これほど早くやってきた理由がそれだ。令状はファックスでバンに送られていたのだ。「あなたがケリー・レネ・ウィルソンの母親のアヴァ・ウィルソン？」

権威を背景にしたその口調にアヴァは体を硬くした。「はい、サー」

「ここはあなたの家ですか？」

「借りているんです、サー」

「ミセス・ウィルソン」彼女はどう呼ばれようと、気にかけていないようだ。「わたしは州警察のイサク警部。あなたの家を捜索する令状が出ています」

チャーリーが指摘した。「すでに捜索を始めているみたいだけれど」

「証拠隠滅の恐れがあると信じるに足る理由があったんです」イサクはチャーリーの目のまわりのあざに気づいて尋ねた。「突入の際に、怪我をしたんですか?」

「いいえ。今日、別の警官に殴られたの」

イサクは、いまだに怒りが収まっていないらしいレノーラをちらりと見てから、チャーリーに視線を戻した。「あなた方は知り合いですか?」

「ええ」チャーリーは答えた。「ミセス・ウィルソンは令状のコピーが見たいそうよ」

イサクはあえて、チャーリーがはめている黄色い手袋に目を留めたふりをした。

「皿洗い用の手袋」事実だった。「ミセス・ウィルソンは令状のコピーが見たいの」

「あなたはミセス・ウィルソンの弁護士なんですか?」

「ただの弁護士よ」チャーリーは明言した。「一家の友人としてここにいるだけ」

イサクはアヴァに言った。「ミセス・ウィルソン、あなたの友人の要請があったので、令状のコピーをお渡しします」

令状を手にのせられるように、チャーリーはアヴァの腕を持ちあげなくてはならなかった。

イサクが訊いた。「ミセス・ウィルソン、家のなかに武器はありますか?」

アヴァは首を振った。「いいえ、サー」

「注意すべき注射器などはありますか? 怪我を負いかねないようなものは?」

アヴァは再び首を振ったが、不安そうな顔になった。

「爆発物は？」

アヴァは口に手を当てた。「ガスが漏れているんですか？」

イサクはどういうことかと尋ねるようにチャーリーを見た。チャーリーは肩をすくめた。アヴァの人生は根底からひっくり返ったのだ。いま彼女に理屈を求めるのは無理というものだ。

イサクはアヴァに訊いた。「あなたの身体検査をすることを承諾してもらえますか？」

「は――」

「いいえ」チャーリーが彼女を遮って答えた。「令状に明記されていること以外、なんであれだれであれ、捜索は承諾しません」

イサクは、長方形のイヤーブックの形をしているチャーリーのハンドバッグに目を向けた。「あなたのバッグを調べる必要がありますか？」

チャーリーは心臓がひっくり返りそうになった。「理由があるの？」

「証拠を隠蔽したり、隠蔽する目的で家からなにかを持ち出した場合、それは――」

「違法ね」チャーリーは言った。「令状に載ってもおらず、宅地の一部でもないスクールバスを捜索するのと同じで」

イサクは一度だけうなずいた。「理由がなければ、そうなりますね」

チャーリーは黄色い手袋を乱暴にはずした。「これを家から持ち出したわ。わざとじゃないけれど」

「申し出てくれてありがとう」イサクはアヴァに向き直った。まだ告げなければならないことがある。「外にいてくれてもいいですし、どこかに行ってもかまいませんが、許可を出すまで家に入ることはできません。わかりましたか？」

アヴァは首を振った。

チャーリーが答えた。「わかりました」

イサクは庭を横切り、男たちがいる家のなかに戻っていった。ドアの横にプラスチックの箱が積まれている。証拠記録。ジップタイ。ビニールの袋。アヴァは出窓から家のなかを見つめている。テレビがついたままだ。画面が大きかったので、チャーリーにも流れていくテロップを読むことができた。パイクビル警察発表：学校の監視カメラ映像は公表しない。

監視カメラ。今朝は気づかなかったが、すべての廊下の端にカメラが取りつけられていたことをチャーリーは思い出した。

殺人劇がビデオに収められている。

アヴァが訊いた。「これからどうするんですか？」

チャーリーは最初に頭に浮かんだ答えを呑みこんだ。あなたの娘が担架に縛りつけられて、処刑されるのを見るの。

「オフィスに行けば、父がなにもかも説明してくれる」チャーリーは、アヴァの汗ばんだ手から丸めた令状を受け取った。「四十八時間以内に罪状認否が行われるわ。ケリーはおそらく郡刑務所に収監されるだろうけれど、その後どこかに移される。何度も出廷するし、あなたがケリーに会う機会はたくさんある。でもすぐではないの。長い時間がかかる」チャーリーは捜索令状に目を通した。警官たちになんでも望みどおりのことをする許可を与える、裁判官からのラブレターだ。「これはあなたの家の住所？」

アヴァは令状を見た。「はい。通りの番号です」

開いた玄関の向こうで、イサクがキッチンの引き出しを引っ張り出しているのが見えた。ナイフやフォークがガチャガチャと音をたてた。床の絨毯がはがされた。どれも乱暴な手つきだ。床板の下に空間がないかどうかを確かめるため、警官たちは足を高くあげて歩いていた。天井の染みだらけのタイルをつついていた。

アヴァがチャーリーの腕をつかんだ。「ケリーはいつ家に戻ってくるんですか？」

「そのことは父と話してもらわないと」

「こんなことになって、どうやって払えばいいのかわかりません。あたしたち、お金がないんです。それがあなたの目的だとしたら」

ラスティが報酬目的だったことは一度もない。「ケリーの弁護料は州が払ってくれるの。

たいした額ではないけれど、父は必ずあなたの娘さんを全力で弁護する」

アヴァは目をしばたたいた。チャーリーの言葉が理解できていないようだ。「あの子には、してもらわなきゃならない用事があるの」

チャーリーはアヴァの目をのぞきこんだ。瞳孔が小さくなっているが、それは強烈な日差しのせいだろう。「どうかしたの？　なにかやっている？」

アヴァは足元を見おろした。「小石があったけれど、蹴飛ばしました」

場違いな笑みが返ってくるかと思ったが、アヴァは真剣だった。「なにか薬を飲んでいる？　それとも緊張を和らげるために、マリファナを吸った？」

「いいえ。わたしは運転手です。麻薬はやれません。わたしが子供たちを養っているんです」

チャーリーは再び彼女の目を見つめた。そこに理性はあるだろうか？　「ケリーになにがあったのか、父は説明した？」

「あの子の弁護をするって言ってましたけれど、どうなんでしょう」アヴァの声が小さくなった。「ラスティ・クインは悪い人だっていとこが言っていました。ごろつきや強姦犯や人殺しの代理人をしているって」

チャーリーの口のなかがからからになった。ラスティ・クインこそ、いま自分の娘が必要としている存在であることを彼女はわかっていないようだ。

「ケリーだ」アヴァはまたテレビを眺めていた。

ケリー・ウィルソンの顔が画面いっぱいに映し出されている。だれかが学校の写真を提供したのだ。ゴスの濃い化粧と黒い服ではなく、クローゼットに入っていた虹色のポニーの模様のTシャツを着ていた。

写真が消え、デリック郡立病院から出てくるラスティのライブ映像に変わった。顔の前にマイクを突き出してきたレポーターをにらみつけたが、彼が正面玄関から出てきたのには理由がある。ラスティは質問に答えるため、いかにも渋々といった体で足を止めた。父の口の動きを見れば、南部なまりの鋭い口調でまくし立てているのは明らかだ。この様子は全国放送で繰り返し放送されることになるだろう。これが、世間の注目を集めている事件でのやり方だ。ラスティは、テレビの解説者やキャスターよりも目立たなくてはいけない。ケリー・ウィルソンは子供と校長を殺した怪物などではなく、死刑になるかもしれないティーンエージャーであると印象づけなければいけない。

アヴァが言った。「リボルバーが使われたんですか?」

チャーリーは胃に重石《おもし》を入れられたような気がした。アヴァを家から遠ざけ、通り道の中央まで連れてきたところで尋ねる。「リボルバーを持っているの?」

アヴァはうなずいた。「エリーが車のグローブボックスに入れています」

「今日、仕事に乗っていっている車?」

アヴァは再びうなずいた。

「それは合法なの？」

「わたしたちは泥棒はしません。ちゃんと働いているんです」

「ごめんなさい、そうじゃなくて、ご主人に前科はある？」

「いいえ。彼はまっとうな人です」

「その銃に弾が何発入っていたかわかるかしら？」

「六発です」アヴァは自信ありげな口調だったが、すぐに言い添えた。「六発だと思います。何百回と見ましたけれど、気にしたことはなくて。すみません、よく覚えていません」

「いいのよ」デリア・ウォフォードに質問されたとき、チャーリーも同じような気持ちになった。銃声は何発聞いたの？　順序は？　ミスター・ハッカビーはいっしょだったの？　リボルバーはどうなったの？

チャーリーはそのただなかにいたのに、恐怖がそれを思い出させまいとした。

「最後にリボルバーを見たのはいつ？」

「わからない――あ」パジャマの前ポケットに入っていたアヴァの電話が鳴った。プリペイドで貸し出すような、安っぽい折り畳み式の携帯電話だ。「知らない番号だ」

チャーリーは知っていた。まだハックが持っているはずの彼女のｉＰｈｏｎｅの番号だ。

「車に乗っていて」チャーリーはレノーラに合図を送りながら言った。「わたしが出るから」

アヴァは警戒しているような表情でレノーラを見た。「それって――」

「車に乗って」チャーリーはアヴァを車へと押しやった。五度目の呼び出し音で電話に出た。「もしもし」

「ミセス・ウィルソン、ぼくはミスター・ハッカビーといいます。中学でケリーを教えていました」

「わたしの電話機のロックをどうやってはずしたの？」

ハックはかなり長いあいだ、返事をしなかった。「1-2-3-4なんていうパスワードはやめたほうがいい」

ベンから同じことを幾度となく言われていた。話を聞かれないように、通り道をさらに進んだ。「どうしてアヴァ・ウィルソンに電話をしてきたの？」

ハックは再びためらった。「ぼくはケリーを二年教えた。高校にあがったときには、二カ月個人指導をした」

「答えになっていないわ」

「GBIのろくでなしふたりを相手に四時間質問に答え、さらに一時間病院で話を訊かれた」

「アトキンスだったか、エイヴリーだったか。十歳くらいの逆毛と年配の黒人女が、タッグを組んで質問攻めにしてきた」

「どのろくでなし？」

「くそっ」チャーリーはつぶやいた。彼が言っているのはおそらくFBIの北ジョージア担当の捜査官であるルイス・エイヴリーだろう。「名刺をもらった？」

「捨てたよ。ところで、ぼくの腕なら大丈夫だ。弾はきれいに貫通したから」

「わたしは鼻が折れて、脳震盪を起こした。どうしてアヴァに電話をかけてきたの？」

ハックがため息をついたのは、彼女に調子を合わせることにしたからしい。「自分の生徒が気になるからだ。助けたかった。ちゃんと弁護士をつけたかどうか、確かめたかった。彼女を利用したり、トラブルを起こしたりしない人間に面倒を見てもらっていることを」ハックの声が不意に弱々しいものになった。「ケリーは頭がよくないんだ、シャーロット。あの子は人殺しじゃない」

「だれかを殺すのに、頭がいい必要はない。それどころか、普通はその逆よ」チャーリーはウィルソンの家を振り返った。イサク警部がケリーの服でいっぱいのプラスチックの箱を運び出している。

「あなたが本当にケリーを助けたいのなら、レポーターには一切近づかず、カメラの前にも立たず、写真を撮らせたりもしないことね。なにがあったかを友だちに話してもだめ。

そんなことをしたら、その人たちがテレビに出たり、レポーターに話したりするから。彼らがなにを話すか、あなたにはコントロールできないのよ」

「いいアドバイスだ」ハックは小さく息を吐いてから言った。「ぼくはきみに謝らなきゃいけない」

「なにを？」

「〝B2〟。ベン・バーナード。きみの夫から今朝電話があった。もう少しで出るところだったよ」

チャーリーは頰が熱くなるのを感じた。

「警官のひとりから聞くまで知らなかった。そのときはもう彼と話をしたあとだった。ぼくたちがなにをしたのか、どうしてきみが学校にいたのか」

チャーリーは頭に手を当てた。ある種の男たちが女性のことをどんなふうに話すのかは知っている。バーの外に止めたトラックのなかでセックスするような男たちのことは。

「言ってくれればよかったんだ。おかげでぼくたちみんな、ますます困ったことになった」

「あなたは謝ってるんじゃなかったの？　わたしのせいだって言いたいの？」チャーリーは彼が信じられなかった。「いつ言えばよかったわけ？　グレッグ・ブレナーに殴られる前？　それともあなたが動画を消去したあと？　それなら、わたしの鼻が折られたいきさつについて、あなたが嘘の証言をしたことはどうなの？　言っておくけれど、それって重罪だから。警官をかばうために嘘をつくことよ。女性が顔を殴られているときに、なにもせずにあたりをうろうろしていることじゃなくて。そっちは別に違法でもなんでもないから」

ハックはまたため息をついた。「ああいった事態に遭遇するのがどういうものか、きみにはわからないんだ。過ちを犯しても仕方がない」

「どういうものか、わたしにはわからない？」チャーリーは突然激しい怒りが湧き起こるのを感じた。「わたしもあそこにいたと思うけれど。わたしはあなたより先にあの場にいたのよ。ああいった事態に遭遇するのがどういうものか、よくわかっているとは思わない？　それに、あなたが本当にパイクビルで育ったなら、わたしにとってはこれが二度目だっていうことも知っているはずだけれど。〝きみにはわからない〟なんてよく言えたものだわ」

「わかった、そのとおりだ。すまなかった」

言いたいことはこれで終わりではなかった。「ケリーの年齢のこと、あなたは嘘をついた」

「十六か十七か」ハックが首を振るのが見えるようだった。「十一年生なんだ。それでなにが違ってくると言うんだ？」

「彼女は十八歳なの。違いは死刑よ」

ハックはあえいだ。それ以外に表現できる言葉はない――激しいショックを受けて、鋭く息を吸ったのだろう。

チャーリーは彼がなにか言うのを待った。電話機の電波の受信具合を確かめた。「もしもし？」

ハックは咳払いをした。「ちょっと待ってくれ」

チャーリーにも時間が必要だった。なにか大事なことを見落としている。ハックはどうして四時間も尋問を受けたのだろう？　普通は三十分から二時間というところだ。わたしはせいぜい四十五分程度だった。彼女とハックが犯行現場にいたのは十分足らずだ。どうしてデリア・ウォフォードはハックの前で、FBIにいい警官・悪い警官を演じさせたのだろう？　彼は敵意ある証人ではないし、デリア・ウォフォードは、腕を撃たれていた。けれど病院に行く前に尋問を受けたと言っている。デリアは正しい手順に従わないような警官ではない。FBIが邪魔をするはずもない。

それならどうして敵意のない証人を警察署に四時間も閉じこめておく必要があったのだろう？　証人の扱いではない。協力しない容疑者に対する態度だ。

「もう大丈夫だ」ハックが言った。「ケリーだが――いまはどう呼ばれているんだ？　知的障害？　彼女は基礎クラスだ。概念というものを理解できない」

「犯罪を犯すために必要な精神状態を形成できないというのであれば、法律上では心神耗弱ということになるわね。でもそれはとても難しい議論になる。国が主導する教育制度と殺人に対する訴追の優先事項はまったく違うから。前者は彼女を助けようとして、後者は彼女を殺そうとするのよ」

ハックは黙りこみ、電話の向こうから聞こえるのは彼の息遣いだけになった。

「そのふたりの捜査官ウォフォードとエイヴリーだけど、四時間ずっとあなたと話をしていたの？　それとも間隔を空けて？」

「え？」ハックはその質問に面食らったようだ。「どちらかは必ず部屋にいた。きみの夫も時々。それからあの男、名前はなんていったかな？　つやつやしたスーツを着ていた？」

「ケン・コイン。地方検事よ」チャーリーは話題を変えた。「ケリーはいじめられていたの？」

「ぼくの教室ではそんなことはなかった」ハックはそう答えてから、言い添えた。「学校の外やソーシャルメディアは、ぼくたちにはどうにもできない」

「つまり、彼女はいじめられていたっていうこと？」

「彼女はほかの子とは違っていたということだ。子供たちのあいだでは、それは決していいことじゃない」

「あなたはケリーの先生だった。どうして彼女が落第していたことを知らなかったの？」

「毎年百二十人もの子供を教えているんだ。なにか特別な理由がないかぎり、昔のファイルを見返したりはしない」

「頭がよくないというのは理由にはならないの？」

「頭がよくない生徒は大勢いる。ケリーは成績はCだが、真面目な生徒だった。問題を起こしたことは一度もない」電話の向こうからこつこつという音が聞こえた。ペンで机の端を叩いているのだろう。「いいかい、ケリーはいい子だった。頭はよくないが、かわいい子だ。なんであれ、言われたことは守る。今日みたいなことをする子じゃない。あの子らしくない」

「あなたは彼女と親しかったの？」

「それはどういう――」

「セックス。ファック。わかるでしょう？」

「するはずがないだろう」うんざりしたような声だった。「ぼくの生徒だったんだぞ」

「彼女とセックスしていた人はいた？」

「いいや。いたら、報告しているよ」

「ミスター・ピンクマンは？」

「そんなことを――」

「ほかの生徒とか？」

「どうしてぼくが――」

「リボルバーはどうしたの？」

耳を澄ましていなければ、彼がわずかに息を呑んだことに気づかなかっただろう。

やがてハックが言った。「なんのことだ？」

チャーリーは首を振り、わかりきったことを見逃していた自分を心のなかで叱りつけた。デリア・ウォフォードに尋問されていたときはひどく混乱していて気づかなかったが、いまになってみれば、彼女がはっきりした絵を描いていてくれたことがわかる。〝ミスター・ハッカビーがだれかにリボルバーを渡したところは見ていないのね？　彼が自分でどこかに置いたのは見た？　床とか？〟

チャーリーは訊いた。「リボルバーをどうしたの？」

ハックはまた口ごもった。嘘をついているときにそうなることがいまではわかっている。

「なんの話をしているのかわからない」

「ふたりの捜査官にもそう答えたの？」

「きみに言ったとおりのことを言っただけだ。わからない。いろいろなことが起きていたんだ」

チャーリーは自分の愚かさに首を振るばかりだった。「ケリーは廊下であなたになにか言ったの？」

「ぼくは聞いていない」またもやハックは言葉を切った。「いまも言ったとおり、いろいろなことが起きていたからね」

彼は撃たれたときでも、わずかに顔をしかめただけだった。恐怖のせいで思い出せないはずがない。

「あなたはだれの味方なの？」

「味方も敵もない。正しいことがあるだけだ」

「あなたの哲学を粉々にしたくはないけれど、正しいことがあれば、間違っていることがあるのよ。法律の学位を持っている人間として言わせてもらえば、ふたりを殺した凶器を盗み、そのことについてＦＢＩに嘘をつけば、かなり長いあいだ刑務所の内側にいることになるわ」

ハックは二秒間の沈黙のあとで言った。「ぼくたちが映っていたかどうかは知らないが、防犯カメラには死角がある」

「それ以上言わないで」

「だがもし――」

「黙って」チャーリーは警告した。「わたしは証人なの。あなたの弁護士にはなれない。あなたの言ったことは、秘匿の対象にはならないのよ」

「シャーロット、ぼくは――」

ハックが墓穴をそれ以上深く掘る前に、チャーリーは電話を切った。

5

レノーラが建物の裏手の自分の区画に車を止めたとき、ラスティの古いベンツは案の定そこにはなかった。チャーリーは父親が病院を出るところをテレビの生放送で見ている。病院はオフィスから三十分ほどの距離で、ウィルソンの家からとほぼ同じだから、父はどこか回り道をしているに違いない。

レノーラがアヴァに言った。「ラスティはいまこっちに向かっているから」彼女は一日に何人もの顧客に、いくつもの嘘をつく。

アヴァはラスティの居所には興味がないようだった。背後で防犯ゲートが閉まると、彼女の口があんぐりと開いた。レーザーワイヤー鉄条網のついた十二フィートの高さの塀で囲まれたその空間には保安灯と防犯カメラがずらりと並び、窓にはすべて鉄格子がはめられている。まるで、最高レベルの警備が敷かれたスーパーマックス刑務所のように見えるだろう。

ラスティはここ何年も殺害の脅迫を受けていた。ならず者のバイク乗りや麻薬の密売グループや子供を殺した人間たちの弁護を続けていたからだ。依頼人のリストには、組合組織や不法就労者や妊娠中絶病院といったものもあったから、ラスティは州の住人ほぼ全員を怒らせていたことになる。だが、脅迫のほとんどはカルペッパー一族が行っているものだというのが、チャーリーの個人的見解だった。ほんのごく一部が、ラスティ・クインはサタンの右腕だと考えている正直でまともな人間から送られてきたものだった。ラスティが学校銃撃犯の弁護をするという噂が広まったら彼らがなにをするか、予想もつかなかった。

レノーラはチャーリーのスバルの隣にマツダ車を止めた。振り返ってアヴァ・ウィルソンに告げる。「案内するから着替えるといいわ」

「テレビはありますか？」アヴァが訊いた。

チャーリーが答えた。「見ないほうが――」

「見たいの」

テレビを見たいという大人の女性の要求を拒否するわけにはいかなかった。チャーリーは車を降りると、アヴァのためにドアを開けた。彼女は動かない。両手を膝にのせたまま、目の前の座席の背をじっと見つめている。

「これは現実？」

「残念だけれど、現実よ」チャーリーが言った。

アヴァはゆっくりと向きを変えた。パジャマのズボンからのぞく脚は二本の小枝のようだ。強烈な日差しのなかで、青白い肌は透き通っているように見えた。

レノーラは運転席のドアをそっと閉めたが、その顔を見れば本当は乱暴に叩きつけたいと思っていることがよくわかった。ウィルソン家の寝室にいるチャーリーを見たときの怒りが収まっていない。アヴァ・ウィルソンがいなければ、チャーリーの頭をもぎ取って、窓から放り投げていたことだろう。

レノーラがぼそりと言った。「まだ終わったわけじゃないから」

「あら、すごい！」チャーリーは怒りにさらに油を注ぐつもりで、にこやかに微笑んだ。愚かな行為を非難する言葉なら、すでに自分にたっぷり浴びせた。新しい言葉をレノーラが見つけられるとも思えない。チャーリーが勝っている点をあげるとすれば、彼女のなかの意地悪な少女の存在だけだ。

チャーリーはアヴァ・ウィルソンに服の入ったビニール袋を渡し、鍵を捜し始めた。

「鍵ならあるわよ」レノーラは鍵をはずし、鋼鉄製の蛇腹式金網を開けた。どっしりした金属製のドアはパスコードを入れたうえで、内側から両側のドア枠とドアを閂《かんぬき》で固定している鍵を開ける必要があった。レノーラはぐっと力をこめ、掛け金をはずした。がしゃんという低い音がして、ようやくドアを開けられるようになった。

アヴァが訊いた。「ここにはお金かなにかを置いているんですか？」

そう尋ねられて、チャーリーは身震いした。レノーラとアヴァのあとについて建物のなかに入った。

嗅ぎ慣れた煙草のにおいが、折れた鼻にも忍びこんできた。建物内ではラスティに煙草を吸わせないようにしているが、三十年手遅れだったようだ。スヌーピーの漫画に出てくるほこりを引きつけるピッグペンのように、そのにおいはラスティにこびりついていた。チャーリーが何度掃除しようと、壁を塗り替えようと、絨毯を交換しようと、においが消えることはなかった。

「こっちよ」レノーラはチャーリーをいま一度にらみつけてから、アヴァを受付に案内した。道路から見えないように金属製のロールカーテンが取りつけられた、気が滅入《めい》りそうなほど暗い部屋だ。

チャーリーは自分のオフィスに向かった。まずは父に電話をして、すぐにここに来るように言わなくてはいけない。アヴァ・ウィルソンをあのでこぼこの長椅子に座らせて、ケーブルテレビで流れる娘のニュースを延々と見させておくわけにはいかない。ラスティが表側に車を止めたという万一の可能性を考えて、チャーリーは彼のオフィスに向かった。ドアの白いペンキはニコチンのせいで黄色く染まり、壁の石膏《せっこう》ボードから天井までその染みが広がっている。ドアノブにさえ、薄い膜ができているようだ。チャーリーはシャツの袖で覆った手で、ドアに鍵がかかっていることを確かめた。

父はいない。

長々と息を吐きながら、自分のオフィスに向かった。かつては文房具のチェーン店のバックオフィスが入っていた建物だが、ラスティとはあえて反対側にオフィスを作ってもらった。平屋造りのその建物は、農家のごちゃごちゃした感じとよく似ていた。父とは受付を共有しているものの、仕事内容はまったく別だ。ほかの弁護士たちも月単位でオフィスを借りに来ることがあった。UGA、ジョージア・ステート、モアハウス、エモリーといった弁護士事務所が、机と電話を必要とするインターンを時々送りこんできた。ラスティの調査官であるジミー・ジャック・リトルは、以前商品置き場だったクローゼットで開業している。ファイルを保管するのが目的なのだろうとチャーリーは考えていた。弁護士だらけの建物内のオフィスを強制捜索するのは、警察もためらうだろうと期待しているに違いない。

チャーリーのオフィスがある側のほうが絨毯は厚く、内装もきれいだった。ラスティは彼女のオフィスのドアに〝デューイ、プリーデム&ハウ《Dewy Pleadem & Howe》〟と看板をかけた（do we plead'em and how――意議申し立てをしますかに引っかけている）。チャーリーは依頼人を法廷に連れ出すことがめったにないという事実に対するジョークだ。チャーリーが弁護をいやがったわけではなく、裁判をするだけの金がない依頼人が大部分だったからだ。パイクビルの裁判官のことはよくわかっていたから、体制に挑んで時間を無駄にするつもりはなかったということもある。

一方のラスティは、駐車違反についても連邦最高裁判所まで――そこまで相手をしてくれたなら――争うだろう。

オフィスの鍵を出そうとしてチャーリーはハンドバッグを探った。バッグが肩から落ちた。思わず口が開いた。ケリー・ウィルソンのイヤーブックの表紙はリー将軍の漫画だった。学校のマスコットがレブル《rebel》（反抗、反逆という意味がある）という名前だからだろう。

依頼人が犯罪行為に関与している場合、証拠となりうる品物を保持する弁護人はその所在を明らかにするか、もしくは法執行機関に提出しなければならない。

ケリー・ウィルソンのイヤーブックを脇の下に抱えたとき、証拠を隠滅することについて自分がハックになんと言ったのかをチャーリーは忘れてはいなかった。

だがこれは、法におけるシュレディンガーの猫のようなものだ。イヤーブックを開かなければ、そこに証拠があるかどうかはわからない。チャーリーは再び鍵を捜した。いちばん簡単なのはこれをラスティの机の上に置いて、あとは彼に任せることだろう。

「ほら、早く」レノーラが戻ってきた。言いたいことがあるのがよくわかる。

チャーリーは廊下の反対側にある洗面所を示した。ぱんぱんの膀胱を抱えたままで、お説教を聞いてはいられない。

レノーラはいっしょに洗面所に入ってくると、ドアを閉めた。「あれこれ言っても無駄じゃないかって半分は思っている。だってあなたは、自分がどれほどばかなのかがわからないくらい間抜けなんだから」

「その半分の言うことを聞けば？」

レノーラはチャーリーに指を突きつけた。「生意気な口をきくのはやめなさい」

生意気な言葉が山ほど浮かんできたが、チャーリーが口にすることはなかった。ジーンズのボタンをはずし、便座に座った。自分の面倒が見られないくらい悲嘆に暮れていたとき、レノーラは彼女を風呂に入れてくれたことがある。用を足すところを見られるくらいどうということはない。

「あなたは考えるってことをしないのよ、チャーリー。ただ行動する」レノーラは狭い洗面所のなかをうろうろと歩いた。

「そうね」チャーリーは言った。「そのとおりだってわかっている。あなたがなにを言おうと、わたしがこれ以上ひどい気分にはならないってことも」

「そう簡単に逃げ出せると思わないことね」

「これが簡単そうに見える？」チャーリーは自分の有様をよく見せようとして両手を広げた。「わたしは今朝、戦争に巻きこまれた。警官の反感を買って、こんな目に遭った」自分の顔を示す。「夫に恥をかかせた。また。殉教者か小児性愛者か、それともサイコパスかもしれない男とやった。あなたの前で泣き崩れた。なのにあなたは、ＳＷＡＴチームが突入したとき、わたしがなにをしていたのかを知ろうともしない。そうよ、知りたくないんだわ。あなたにはもっともらしい言い訳が必要だから」

レノーラの鼻孔が広がった。「わたしは警官たちがあなたの胸に銃を向けるのを見たのよ、シャーロット。六人。全員がライフルを構えて、いまにもあなたを殺そうとしていた。そのあいだわたしは無力な老女みたいに両手をもみしだきながら、外に立っていることしかできなかった」

チャーリーはレノーラが怒っているのではないことを知った。怯えている。

「いったいなにを考えていたの？　どうしてあんなふうに命を粗末にするの？　なにがそんなに大事なの？」

「そんなに大事なことなんてなにもない」レノーラの頰を涙が伝うのを見て、チャーリーは恥ずかしくなった。「ごめん。そのとおりね。あんなことをするべきじゃなかった。なにひとつ。わたしはばかで、間抜けだわ」

「本当にそう」レノーラはトイレットペーパーを引っ張り出し、洟《はな》をかんだ。「お願いだから怒ってよ。泣かれるのは耐えられない」

レノーラは顔を背けた。チャーリーは自己嫌悪の海に消えてしまいたかった。いったい何度、同じ言い争いをベンとしただろう？　食料品店で妻を引っぱたいた男をチャーリーが咎《とが》めたとき。立ち往生したドライバーを助けようとして車にぶつかりそうになったとき。ダウンタウンでカルペッパー一族を見かけて喧嘩を売ったとき。真夜中にホラーに行くこと。たちの悪いヤク中や凶悪犯を弁護していること。状況さえ許せば、きみは電動のこぎりに頭から突っこんでいくんだろうとベンは言った。

レノーラが言った。「ふたりで泣くことはないのに」

「わたしは泣いてない」チャーリーはごまかした。

レノーラはチャーリーにトイレットペーパーを渡した。「どうして彼がサイコパスだと思うの？」

「それは言えない」チャーリーはジーンズのボタンを留めると、シンクで手を洗った。

「あなたが前みたいになるかもしれないって、心配しないといけない？」

以前のことは考えたくなかった。「防犯カメラには死角があった」

「ベンがそう言ったの？」

「ベンと事件の話をしないことは知っているでしょう」チャーリーはペーパータオルを濡らして、脇の下を拭いた。「わたしの携帯電話は、あのサイコパスが持っているの。解約して、新しいのを手に入れないと。今日、二件の聴聞があるはずだったのよ」

「銃撃事件の第一報が届いてすぐに、裁判所は封鎖された」

そういう手順になっていたことをチャーリーは思い出した。以前に一度、誤報が流れたことがある。アヴァ・ウィルソン同様、チャーリーもこれが現実だとはなかなか信じられずにいた。

「あなたの机の上のタッパーウェアに、サンドイッチがふた切れ入っている。それを食べるなら、わたしが携帯電話を手に入れてきてあげる」

「わかった」チャーリーはうなずいた。「ねえ、今日は本当にごめんなさい。これからは、ちゃんとするように努力する」

レノーラは天を仰いだ。「はいはい、そうですか」

レノーラが洗面所を出ていくのを待って、チャーリーは濡らしたペーパータオルで全身を拭いた。鏡のなかの自分の顔を眺める。時間がたつにつれ、見た目はひどくなっていた。両目の下にひとつずつあざができていて、まるで家庭内暴力《DV》の被害者のようだ。鼻梁《びりょう》は赤黒く、以前に鼻が折れたときにできた突起の上に、さらにこぶのようなものができていた。

鏡のなかの自分に言った。「ばかなことはもうやめなさい」

レノーラと同じくらい疑わしげな顔が彼女を見つめ返した。

自分のオフィスに戻った。鍵を捜すために、床にハンドバッグの中身を空けた。それから、またすべてをどうやってバッグに戻すかを考えなくてはならなかった。レノーラがすでにドアの鍵を開けてくれていたことに気づいたのは、そのあとだ。彼女はいつもチャーリーの二歩先を行っている。チャーリーはドアの横の長椅子にバッグを置いた。明かりをつけた。彼女の机。彼女のコンピューター。彼女の椅子。見慣れたものに囲まれるとほっとした。オフィスは家ではないが、ここで過ごす時間は長い。ベンが出ていってからは特にそうだったから、二番目にいい場所だと言えた。

机に置いてあったピーナッツバターとゼリーのサンドイッチをひと切れ、無理やり口に押しこんだ。コンピューターの受信箱をざっと眺め、安否を尋ねるメールに返事をした。ボイスメールを聞き、依頼人に電話をし、聴聞の新たな日程を裁判所に確認しなければならないことはわかっていたが、神経がぴりぴりしていて集中できそうになかった。

ハックは、現場から殺人の凶器を持ち出したことをほぼ認めた。

どうして？

いや、どうやってと尋ねるべきだろう。

リボルバーは決して小さくはないし、殺人の凶器であることを考えれば、警察は即座に捜し始めたはずだ。ハックはどうやってあそこから持ち出したのだろう？　ズボンに入れて？　なにも知らない救急医療隊員の鞄に滑りこませた？　パイクビル警察はハックに近づかないようにしていただろうとチャーリーは思った。誤って撃ってしまった罪のない一般市民の身体検査はしないものだ。それにハックはチャーリーが撮った動画を消去して、自分が彼らの側についていることを証明している。

だがデリア・ウォフォードとルイス・エイヴリーには、ミスター・ハッカビーに肩入れする理由はない。撃たれた腕の傷をそのままにして、四時間も彼を質問攻めにしたのも不思議ではない。おそらく彼が凶器を持ち出したと考えたのだろう。身体検査もせずに彼を外に出した地元の警官たちのことを、ばかだと思ったに違いない。

ＦＢＩ捜査官に対する嘘は、最高で連邦刑務所に五年の刑と二十五万ドルの罰金だ。証拠隠滅に加え捜査妨害、そのうえふたりを殺した犯人の共犯者として告発される可能性もある。そうなれば二度と教師はできないどころか、二度とまともなところでは働けないかもしれない。

チャーリーにとってはどうにも微妙な状況だ。ハックの人生を台無しにするつもりがないのなら、彼の関与に触れることなく銃について父親に説明しなくてはいけない。血のにおいを嗅ぎつけたラスティがしそうなことくらい、チャーリーにはよくわかっていた。ハックは、陪審員たちがその言葉をうのみにするような、ハンサムで格好のいい慈善家ぶった男だ。だがオレンジ色の囚人服を着て証言すれば、戦歴も利他的な職業を選んだことも意味を持たなくなる。

チャーリーは長椅子の上の時計を見た。２：１６ＰＭ。

今日という日は永遠に終わらないような気がしてきた。

チャーリーはＷｏｒｄを立ちあげて新しい文書を開いた。覚えていることをすべて書き出して、ラスティに渡さなくてはいけない。すでにラスティはケリー・ウィルソンから話を聞いているだろう。せめて、自分が検察当局になにを言ったのかは、父に伝えなければ。

チャーリーの手はキーボードの上をさまよったが、それ以上動かなかった。点滅するカーソルを見つめた。なにから始めればいいのかわからない。もちろん最初から書くべきなのだが、その最初が難しかった。

普段であればチャーリーの一日のスケジュールはきっちりと決まっている。午前五時に起きる。飼っている生き物たちに餌をやる。ランニングをする。シャワーを浴びる。朝食をとる。仕事に行く。帰宅する。ベンがいなくなってからは、事件のファイルを読み、ぼんやりとテレビを見、ベッドに入る時間が来るまで時計を眺めることで夜を過ごしていた。

今日は違っていた。ラスティにその理由を話さなければいけない。

チャーリーにできるのは、ハックの下の名前を調べることくらいだった。

ブラウザを開いた。〝パイクビル中学校教師〟を検索した。

小さな虹色の輪がまわり始めた。やがて画面にメッセージが表示された。〝WEBSITE《応答が》 NOT RESPONDING《ありません》〟

チャーリーはランディングページを避けて、サイトに入ろうとした。違う部、教師の名前、学校の新聞の名前まで入力してみた。だがどれも同じメッセージが返ってくるだけだった。パイクビル教育課のサーバーは、そのウェブサイトにアクセスしようとする何十万もの好奇心にかられた人間に対処できるほどの容量がないようだ。

そこでチャーリーは新たに検索ページを開き、〝ハッカビー　パイクビル〟と入力した。

「もう」チャーリーはつぶやいた。ハックルベリーのことですか？　とグーグルに訊き返されたからだ。

いちばん上に表示されたのは、ハックルベリーはアイダホの州果であると説明しているウィキペディアのサイトだった。それから、『ハックルベリー・フィンの冒険』を禁書にしようとしている教育委員会についてのサイトがいくつか。いちばん下にあったのが、〝わたしはあなたのハックリベリー〟というのは〝わたしはあなたの男〟を意味する十九世紀のスラングであることを記した、オンライン辞書サイトのページだった。

チャーリーはマウスをこつこつと指で叩いた。ＣＮＮかＭＳＮＢＣかＦＯＸを見るべきなのだろうが、ニュースサイトを開く気にはなれない。この一時間、頭のなかでスライドショーは始まっていない。悪い記憶を呼び戻したくはなかった。

なにより、これはラスティの事件だ。チャーリーは検察側の証人として呼ばれるだろう。彼女の言葉はハックの話を裏付けるが、それは陪審員にパズルのピースを与えるにすぎない。

なにかをもっと知っている人間がいるとすれば、ミセス・ピンクマンだ。彼女の教室は、ケリーが銃を撃ち始めたときにおそらく立っていたであろう場所の真向かいにある。最初に現場に駆けつけたのはジュディス・ピンクマンだった。死んでいる夫を見つけたのは彼女だ。死にかけているルーシーも。

「お願い、助けて！」

耳の奥で彼女の悲鳴がいまも反響していた。その前に、四発の銃弾が発射されていた。ハックがファイルキャビネットの裏側にチャーリーを引きずりこんだ。さらに二発の銃声が聞こえたとき、彼は警察に電話をしていた。

突然、記憶が鮮明になったことにチャーリーは驚いた。

六発の銃声。リボルバーには六発の銃弾が入っていた。

そうでなければ、ジュディス・ピンクマンは自分の教室のドアを開けたときに、顔を撃たれていただろう。

チャーリーは天井を見あげた。そう考えたことで、思い出したくない昔のイメージが蘇ってきたからだ。

このオフィスを出る必要があった。

ふた切れ目のサンドイッチが入ったタッパーウェアを持って、アヴァ・ウィルソンのところに向かった。レノーラがもうなにか食べるものを出していることも——彼女は、目の前にいる人間に食べ物を出さずにはいられない典型的な南部の人間だった——アヴァがとても食べられる状態ではないこともわかっていたが、あまり長いあいだ彼女をひとりにしておきたくなかった。

受付で目に入ったのは、見慣れた光景だった。アヴァ・ウィルソンが、大きすぎるくらいに音量をあげたテレビの前の長椅子に座っている。

チャーリーは尋ねた。「サンドイッチがひとつあるんだけれど、食べる？」

アヴァは答えなかった。チャーリーは同じ台詞を繰り返そうとしたところで、アヴァの目が閉じられていることに気づいた。口が軽く開いていて、一本欠けた歯の隙間から静かな寝息が聞こえている。

起こさなかった。ストレスにそれ以上耐えられなくなると、体は活動を停止してしまうことがある。アヴァ・ウィルソンがつかの間の平穏を味わえることがあるとすれば、それはいまだろう。

コーヒーテーブルの上にリモコンがのっていた。なぜいつもべたべたしているのかを、チャーリーが尋ねたことはない。ほとんどのボタンは機能していなかったし、それ以外のものは動かない。電源ボタンは反応しなかった。消音ボタンはなくなっている――ボタンがあったところには長方形の穴が開いているだけだった。チャーリーはテレビに近づき、電源を切る手段を探した。

新しい情報がなにもないらしく、テレビ画面には評論家や精神科医たちが登場して、起きたかもしれないこと、ケリーが考えていたかもしれないこと、彼女がしていたかもしれないことを語り合っていた。

「前例があります」金髪美女が言った。「ブームタウン・ラッツの歌を覚えて――」

チャーリーが電源コードを引き抜こうとしたところで、キャスターが精神科医を遮って言った。「速報が入ったようです。ジョージア州パイクビルで行われている記者会見の模様を、生中継でお送りします」

映像が再び切り替わり、今度はよく見慣れた場所に作られた演壇が映った。警察署の食堂だ。テーブルが片付けられ、壁にはパイクビル市のロゴが入った青い旗が飾られている。タックの入った黄褐色のドッカーズのズボンにボタンダウンのシャツという格好のずんぐりした男性が、演壇の奥に立っていた。彼が左側に目を向けると、カメラが水平方向に移動してケン・コインを映し出した。明らかにいらだった様子で、行けというように彼に合図を送っている。

コインは先に壇上にあがりたかったのだろう。

男性はマイクをさげ、今度はあげ、再びさげた。唇がマイクにつきそうになるくらい、身を乗り出した。「リック・ファーヒーといいます。ルーシー・アレク――」言葉に詰まった。「ルーシー・アレクサンダーのおじです」彼は手の甲で涙をぬぐった。顔が赤い。唇は鮮やかなピンク色だ。「ルーシーの家族から――」ファーヒーはうしろのポケットから折り畳んだ紙を取り出した。手がひどく震えていて、あたかも突然の風にあおられたかのようにぱたぱたと紙が揺れている。ファーヒーはようやく演壇の上にその紙を置くと、再び口を開いた。「ルーシーの家族からこの声明を読むように頼まれました」

チャーリーはアヴァを振り返った。まだ眠っている。

「ルーシーは美しい子でした。創造力のある子でした。歌を歌うのが好きで、飼い犬のシャギーと遊ぶのが好きでした。マウンテン・バプティスト教会のミズ・ディラードのクラスで、福音書を読むのが好きでした。夏はエリジェイにある祖父母の農家で過ごし、リンゴを摘む手伝いをし……」ファーヒーはうしろのポケットからハンカチを出して、丸い顔を流れる汗と涙をぬぐった。「神さまがこの辛いときを乗り越える手助けをしてくださると信じています。どうか地域の方々もあの子のために祈ってやってください。また、パイクビル警察とディカーソン郡地方検察局――ミスター・ケン・コイン――が正義を行えるように、わたしたちは協力を惜しまない所存です。ルーシーをころ――」彼は再び言葉に詰まった。「殺した人間にふさわしい裁きを受けさせるように」彼は顔をあげてレポーターたちを見た。「ケリー・ウィルソン。冷酷な人殺しです」

ファーヒーはケン・コインを振り返った。ふたりはすでに交わしている約束を確かめるかのように、重々しくうなずき合った。

ファーヒーは言葉を継いだ。「マスコミの方々にはプライバシーを尊重してくださるようにお願いします。葬儀についてはまだ未定です」彼の視線が遠くをさまよった。ずらりと並んだマイクやカメラのさらに向こうだ。ルーシーの葬儀のことを考えているのだろうか？　娘を埋葬するために、子供用の棺を選ばなければならなくなった両親のことを？

ルーシーはとても小さかった。その手を握りしめていたとき、どれほど華奢《きゃしゃ》だったかをチャーリーは覚えていた。

「ミスター・ファーヒー？」レポーターのひとりが声をあげた。「お訊きしたいのですが――」

「以上です」ファーヒーは演壇をおりた。すれ違いざま、ケン・コインが力強く彼の腕を叩いた。

チャーリーは、腰を突き立てようとするかのように夫の上司が演壇の縁を強く握りしめるのを眺めた。「わたしはケン・コイン、郡の地方検事です。この卑劣な殺人の訴追について、質問があればお答えします。よろしいでしょうか、我々はこの恐ろしい事件に対し、目には目を――」

チャーリーはテレビのコンセントを抜いた。アヴァが起きていないことを確かめた。パジャマ姿のまま、さっきと同じ姿勢で眠っている。服の入った袋は足元に置かれていた。どこかに毛布はあっただろうかと考えていると、裏口のドアが勢いよく開き、音をたてて閉まるのが聞こえた。

あんなにぎやかな音をたてて入ってくるのはラスティだけだ。

幸いなことに、アヴァはその音にも目を覚まさなかった。長椅子の上で身じろぎし、頭を片側に垂らしただけだ。

チャーリーはコーヒーテーブルにサンドイッチを置いてから、父を捜しに行った。

「シャーロット?」ラスティの大声が響いた。オフィスのドアが開けられる音が聞こえた。壁にはドアノブがぶつかってできた穴がある。ラスティは音をたてるチャンスを決して逃さなかった。「シャーロット?」

「ここよ、パパ」チャーリーは戸口の外で足を止めた。父のオフィスはあまりに散らかっていて、人ひとり立てるスペースさえない。「アヴァ・ウィルソンは受付にいる」

「よくやった」ラスティは手のなかの書類に目を向けたまま言った。彼は神経質な家族で、なにかひとつに完全に集中することがない。いまも足で床を叩きながら書類を読み、無意識のうちに鼻歌を口ずさみ、そして会話らしきものを交わしている。「どんな様子だ?」

「あまりよくない。少し前に眠ったわ」チャーリーはラスティの頭頂部に向かって言った。七十四歳になる父の白髪交じりの髪はまだ豊かだが、両側が長すぎる。「彼女には時間をかけて話さないとだめよ。どれくらい理解しているのか、よくわからない」

「わかった」ラスティは手のなかの紙にメモを取った。骨ばった指で、煙草を持つようにペンをつかんでいる。彼と電話で話した人は、カーネル・サンダースとフォグホーン・レグホーンを足して二で割ったような風体を想像するが、そうではなかった。ラスティ・クインはひょろりとした長身で手脚が長い。だがベンとはまた違っていた。父のような男と結婚するくらいなら、チャーリーは山から身を投げていただろう。

背の高さと古い下着を捨てられないことを除けば、ふたりの男性に似ているところは少しもなかった。ベンは信頼できるスポーティーなミニバンで、ラスティは工場規模のブルドーザーといったところだろうか。二度の心臓発作を起こしバイパス手術まで行っているにもかかわらず、ラスティはいまだに悪習にふけっていた。バーボン。フライドチキン。フィルターなしのキャメル。怒鳴り合いの議論。一方のベンはじっくりと話し合うことや、インディア・ペール・エールや、手作りチーズを好んだ。

だがチャーリーは、ふたりに新たな共通点があることに気づいていた。今日はふたりとも、まともにチャーリーの顔を見られずにいる。

チャーリーは尋ねた。「どんな子？」

「あの娘か？」ラスティはペンにリズムがあるかのようにハミングしながら、さらになにかを書きなぐった。「小柄な娘だ。コインはさぞびびっているだろう。陪審員はきっと彼女に夢中になる」

「ルーシー・アレクサンダーの家族はそうは思わないでしょうね」

「戦う準備はできているさ」

チャーリーは爪先で絨毯をつついた。ラスティが戦えないものはない。「死刑を求刑しないように、コインと取引してもいいと思う」

「ふん」ラスティが鼻で笑ったのは、コインが取引しないことをふたりとも知っていたからだ。「この件はユニコーンだと思う」

チャーリーはさっと顔をあげた。ふたりは無実の依頼人のことをユニコーンと呼んでいた。ほとんどだれも見たことがない神話上の生き物だ。「冗談でしょう?」

「もちろん冗談なんかじゃない。どうして冗談だと思うんだ?」

「わたしはあの場にいたのよ、パパ」父を揺すぶりたくなった。「あの真っただなかにいたの」

「なにがあったのか、ベンが手短に説明してくれたよ」ラスティは曲げた腕で口を押さえて咳をした。「ひどい目に遭ったようだな」

「ずいぶん控えめな表現よね」

「わたしは繊細なことで有名なんだ」チャーリーは書類を整理するラスティを眺めていた。鼻歌がまた始まっている。チャーリーが心のなかで三十数えたところで、ラスティはようやく読書用眼鏡を下にずらして彼女を見た。十秒ほどの沈黙のあと、彼の口元に笑みが浮かんだ。「たいしたあざじゃないか。無法者みたいだ」

「顔を肘打ちされたの」

「小切手帳を用意しておけと、コインには言ってある」

「告訴しなかった」

ラスティの笑みは消えなかった。「いい考えだ、ベイビー。この件が片付くまで、おとなしくしておくといい。暑い日にわざわざ糞《ふん》を蹴飛ばすことはない」

チャーリーは片手で目を覆った。どうでもいい会話を繰り返す元気はなかった。「パパ、話しておかなきゃいけないことがある」

応じる声はなかった。チャーリーは手をおろした。

「今朝、おまえが学校にいた理由のことか?」ラスティはまっすぐにチャーリーを見つめた。つかの間ふたりの視線がからみ合い、チャーリーは気まずそうに目を逸らした。

「これで、わたしが知っているとおまえも知ったわけだ」

「ベンから聞いたの?」

ラスティは首を振った。「ケニー・コインがその光栄に浴したよ」

チャーリーは父に謝るつもりはなかった。「覚えていることは全部、書き出す。わたしの供述を取ったGBIの捜査官になにを話したかも。デリア・ウォフォードが担当の特別捜査官《SAC》よ。名刺をもらった。エイヴリーだかアトキンスだかという名前の捜査官といっしょに、彼女がもうひとりの証人にも尋問している。尋問のあいだ、ベンがわたしといっしょにいた。ほぼずっと、コインが鏡の向こうの部屋にいたと思う」

ラスティは、チャーリーが言い終えるのを待ってから口を開いた。「シャーロット、大丈夫でないのなら、おまえからそう言ってくれるだろうと思っていたんだが」

「ラスティ、あなたは生のデータから情報を推定できるくらい頭がいいと思っていたけれど」

「いつもの袋小路だな」ラスティは机に書類を置いた。「最後におまえの気持ちを推し量ろうとしたのは、切手が二十九セントのころだった。そのあと十六日と十八時間、おまえはわたしと口をきかなかった」

チャーリーはとうの昔に、父の共感を得ようとするのはやめていた。「学校の防犯カメラには穴があるって聞いた」

「どこからそれを？」

「しかるべき場所で」

「そこでほかになにをつかんだ？」

「あの人たち、凶器のことを気にしていた。まるで、どうなったのかわからないみたいに」

ラスティの眉が吊りあがった。「それは面白い」

「推測よ」ハックの話を持ち出したくなかったから、チャーリーは言った。「凶器がどこにあったのか、最後に見たのはいつか、だれがいつ、どこで持っていたのか、ＧＢＩ捜査官にいやというほど訊かれた。百パーセントの確信はないけれど、銃声は六回だったと思う」

ラスティは目を細くした。「ほかにもあるんだろう？　わたしの推定が正しいのなら？」

父がついてくることはわかっていたから、チャーリーはきびすを返した。建物のなかほどまで来たところで、ラスティの重々しい足音が背後から聞こえてきた。それが有酸素運動になると思っているから、ラスティは大股で素早く歩く。こつこつと指で壁を叩く音がした。〝ハッピーバースデー〟らしい曲を口ずさんでいた。じっとしている父親を見るのは、法廷のなかだけだった。

バッグは彼女のオフィスの長椅子の上にあった。イヤーブックを引っ張り出す。

ラスティはかたずを飲んだように動きを止めた。「それはなんだ？」

「イヤーブック」

ラスティは胸の前で腕を組んだ。「もうろくした父親にもわかるように説明してくれ」

「一年の終わりに学校で買うの。クラスの写真やクラブの写真が載っていて、みんなにいろいろ書いてもらうのよ。〝あなたのことは忘れない〟とか〝生物の時間に助けてくれてありがとう〟とか」チャーリーは肩をすくめた。「ばかみたいよね。サインがたくさんあれば、それだけ人気者だったっていうこと」

「だからおまえは持っていなかったんだな」

「ふん」

「それで、あの子は人気者だったのか？　そうじゃなかったのか？」

「なかは見ていない」チャーリーは受け取ってもらおうとして、ラスティの顔の前でイヤーブックを振った。

ラスティは腕を組んだままだったが、彼のなかでスイッチが入ったのがわかった。法廷にいるときと同じスイッチだ。

「どこで見つけた？」

「ケリー・ウィルソンの家のクローゼットのなか」

「捜索令状を執行する前？」

「ええ」

「警察の人間のだれかが、捜索令状を申請すると言ったか？」

「いいえ」

「母親は――」

「アヴァ・ウィルソン」

「アヴァ・ウィルソンはこれを持っていてくれとおまえに言ったか？」

「いいえ」

「彼女はおまえの依頼人か？」

「いいえ、ところで、わたしのライセンスを失効させようとしてくれてありがとう」

「これを持っていようとすれば、国一番の弁護士が必要になるな」ラスティは頭でイヤーブックを示した。「なかを見せてくれ」

「受け取って。でなきゃ、床に落とすわ」

「まったく。おまえの母親が恋しくなるよ」ラスティの声は妙に震えていた。彼がガンマの話をすることはめったにない。することがあるとすれば、必ずしもいい意味ではなくチャーリーと比較するときだけだった。ラスティはイヤーブックを受け取ると、敬礼した。

「感謝する」

ラスティは、わざとらしい早足で廊下を遠ざかっていこうとした。

「ちょっと、なによ」

ラスティは振り返り、にやにやしながらまた同じような足取りで戻ってきた。もったいぶった仕草でイヤーブックを開く。表紙の裏側は書きこみでいっぱいだった。黒いインク、青いインク、ピンクのインクで書かれているものもある。違う筆跡。違うサイン。ラスティはページをめくった。さらに色があふれている。

ケリーが孤立していたのだとしたら、学校でもっとも人気のある孤立した少女だったことになる。

ラスティが言った。「申し訳ないが、お嬢さん、これを読んでほしいと頼んだらきみは気を悪くするだろうか？」こめかみを叩いてみせた。「眼鏡がないんだ」

向きを変えてほしいとチャーリーは身振りで示した。真っ先に目に飛びこんだきた書きこみを読んだ。男の子のものらしいかっちりした字だ。「そのひどい頭のおかげで助かったぜ。おまえ、最低」チャーリーは顔をあげてラスティを見た。「わお」

「まったく、わおだ」ラスティはなにごとにも動じない。チャーリーはもう何年も前に、父を驚かせるのはあきらめていた。「続けて」

「〃レイプしてやる、ビッチ〃サインはない」チャーリーはほかの書きこみをざっと見た。

「ほかにも同じようなのがある。〃おまえの尻に突っこんで《sodomi》やろうか〃。ソドミー《sodomy》はスペルがiになっている」

「最後が？　それとも真ん中が？」

「最後」チャーリーは女の子ならもう少し悪意がないかもしれないと願いながら、ピンク色の書きこみを探した。「〃あんたはくそったれのふしだら女。あんたなんか大っ嫌い。死ねばいいのに〃――感嘆符が六つ。ＫＩＴ、ミンディ・ゾワダ」

「ＫＩＴ？」

「また連絡してね《Keep in touch》」

「心を打つね」

チャーリーはそれ以外のものをざっと眺めたが、どれも同じくらいみだらな内容だった。

「全部こんな感じよ。彼女をふしだら女と呼んでいるか、セックスに言及しているか、セックスしようって言っているか、レイプしてやるって脅しているか」

ラスティはページをめくった。クラスメートがなにかを書き残すためのページだ。そこに文字は書かれていなかった。大きなペニスと睾丸《こうがん》で一面がほぼ埋まっている。その上に薄い髪と大きな目をした少女の絵が描かれていた。口が開いている。〝ケリー〟という文字と共に、少女の頭に向かって矢印が書かれていた。

ラスティが言った。「だんだんわかってきた」

「次を見せて」

ラスティはさらにページをめくった。さらにいたずら書き。ひわいなメッセージ。レイプの脅し。クラス写真のケリーには、口に向かって射精しているペニスと睾丸が描かれていた。チャーリーが言った。「学校じゅうに回覧されたんだと思うわ。何百という書きこみがある」

「これが書かれたとき、ケリーはいくつだったと思う？」

「十二か十三？」

「それからずーーーっと、彼女はこれを持っていた」陪審員にどう聞こえるかを試すように、ラスティはその言葉を強調した。チャーリーにそれを責めることはできなかった。いま彼が手にしているのは、減刑要素の模範例なのだから。

ケリー・ウィルソンは学校でいじめられていただけではなかった。クラスメートが残した性的な書きこみは、それよりさらに陰惨なことを示唆している。

ラスティが尋ねた。「母親は娘が性的暴行を受けていたことを知っているのか？」

「母親は娘が純粋無垢《むく》だと思っている」

「そうか。なにか起きていたのなら、学校の記録に残っているかもしれない。あるいはおまえが地方検察局のだれかに訊けば――」

「それはだめ」チャーリーは即座に彼を遮った。「学校の記録のコピーをもらうようにアヴァに言えばいいわ。少年裁判所にファイルがないかどうかを問い合わせることもできるし」

「そうしよう」

「コンピューターに強い人間が必要ね。SNSのアカウントを調べられる人が。このイヤーブックに関わっている人間が大勢いたなら、それ用のフェイスブックのページがあったかもしれない」

「必要ないね。CNNがあるんだから」ラスティの言うとおりだ。マスコミにはウェブを調べる専門家がいる。レポーターたちはケリーのクラスメートや教師と話をし、カメラの前でケリー・ウィルソンについて――それが事実であろうとなかろうと――話をしてもいいという友人や友人だと自称する人間を捜し出すだろう。

チャーリーは訊いた。「ミセス・ピンクマンと会えたの？」

「挨拶してこようと思ったが、薬で眠らされていた」ラスティは喉にからむようなため息をついた。「パートナーを亡くすだけでも辛いのに、こんな形で失うのは苦悶以外の何物でもない」

チャーリーはまじまじと父を見つめた。ガンマのことに触れるのはこれで二度目だ。今朝の事件に関わってしまった自分のせいなのだろうとチャーリーは思った。父に向かってまた矢を射ることになってしまった。「病院のあと、どこに行っていたの？」

「ケネソーに寄って、衛星中継のインタビューを受けていた。今夜はどのチャンネルでもおまえのハンサムな父親の顔が拝めるぞ」

できることなら、テレビには近づきたくなかった。「アヴァと話をするときは慎重になったほうがいいわ、パパ。こっちの言っていることがあまり理解できないみたい。ショックのせいだけじゃないと思う。ついてこられないの」

「娘も同じ問題を抱えているようだ。ＩＱは七十台前半というところだろう」ラスティはイヤーブックを叩いた。「助かったよ。今朝、ベンと電話で話をしたのか？」

ベンが電話をかけてきたと初めて聞いたときと同じように、心臓がどきりとした。「いいえ。彼が電話してきた理由を知っているの？」

「知っている」

机の上の電話が鳴った。ラスティは部屋を出ていこうとした。

「パパ？」

「明日は傘を持っていったほうがいい。午前中の雨の確率は六十三パーセントだ」ラスティはチャーリーに敬礼をすると、〝ハッピーバースデー〟らしき曲をハミングしながら、マーチングバンドのように膝を高くあげる歩き方で廊下を戻っていった。

「また心臓発作を起こしても知らないから」

「そうなるといいな！」

チャーリーは天を仰いだ。ラスティはばかばかしい退場の仕方をしないと気がすまないらしい。電話を取った。「チャーリー・クインです」

「あなたとは話をするべきじゃないんだけど」ベンのいちばん下の姉のテリーだ。「でもあなたが無事なことを確かめたくて」

「元気です」うしろで、テリーの双子の子供たちが叫んでいるのが聞こえた。ベンはふたりをデニスとデネフューと呼んでいる。「今朝、お姉さんたちに電話をしたってベンが言っていました」

「ずいぶん怒っていたわよ」

「わたしにですか？　それともわたしのことで？」

「それが九カ月前からの謎なんじゃないの」

実はそうではなかったが、テリーに話したことはカーラとペギーに伝わり、ふたりがベンの母親に話すことがわかっていたから、チャーリーは常にしっかりと口を閉じていた。

テリーが言った。「もしもし？」

「ごめんなさい、仕事中なんです」

テリーには通じなかった。「ベンが電話をかけてきたとき、なんだか様子がおかしいって思ったのよ。あなたはもっともっと問いつめなきゃだめよ。そうしたら最後には、一九九八年にあなたがあの子のお皿からフライドポテトを一本盗んだとき、すごく傷ついたって打ち明けるかもしれない」

テリーはさらに喋り続けていたが、チャーリーはそれを遮断し、互いを殺そうとしているかのようなテリーの子供たちの声を聞いていた。ベンが感謝祭のときにしか会おうとしないのは理由があることに気づくべきだったにもかかわらず、チャーリーはベンの意地の悪い姉たちの言葉を真に受けて、だまされたことが一度あった。ベンを強圧的に支配しようとする、思慮に欠ける偉そうな女たちだ。男は立って小便をすることが許されているとベンが知ったのは、大学に入ってからのことだった。

テリーが言った。「あなたたちがどういうことになっているのか、カーラと話をしたのよ。まったく筋が通らないんだもの。あの子があなたを愛しているのはわかりきったことなのに。なにか引っかかっていることがあることは確かなのに、それなのになにも言おうとしないのよ」テリーは一度言葉を切り、子供たちを怒鳴りつけてから、再び口を開いた。

「ベンはあなたになにか話した？　なにか理由を言った？」

「いいえ」ベンのことを少しでも理解していたら、彼が理由もなく出ていったりしないことはわかっているはずだと思いながら、チャーリーは嘘をついた。

「これからも問いつめるのよ。絶対、なんでもないことにきまってるんだから」

なんでもないことではない。

「あの子は繊細すぎるのよ。ディズニーランドに行ったときのことを――」

「努力するしかないんです」

「もっとがんばらなくちゃ。九カ月は長すぎるわよ、チャーリー。ペギーがこのあいだ言っていたけれど、九カ月あればお腹から赤ちゃんが出てくるんだから、あなたたちだってもっと――あ、やばい」

受話機を握るチャーリーの手に思わず力がこもった。

「やばい」テリーが繰り返した。「わたしが考える前に喋っちゃうってこと、知っているわよね? わたしってそういう人なの」

「大丈夫です。心配しないでください。でも、いま依頼人から別の回線に電話が入っているんです」テリーに口をはさませないようにチャーリーはぺらぺらとまくし立てた。「電話をありがとうございます。ほかのおふたりにもよろしくお伝えください。また連絡しますね」

チャーリーはがちゃりと電話を切った。

両手で頭を抱えた。いまの電話が最悪なのは、今夜ベンといっしょにベッドに潜りこみ、彼の胸に頭をのせ、彼の姉がとんでもなくいやな女だと訴えられないからだ。

椅子の背にぐったりともたれた。レノーラが約束を守ってくれたことがわかった。コンピューターに新しいiPhoneがつながれている。ホームボタンを押した。1－2－3－4とパスワードを入力してみたが、開かない。誕生日を入れると、ロックがはずれた。

まず開いたのがボイスメールのリストだ。今朝ラスティから一件、銃撃のあと、友人から数件入っていた。

ベンからのものはない。

ラスティの特徴的ながらがら声が建物のなかに反響した。アヴァ・ウィルソンを自分のオフィスに連れていっているようだ。その声の調子から、なにを言っているかは見当がついた。いつもの台詞だ。「すべての真実をわたしに話す必要はありませんが、真実を話してもらわなければなりません」

アヴァにその微妙なニュアンスが理解できるだろうかとチャーリーはいぶかった。ラスティがユニコーン説を持ち出したりしないようにとも祈った。アヴァはそれでなくても、むなしい期待にすがりついている。これ以上、落ちこませる必要はない。

チャーリーはコンピューターのスリープを解除した。ブラウザはハックルベリーのページのままだ。違う単語を検索した。〝ミンディ・ゾワダ　パイクビル〟

イヤーブックのなかでケリー・ウィルソンをくそったれのふしだら女と呼んだ少女は、フェイスブックをやっていた。友人のみ公開の設定だが、バナーは見える。ジャスティン・ビーバーだらけだ。プロフィール写真の彼女はレベルのチアリーダー姿だった。チャーリーが想像していたとおりだ。かわいらしくて、意地が悪そうで、うぬぼれている。ミンディの好きなものと嫌いなもののリストに目を通してみたが、年のせいか、ティーンエージャーが夢中になっているものの半分も理解できないことを知ってうんざりした。チャーリーはフェイスブックのアカウントをふたつ持っていた。ひとつは本名で、もうひとつは偽名で。偽名のものは冗談として作った。少なくとも、作ったときは冗談のつもりだった。アカウントにメールアドレスを登録し、蝶ネクタイをしている豚の写真をプロフィールに設定したところで、高校で彼女をいじめていたカルペッパー一族の少女たちのことを探るつもりであることを、ようやく自分で認める気になった。全員が〝イオナ・トレイラー〟からの友だちリクエストを承認したという事実は、少女たちの知性についてチャーリーが抱いていた固定観念の大部分が正しかったことの証明だった。妙なことに、トレイラー家の親戚と名乗る人物とも友人になり、その人物は彼女の架空の誕生日にはお祝いの言葉を送ってきたし、病気の叔母や遠い親戚のために祈ってほしいと言ってきた。チャーリーはトレイラーのアカウントにログインすると、ミンディ・ゾワダに友だちリクエストを送った。とりたてて期待していたわけではないが、ケリー・ウィルソンにあれほど悪意ある言葉をぶつけていた少女が、いまなにを言うのかが知りたかった。以前チャーリーが別人になりすまして、カルペッパー一族だけでなくほかのいじめっ子たちにまで友だちリクエストを送ったことは、のちに精神分析の対象になっていた。

チャーリーはブラウザを閉じた。画面には真っ白なＷｏｒｄのドキュメントが開いている。これ以上先延ばしにする言い訳は見つからなかったから、ラスティに渡す供述書を書き始めた。できるかぎり淡々とした調子で起きたことを書き連ねていった。新聞に書かれていることを読むつもりで、今朝のことを考えるようにした。こういうことが起き、次にこうなって、それからこうなった、というように。

感情を排除すれば、恐ろしい出来事を消化するのははるかに楽になる。

学校で起きたことについては、デリア・ウォフォードに話した内容とそれほど変わりはなかった。このまま裁判所に提出できそうだ。変わったのは、自分の記憶に対する確信だった。ミセス・ピンクマンが叫ぶ前に四発の銃声。そのあと二発。

チャーリーはキーボードを打つ手を止めた。文字がかすみ始めるまで画面を見つめる。ミセス・ピンクマンは最初の四発の銃声を聞いて、自分の教室のドアを開けたのだろうか？　夫と幼い少女が倒れているのを見て、悲鳴をあげた？　ケリー・ウィルソンは彼女を黙らせようとして、残りの弾を撃ったのだろうか？

チャーリーがラスティに打ち明けないかぎり、彼が銃撃の順序を知るのは、鑑識の報告書と証人の供述書が手に入る数週間後になるだろう。それとも数カ月先かもしれない。

チャーリーはまばたきをして視界をはっきりさせた。リターンキーを押して、新しいパラグラフにカーソルを移動させる。警察署でベンと交わした会話は飛ばして、デリア・ウォフォードとのやりとりに進んだ。時間がたつにつれ全体像が見えてくるという考えは正しかった。サインをする前に、GBIへの供述のその部分は訂正しなければならないだろう。

コンピューターの通知音が鳴った。

TraylerLvr483@gmail.com: ミンディ・ゾワダが友だちリクエストを承認しました。

チャーリーはミンディのフェイスブックを開いた。バナーが、風に炎が揺れるろうそくの写真に変わっている。

「あらま」チャーリーはつぶやきながら、画面をスクロールした。

六分前に、ミンディ・ゾワダの書きこみがあった。

悲しすぎてどうしたらいいかわからない。あばずれケリーはいい人だった。あたしたちにできるのは祈ることだけ？

五年前、彼女がケリー・ウィルソンのことをどう考えていたかを思えば、妙だ。チャーリーはリプライを読んだ。最初の三件はミンディと同じ意見で、学校全体でいじめていた少女が一線を越えてしまったことにショックを受けていた。四つ目のリプライはろくでなしからのものだった。フェイスブックには罪のない猫の写真から子供の誕生パーティーの動画まで、すべてに難癖をつけなければ気がすまないろくでなしがいるものだからだ。

ネイト・マーカスはこう書いていた。

あいつのなにが悪いかはわかってる。フットボールチーム全員とやってた尻軽女だったからさ。そんなことしたのはエイズだから。

チェイス・ロベットの返信はこうだ。

あのあばずれは首吊りになるさ。あの女はおれのコックをたっぷりしゃぶったぜ。おれの罰当たりな精液のせいで、あいつはあんなことをしたのかもしれないな。

アリシア・トッドはさらにこう書いた。

あばずれ女は地獄で焼かれるよね。ケリー・ウィルソン、残念だったね！

ラスティが話を訊きたがるだろうと思ったので、チャーリーは名前を全部書き出した。彼らが中学でケリーと同じクラスだったなら、このなかに十八歳になっている人間がいるはずだ。それはつまり、親の許可なしに彼らと話ができることを意味している。

「レノーラがアヴァ・ウィルソンを夫のところに連れていった」

ラスティの声がして、チャーリーは飛びあがった。だれよりもにぎやかな男が、音もたてずに背後から近づいていた。

「しばらくふたりきりで話がしたいそうだ」ラスティはチャーリーの机の向かいに置かれた長椅子にどさりと腰をおろした。両手で脚を叩きながら言う。「ホテルに泊まれるだけの金があるとは思えない。おそらく車で寝るんだろう。ついでながら、グローブボックスにリボルバーはなかった」

チャーリーは時計を見た。６：３８ＰＭ。のろのろとしか流れていなかった時間が、飛ぶように過ぎていた。

「無実だなんて、アヴァに言わなかったでしょうね？」

「ああ」ラスティは長椅子の背にもたれ、一方の手で脚を叩き続けながら、もう片方の手をクッションの上に置いた。「というよりも、ほとんど話はしていない。夫に見せるようにと言って、これからどういうことになるかを書いたものを渡したよ。アヴァは娘が家に帰ってくると思っている」

「ユニコーンとして？」

「いいかい、チャーリー、無罪と有罪ではないというのは同じことではないが、そのあいだに道理や分別はないんだ」ラスティはウィンクをした。「おまえの年老いた父親を家まで送ってくれないか？」

チャーリーはＨＰに行くのがいやだった。たとえ、父をそこで降ろすためだけだとしても。もう何年も家のなかに足を踏み入れたことはない。「パパの車は？」

「修理に出してきた」膝を叩く手に力がこもる。いつの間にか、リズムを刻んでいた。

「今朝どうしてベンが電話をしてきたのか、わかったのか？」

チャーリーは首を振った。「知っているの？」

チャーリーは口を開いてなにかを言いかけたが、結局にやりと笑っただけだった。

「パパのたちの悪い冗談に付き合っている暇はないの。いいから話して」

ラスティはうなりながら長椅子から立ちあがった。「真実を白日のもとにさらすべきであることはめったにない」

チャーリーがなにかを投げつけるより早く、ラスティは部屋を出ていった。

チャーリーが急いで車に向かうことはなかった。いらだたしげに歩きまわるくせに、ラスティはいつも遅れてくる。チャーリーは供述書のファイルを印刷し、家でもう一度見直したくなったときのために、同じものを自分宛てにメールで送った。仕事に必要なファイルを整理し、新しい書きこみがないかどうかもう一度フェイスブックを確かめた。それからようやく荷物をまとめ、オフィスに鍵をかけて出ていくと、ラスティは裏口の外で煙草を吸っているところだった。

「そんなしかめ面をしたら、かわいい顔が台無しだぞ」ラスティは靴のかかとで煙草の火をもみ消すと、吸殻をコートのポケットに入れた。「おまえの祖母《ばあ》さんと同じようなしわが口のまわりにできるぞ」

チャーリーは車の後部座席にバッグを放りこむと、運転席に座った。ラスティが建物に鍵をかけるのを待つ。ラスティは煙草のにおいといっしょに乗りこんできた。車を道路に出したときには、チャーリーはキャメルの工場にいるような気分になっていた。

ＨＰに行かなくてはならないことにいらだちを覚えながら、窓を開けた。「二度も心臓発作を起こして心臓にメスを入れる手術をしたあとで煙草を吸うのが、どれほどばかなことかは言わないでおく」

「そいつは逆言法というんだ。もしくはギリシャ語が語源の陽否陰述《アポファシス》」ラスティが言った。

「ごくわずかなことだけ言うか、もしくはなにも言わないことで、言いたいことを強調する修辞的技巧だ」うれしそうに足で床を叩いている。「修辞法は、おまえの子供のころの友だちだった反語法の類でもある」

チャーリーは後部座席に手を伸ばし、供述書を印刷したものをつかんだ。「これを読んで。HPに着くまで黙ってて」

「いいだろう」ラスティはポケットから読書用眼鏡を取り出すと、車内灯をつけた。最初のパラグラフを読んでいるあいだ、足は床を叩き続けていたが、やがて止まった。

顔の横が熱くなってきたから、ラスティが自分を見つめていることがチャーリーにはわかっていた。

チャーリーは言った。「わかった。ちゃんと書くわよ。彼の下の名前がわからないの」

ラスティは膝に供述書をおろした。

チャーリーはラスティを見た。読書用眼鏡をはずしている。なにも叩いていないし、動いていないし、歌ってもいない。無言で窓の外に目を向け、遠くを眺めていた。

「どうしたの？」

「頭が痛い」

本当に体調が悪いときは、ラスティは決してそう言わない。「あの男の人のこと？」ラスティがなにも言おうとしないので、チャーリーは訊いた。「あの人のことで、わたしに怒っているの？」

「怒ってなどいない」

チャーリーは不安になった。どれほど虚勢を張ろうと、父親を失望させることだけは耐えられない。「明日、名前を調べる」

「おまえの仕事じゃない」ラスティはシャツのポケットに眼鏡をしまった。「それとも、彼にこれからも会うつもりなのか？」

チャーリーはその質問に妙な重みを感じた。「それって大事なこと？」

ラスティは答えなかった。また窓の外を見つめている。

「鼻歌を歌うか、ばかな冗談を言うかしてくれないと、病院に連れていって心臓が悪くないことを確かめてもらうから」

「心配なのは、わたしの心臓じゃない」その台詞にいつもの派手な身振りはなく、どこか感傷的に聞こえた。「ベンとのあいだになにがあった？」

チャーリーは危うくアクセルを踏みはずすところだった。

この九カ月のあいだ、ラスティはその質問をしなかった。ベンが出ていったことをチャーリーが父に告げるまで、五日かかった。ラスティのオフィスの戸口に立ち、ベンが出ていったという事実だけを伝えるつもりで、実際にそのとおりにした。だがラスティは、あたかも髪を切りに行ったほうがいいと言われたかのように、そっけなくうなずいただけだった。その後の父の沈黙は、九年生のとき以来の久しぶりに経験する言葉の下痢のような症状をもたらした。口の動きが止まらなくなった。ベンが週末までに戻ってくることを期待していると言った。電話やメールやボイスメールや車のフロントガラスにはさんだ手紙に返事をくれることを期待していると言った。

やがて、おそらくは彼女を黙らせるために、ラスティはエミリー・ディキンソンの言葉を引用した。〝希望は羽の生えた生き物〟

「パパ」チャーリーは口を開いたが、その先の言葉が浮かんでこなかった。対向車のヘッドライトの光が目を射った。バックミラーのなかを遠ざかっていく赤いテールランプを見つめる。気は進まなかったが、チャーリーは言った。「原因はひとつだけじゃない。いろいろあったの」

「こう訊くべきだったかもしれないな。どうやって修復するつもりだ？」

この話をしたことが間違いだったとチャーリーは悟った。「どうして、修復するのがわたしだと思うの？」

「ベンは絶対におまえを裏切ったり、意図的におまえを傷つけたりはしないからだ。だから原因はおまえがしたか、いまもしていることにあるはずだ」

チャーリーは痛いくらい唇を噛んだ。

「おまえが会っているあの男は――」

「会っているわけじゃない」チャーリーは鋭い口調で言った。「成り行きだった。あれが最初で最後。それにわたしは——」

「流産のせいなのか?」

チャーリーの息が詰まった。「あれは三年前よ」それから六年前。それから十三年前。

「それに、ベンはそんなに残酷じゃない」

「そうだな。ベンは残酷じゃない」

どういう意味だろうとチャーリーは考えた。わたしが残酷だと言いたいの?

ラスティはため息をついた。手のなかの紙の束を丸め、車の床を二度、足で叩いた。

「長いあいだこのことについて考えていた。わたしがおまえの母親をなにより愛していたのは、愛するのが難しい女性だったからなんだ」

その言葉が暗になにを比較しているのかを思うと、チャーリーはちくりと心を刺された気がした。

「彼女を崇拝していた男が言うんだが、彼女の問題、唯一の問題は、あまりにも頭がよすぎたということだ」ラスティは最後の言葉に合わせて足で床を叩いた。「ガンマはなんでも知っていた。一瞬たりとも考えることなく答えることができた。たとえば、ルート三。即答するんだ。彼女は……うむ、わたしには答えはわからないが、彼女は——」

「一・七三」

「そうだった、そうだった。もしくは、ふむ、地球上でいちばんありふれた鳥は？」

チャーリーはため息をついた。「鶏」

「地球でいちばん、犠牲者を出したものは？」

「蚊」

「オーストラリアでもっとも輸出されているものは？」

「えーと……鉄鉱石？」チャーリーは眉間にしわを寄せた。「パパ、なにが言いたいの？」

「こう訊いたらどうだ？　いまのやりとりでわたしがはっきりさせたことはなんだ？」

とても話についていけない。「パパ、なぞなぞをする気分じゃないんだけど」

「視覚的ヒントだ――」ラスティはボタンを操作してわずかに窓を開け、わずかに閉め、もう一度開け、そして閉めた。

「わかった、パパはわたしをいらいらさせて、わたしの車を壊した」

「シャーロット、わたしが代わりに答えようか」

「そうして」

「それじゃあだめだ。いいか、よく聞くんだ。たとえおまえが答えを知っていても、ときには相手に答えさせなくてはならないことがある。いつもいつも自分が間違っていると感じていたら、正しいと感じるチャンスがないだろう？」

チャーリーはまた唇を噛んだ。

「もう一度視覚的ヒントだ」ラスティは再びボタンを操作したが、今度はずっと押したままでいた。窓は全部開いた。次に逆方向のボタンを押し、窓を閉める。「簡単なことだ。行って、戻ってくる。テニスコートでボールを打ち合うようなものだ。テニスコートを走りまわる必要はないがね」

HPの私道へと右折するときには、ラスティがウィンカーに合わせて足で床を叩いているのがわかった。「パパは結婚カウンセラーになるべきだったわね」

「なろうと思ったんだが、どういうわけか、わたしといっしょに車に乗ってくれる女性がいなくてね」

肘で何度もつつかれて、チャーリーは仕方なく笑った。

「おまえの母親が一度こんなことを言っていた。〝ラスティ、わたしは幸せになりたいのか、正しくありたいのかを死ぬ前に決めなきゃいけない〟とね」

いかにもガンマが言いそうなことだったから、チャーリーは心臓に鋭い痛みを覚えた。

「ママは幸せだったの?」

「幸せになろうとしていたと思う」ラスティは喉にからむような息を吐いた。「彼女は謎めいていた。美しかった。彼女は――」

「手に負えない人《goat fucker》だった?」スバルのヘッドライトが農家の横の壁を照らした。白い下見板に大きな文字で〝GOAT FUCKER〟とスプレーで落書きがしてある。

「なかなか面白い」ラスティが言った。「〝GOAT〟は一、二週間前からあったんだ。〝FUCKER〟は今日書いたものだ」ラスティは膝を打った。「ずいぶん効率的だと思わないか？　〝GOAT〟はすでにそこにあった。シェイクスピアを持ち出すまでもない」

「警察に連絡するべきよ」

「おや、警察がやったのかもしれないんだぞ」

チャーリーは勝手口の近くに車を止めた。投光照明が灯った。伸びすぎた庭の雑草の一本一本が見分けられるくらい、あたりが明るくなった。

気は進まなかったが、チャーリーは申し出た。「わたしもいっしょに行って、なかにだれもいないことを確かめたほうがいいと思う」

「必要ない」ラスティは勢いよくドアを開けて、車を降りた。「明日は忘れずに傘を持っていくんだぞ。絶対に雨が降る」

チャーリーはのんきそうな足取りで歩いていく父親を見つめた。ラスティは、遠い昔、サムと彼女が靴下とスニーカーを置いていたポーチに立つと、ふたつの鍵をはずし、ドアを開けた。そのままなかに入るのではなく、自分が〝GOAT〟と〝FUCKER〟のあいだに立っていることを承知のうえで、振り返って敬礼してみせた。

ラスティは大声で言った。「〝覆水、盆に返らず〟だ。さあさあ、おやすみ、おやすみ――」

チャーリーはギアをバックに入れた。
シェイクスピアを持ち出す必要はない。

6

チャーリーはガレージに止めた車のなかで、ハンドルを握りしめたまま座っていた。空っぽの家のなかにあるものすべてがいやでたまらない。

空っぽのふたりの家。

ドアの脇のフックに鍵をかけるのがいやだった。ベンのフックがいつも空だから。長椅子に座るのがいやだった。爪先を蜘蛛みたいにコーヒーテーブルに引っかけたベンが隣にいないから。キッチンのカウンターに座ることすらできなかった。座る人のいないベンのスツールを見るのが悲しすぎたから。夜はたいてい、窓の外の暗闇を見つめながら、シンクの前でシリアルを食べた。

二十年近い結婚生活を送った女性は普通、夫に対してこんなふうに感じたりしないだろう。だが夫が出ていった家で、チャーリーは高校生のころ以来経験したことのない恋わずらいのような感情に翻弄されていた。

ベンの枕カバーは洗っていない。ベンのお気に入りのビールは冷蔵庫のいつもの場所を占めている。ベンの汚れた靴下はベッドの脇に置いたままだ。それを拾ってしまえば、新しいものがそこに置かれることはないからだ。

結婚一年目、ふたりがもっとも頻繁に言い争いをしたのは、ベンが毎晩脱いだ靴下を寝室の床に放置することについてだった。そこでチャーリーは、ベンが見ていない隙にベッドの下に靴下を蹴り入れた。ある日ベンは履いていく靴下がないことに気づいた。チャーリーは笑った。ベンが怒鳴り、チャーリーも怒鳴り返し、そしてふたりはどちらも二十五歳だったから、最後は床の上で抱き合って終わった。それ以来、不思議なことに靴下を見るたびにチャーリーが感じていた怒りは、治りかけのカンジダ膣《ちつ》炎のような軽いいらだちに変わった。

ベンがいなくなって一カ月が過ぎ、彼が出ていったのは一時的なものではなく、二度と戻ってこないかもしれないという事実をようやく理解した日、チャーリーは靴下の脇にぺたりと座り、赤ん坊のように泣いた。

悲しみに身を委ねることを自分に許したのは、そのときだけだ。涙に暮れた長い夜が明けると、チャーリーは遅くまで眠ることをやめ、少なくとも一日二度は歯を磨き、定期的に風呂に入り、人間らしく生活するために様々なことをした。以前の経験から学んだことだ。一度気を緩めると、世界はどこまでも深い穴へと落ちていく。

大学の四年間は、高校でその一端をほんの少しだけ知っていたどんちゃん騒ぎに明け暮れた。そこには叱りつけてくれるレノーラがいなかったから、チャーリーはすっかり羽目をはずした。アルコール。男。朝目を覚まし、隣で寝ている男がだれなのか、あるいは自分がだれのベッドにいるのかがわからなかったり、イエスと言ったのかノーと言ったのか、それとも喉に流しこんだ大量のビールのせいで酔いつぶれたのかを思い出せなかったりして、現実と夢の境目がはっきりしなかった。

だがなにかの奇跡が起きてチャーリーは生活を改め、法科大学院進学適正試験《LSAT》に合格した。出願した法科大学院はデュークだけだった。一からやり直したかった。新しい学校。新しい町。ギャンブルは、負けが長いあいだ続いたあとでいい結果が出るものだ。チャーリーは、『文書作成入門もしくは法律の要素』のクラスでベンと出会った。三度目のデートで、いずれ結婚することになるだろうとふたりの意見が一致した。そういうわけでふたりはデートを続け、結婚したのだ。

なにかを引っ掻くような大きな音に、チャーリーは現実に引き戻された。隣人がゴミ箱を歩道に出している。それはベンの仕事だった。彼がいなくなって以来、チャーリーが出すゴミはごくわずかになっていたから、毎週、私道の先にゴミ袋をひとつ出すだけですんでいた。

バックミラーに自分の顔を映した。目の下のあざは真っ黒で、まるでフットボール選手のようだ。痛みがあった。鼻がずきずきした。スープとクラッカーと熱い紅茶が飲みたかったが、だれも作ってくれる人はいない。

チャーリーは首を振った。「あんたって惨めすぎる」気持ちを切り替えるために声に出して自分をけなしてみた。

無駄だった。

チャーリーはガレージのドアを閉めてエンジンをかけたくなる前に、体を引きずるようにして車を降りた。

ベンのピックアップトラックが止まっていないがらんとした空間は見ないふりをした。きちんとラベルをつけた箱や、彼がまだ取りに来ていないスポーツ用品が置かれた棚。去年の夏にベンが組み立てた金属製のキャビネットにはキャットフードの缶詰。

ガレージがらくただらけで車が止められなくなっている人たちのことを、ふたりはひそかに笑っていた。整理整頓はふたりが得意だったことのひとつだ。毎週土曜日にはふたりで家の片付けをした。チャーリーが洗濯をし、ベンが畳む。チャーリーがキッチンを掃除し、ベンが絨毯に掃除機をかけ、家具のほこりを払う。同時に同じ本を読んで、感想を語り合った。ＮｅｔｆｌｉｘやＨｕｌｕの連続ドラマを一気に見た。長椅子に寄り添って、一日の仕事や、家族や、週末にすることを話した。

自分たちの結婚生活の素晴らしさにどれほどうぬぼれていたかを思うと、顔が熱くなった。ふたりの意見が一致したことはたくさんあった。トイレットペーパーの向き、ひとりの人間が飼える猫の数、配偶者を海で亡くしたらどれくらいのあいだ喪に服すべきか。友人たちが人前で言い争いをしたり、ディナーパーティーの席で互いに対する嫌味《いやみ》を言ったりすると、チャーリーはベンを、あるいはベンがチャーリーを見て、笑みを交わし合った。ふたりの関係はあきれるほどに確かだったから。

チャーリーはベンを軽んじた。

ベンが出ていったのはそのせいだ。

チャーリーは献身的な配偶者から怒り狂う性悪女へと、徐々に変わっていったわけではなかった。ある日突然、歩み寄ることができなくなった。目をつぶることができなくなった。ベンのすることすべてにいらいらした。靴下のときとは違う。抱き合って終わらせられるようなものではなかった。自分がどんどん口やかましくなっていることはわかっていたが、やめられなかった。やめたくなかった。以前は本当に興味を感じていたこと——ベンの仕事場での権力闘争や、ペットたちの個性が際立っていることや、ベンの同僚のうなじにできた奇妙なこぶ——に興味を感じているふりをすると、猛烈に腹が立った。

医者の診察を受けた。ホルモンに異常はなかった。甲状腺も正常だった。問題は肉体的なものではない。チャーリーがただ、意地の悪い傲慢な妻だというだけだ。

ベンの姉たちは大喜びした。感謝祭のとき、チャーリーが初めてベンを非難するのを見て、彼女たちは目を丸くした。

〝わたしたちの仲間になったわ〟

姉妹のだれかからほぼ毎日電話が来るようになり、チャーリーはここぞとばかり、蒸気機関のように愚痴を吐き出した。彼は姿勢が悪い。歩くのが遅い。舌の先を噛む。歯を磨きながら鼻歌を歌う。どうして二パーセント低脂肪乳じゃなくて、無脂肪乳を買ってくるの? どうしてアライグマが荒しに来るのがわかっていながら、ゴミ袋をゴミ箱に持っていくんじゃなくて、裏口の近くに置いておくの?

やがてチャーリーは個人的な事柄まで彼女たちに話すようになった。そのときは、ベンも久しぶりに父親に連絡を取ろうとした。姉のペギーが大学に進んだとき、ベンが彼女と半年間口をきかなかった理由。ベンは自分から別れたのだと言ったが、ふられたに違いないと姉たちが考えていた娘――チャーリーほどではないが、姉たちは気に入っていた――の身に起きたこと。

チャーリーは人前で彼と言い争いをした。ディナーパーティーの席で嫌味を言った。彼を軽んじていたではすまなかった。二年近くこんな日々が続き、ベンはすっかりすり減ってしまった。彼の目にどれほど怒りが浮かぼうと、いいかげんにしてくれと何度言われようと、チャーリーは無視した。ベンはカップル・セラピーにチャーリーを連れていくことに二度、成功している。だがチャーリーが彼に対してあまりにもひどい態度を取ったので、個々にセラピーをしたほうがいいとセラピストが助言したほどだった。

ベンに荷造りをして家を出ていくだけの力が残っていたのが不思議なほどだ。

「ファーック」チャーリーは間延びした声をあげた。裏のデッキにキャットフードをこぼしてしまったからだ。猫の適正な数については、ベンが正しかった。チャーリーが野良猫に餌をやり始めると野良猫は子供を産んで数を増やし、いまではリスや小さな犬くらいの大きさのフクロネズミまでが来る。フクロネズミは毎晩裏のデッキをうろつき、テレビの明かりに丸く赤い目を光らせながら、ガラスのドア越しに彼女を見つめるのだ。

チャーリーは手を使ってキャットフードをかき集めた。今週犬を預かる番になっているベンに悪態をついた。食欲旺盛なジャックラッセルテリアのバークジラがいたなら、あっという間にここをきれいにしてくれただろうに。今朝さぼった分、今夜はすることがたくさんあった。それぞれのボウルに餌と水を入れ、寝床に敷いている干し草を熊手で入れ替えた。鳥の餌台をいっぱいにした。デッキを洗った。箒で蜘蛛の巣を払った。家に入らなくてすむようにあらゆることをしたが、やがて外は暗く寒くなってきて、入らざるを得なくなった。

ドアの脇のベンの空っぽの鍵フックがチャーリーを出迎えた。空っぽのスツール。空っぽの長椅子。二階の寝室にあがっても、シャワーに入っても、むなしさはついてきた。石《せっ》鹸《けん》にベンの髪はこびりついていない、シンクにベンの歯ブラシはない、カウンターにベンのカミソリは置かれていない。

チャーリーはあまりに惨めすぎて、パジャマに着替えてのろのろと階下におりたときには、ボウルにシリアルを入れるという動作さえ億劫《おっくう》だった。

崩れるようにして長椅子に座った。なにも読みたくない。天井を見つめてうめくのもごめんだ。そこで今日一日ずっと避けてきたこと——テレビをつけた。

チャンネルはCNNになっていた。金髪のきれいなティーンエージャーがパイクビル中学校の前に立っている。みんなで祈りを捧げているのか、彼女の手には一本のろうそくがあった。キャンディス・ベルモント、北ジョージアと画面の下にテロップが出ている。

少女は言った。「ミセス・アレクサンダーは授業中いつも娘さんのことを話していました。小さな赤ちゃんみたいに本当にかわいかったから〝ベイビー〟って呼んでいたんです。すごく大切にしているんだってわかりました」

チャーリーは音を消した。チャーリーがベンを思って自己憐憫《れんびん》に浸っているように、マスコミは悲劇を絞り出している。暴力事件の渦中に身を置いたことがある人間、その後を生きてきた人間としては、こういうものを見るたびに吐き気がした。鮮明な絵。耳に残る音楽。悲しむ人々の映像。テレビ局はなんとしても視聴者を離すまいとしていて、そのためのもっとも簡単な方法は、聞いたことすべてを放送し、真実はあとから選別することだった。

カメラは金髪の少女から、袖を四分の三ほどまくりあげたハンサムな現場レポーターに移った。背後ではろうそくの柔らかな光が揺れている。レポーターは悲しみを身振りで表現しながらスタジオにマイクを返した。机の向こうのキャスターが、同じような沈鬱な表情を浮かべてニュースを伝えている。画面の下にテロップが流れた。アレクサンダー家の言葉だ。おじ：ケリー・レネ・ウィルソンを〝冷酷な人殺し〟と。

ケリーはミドルネームまで交えて呼ばれるようになったらしい。ニューヨークのどこかのプロデューサーが、そのほうが禍々《まがまが》しく聞こえると考えたのだろうとチャーリーは思った。

テロップが止まった。キャスターが消えた。代わりに画面に現れたのは、ロッカーが並ぶ廊下の絵だ。立体的に描かれてはいるものの、妙に奥行きがない。本物ではないことを強調するためだろう。弁護士は雑な仕上がりに不満だったに違いない。〝再現〟という文字が画面の右上に赤く点滅していた。

絵が動き始めた。人間が廊下に入ってきた。ブロックで作った人形のような形で、動きはぎこちない。長い髪と黒い服がケリー・ウィルソンであることを表していた。

チャーリーは音を出した。

「……六時五十五分ごろ、ケリー・レネ・ウィルソン容疑者は廊下に入ってきました」絵の中のケリーは画面の中央で止まった。手には銃が握られているが、リボルバーではなく九ミリのように見える。「英語教師のジュディス・ピンクマンが教室のドアを開けたとき、ウィルソンはこの位置に立っていたということです」

チャーリーは長椅子の端に移動した。

角ばったミセス・ピンクマンがドアを開けた。どういうわけかアニメーターは、彼女の白っぽい金髪を銀髪に変え、肩におろすのではなくお団子に結っていた。

「ウィルソンはピンクマンに気づくと、二発発砲しました」キャスターが言った。ケリーの手のなかの銃からふた筋の煙が立ちのぼっている。銃弾は矢のような直線で示されていた。「二発ともはずれました。ですが結婚二十五年になるジュディス・ピンクマンの夫であり、校長であるダグラス・ピンクマンが銃声を聞いて、自分のオフィスから走り出した」

仮想のミスター・ピンクマンがオフィスから現れた。前方に移動する速さと脚の動きが合っていない。

「ウィルソンは彼を見ると、さらに二発発砲しました」銃から再び煙が出た。矢の弾がミスター・ピンクマンの胸に向かっていく。「ダグラス・ピンクマンは即死でした」

仮想のミスター・ピンクマンが胸に手を当てて、横向きに倒れた。半袖の青いシャツの中央に、二匹のイカのような赤い染みが広がっていく。

それも間違いだ。ミスター・ピンクマンのシャツは長袖で白だった。それに髪もスポーツ刈りではない。

中学校の校長は一九七〇年代のＦＢＩ捜査官のような風貌で、英語の教師は髪をお団子に結ったおばさんだと、アニメーターが決めつけたらしい。

「次に」キャスターが言葉を継いだ。「ルーシー・アレクサンダーが廊下に入ってきました」

チャーリーは固く目をつぶった。

「ルーシーは母親からランチ代をもらうのを忘れていたのです。母親は生物の教師で、銃撃があったときは道路をはさんだ別の棟で会議中でした」キャスターは一度言葉を切った。チャーリーはルーシー・アレクサンダー――アニメーターが間違ったイメージで作った四角張った絵ではなく、本当の少女――が腕を振り、笑顔で角を曲がるところを思い浮かべた。「八歳の少女に向かって、さらに二発の銃弾が放たれました。一発目は少女の胴体上部に当たり、二発目は少女のうしろのオフィスの窓に当たりました」

三度、ノックの音がした。

チャーリーは目を開けた。テレビの音を消す。

さらに二度。

パニックに襲われた。だれかわからない人間にドアをノックされるたびに、恐怖を覚える。

長椅子から立ちあがった。窓の外を眺めながら、ベッドサイド・テーブルに入っている銃のことを考えた。

ドアを開けたときには、チャーリーの顔に笑みが浮かんでいた。

一日じゅう、事態はどんなふうに悪くなるのだろうということばかり考えていたから、よくなることなど想像すらしなかった。

「やあ」ベンはポケットに両手を入れて、ポーチに立っていた。「こんなに遅くすまない。クローゼットのなかのファイルが必要になって」

「そう」チャーリーが口にできたのはこれだけだった。彼が欲しいという思いで胸がいっぱいで、それ以上の言葉が出てこない。彼がそんなふうに思わせたわけではない。ベンはスウェットパンツと見たことのないTシャツに着替えていた。彼のオフィスで働く二十六歳のケイリー・コリンズが買ったのだろうかと、チャーリーはいぶかった。彼女はほかになにを変えただろう？　ベンの髪のにおいを嗅いで、以前と同じシャンプーを使っているのかどうかを確かめたかった。いまも同じブランドのものをはいているのかどうか、下着を調べたかった。

ベンが訊いた。「入ってもいいかい？」

「ここはいまもあなたの家よ」チャーリーは、自分が移動しなければ彼が入れないことに気づいた。ドアを押さえたまま、うしろにさがった。

ベンはテレビの前で足を止めた。アニメーションは終わり、キャスターが画面に戻ってきている。「だれかが情報を流しているんだろうが、正確なところはわかっていないようだ」

「そうね」いつ、なにが起きたかということだけでなく、そこにいた人々の外見や、どこに立っていて、どんなふうに動いたかということも間違っている。マスコミに情報を漏らしているのがだれであれ、内部の人間ではなさそうだが、相応の金額をもらえるくらいの情報を提供できる立場にいることは確かだ。

「実は」ベンが腕を掻いた。床に視線を伏せる。顔をあげてチャーリーを見た。「テリーから電話をもらった」

チャーリーはうなずいた。もちろんテリーはベンに電話をしただろう。ベンに知らせないのなら、わたしにひどいことを言う意味がどこにある？

「テリーがあんなことを言って、すまないと思っている」

チャーリーは片方の肩を持ちあげた。「どうでもいいわ」

九カ月前なら、どうでもよくないとベンは言ったのだろうが、いまはただ肩をすくめただけだった。「二階にあがってもかまわないか？」

チャーリーは案内人のように階段を示した。

階段をあがる彼の軽やかな足音を聞きながら、どうしてこの音を忘れていたのだろうとチャーリーは不思議に思った。踊り場で方向を変えるとき、ベンは手すりをつかむ。同じところばかりつかむので、そこだけ艶出し剤がはげていた。

どうして思い出帳から抜け落ちていたのだろう?

チャーリーはその場に立ったままだった。薄型テレビをぼんやりと眺める。ホラーにあるどのテレビよりも大きい。ベンが部品を接続するのに丸一日かかった。真夜中近くになって、彼はこう訊いてきた。「ニュースを見る?」

チャーリーが見ると答えると、ベンはコンピューターのキーを叩き、画面には不意にヌーの群れが映し出されたのだった。

二階からドアが開く音が聞こえてきた。チャーリーはお腹のあたりで腕を組んだ。九カ月ぶりにやってきた別居中の夫が家のなかにいるとき、妻はどういう態度を取ればいいのだろう?

ベンは客室にいた。普段読まない本や、ファイルキャビネットや、ベンが集めていた〈スタートレック〉のグッズを飾っていた棚が置かれたその部屋は、物置のようになっている。

ベンが大切にしていた〈スタートレック〉のグッズがなくなっていることに、チャーリーは初めて気づいた。

「ねえ」チャーリーは言った。

ベンはウォークイン・クローゼットのなかで、ファイルの箱をごそごそと探っていた。

「手伝おうか?」

「いい」

チャーリーはベッドに脚をぶつけた。ここから出ていくべき? 出ていくべきなのだろう。

「今日の司法取引だが」ベンが言ったので、その事件に関連する以前のメモを捜しているのだろうとチャーリーは考えた。「容疑者は、共犯者について嘘をついていたんだ」

「残念だったわね」チャーリーはベッドに腰かけた。「バークジラの玩具を持っていくのを忘れたでしょう。落ちて――」

「新しいのを買った」

チャーリーは床に視線を落とした。ベンが彼女抜きでペットショップに行き、ふたりの犬のための玩具を捜しているところを想像しまいとした。あるいは、だれかといっしょだったのだろうか。「マスコミに間違った情報を漏らした人間は、注目を集めたかったのか、それとも追い払いたかったのかどっちだろうって考えていたの」

「ディカーソン郡は、病院の防犯カメラを調べている」

チャーリーには話のつながりが見えなかった。「そうなの」

「きみのお父さんの車のタイヤを切ったのは、おそらくどこかのばかが腹立ちまぎれにしたことだろうが、警察は深刻に受け止めている」

「嘘つき」チャーリーはつぶやいた。だからラスティは、彼女に家まで送ってもらわなければならなかったのだ。

ベンがクローゼットから顔を出した。「なんだって？」

「なんでもない。だれかが家に落書きもしていた。〝GOAT FUCKER〟って書いてあった。〝GOAT〟は前からあったらしいから、新しく書いたのは〝FUCKER〟だけみたいだけど」

「先週の週末、〝GOAT〟は見たよ」

「先週の週末、ＨＰでなにをしていたの？」

ベンはファイルの箱を抱えてクローゼットから出てきた。「毎月最後の土曜日は、きみのお父さんに会うことにしている。知っているだろう？」

ラスティとベンは昔から妙に仲がよかった。年が離れているにもかかわらず、同期のような付き合い方をしている。「いまもそうしていたなんて知らなかった」

「していたよ」ベンはベッドに箱を置いた。重みでマットレスが沈む。「〝FUCKER〟の件はキースに伝えておく」ケン・コインの兄で保安官のキース・コインのことだ。「〝GOAT〟についても調べさせるとは言っていたが、今日あんなことがあったから……」彼はそれ以上言おうとはせず、箱を開けた。

「ベン」チャーリーはファイルを捜すベンを見つめながら言った。「わたしは、あなたを質問に答えさせないようにしている？」

「いま答えさせようとしているんじゃないのかい？」

チャーリーの頬が緩んだ。「そうじゃなくて、今日パパが車の窓を使って入り組んだ説明を――ううん、それはどうでもいい。パパが言いたかったのは、正しいか幸せかを選ばなきゃいけないっていうこと。死ぬ前にそれを決めなきゃいけないって、ガンマがパパに言ったんだって。正しくありたいのか、それとも幸せになりたいのか」

ベンは箱から顔をあげた。「どうして両方じゃだめなんだ？」

「いつも正しすぎると、たとえば知りすぎているとか、頭がよすぎるとか、人になにかを……」どう説明すればいいのかわからなかった。「ガンマはたくさんのことに対する答えを知っていた。すべてのことを」

「それほど頭がよくないふりをしたほうがきみのお母さんは幸せだったと、お父さんが言ったの？」

チャーリーはとっさに父親をかばった。「ガンマが言ったことよ。パパじゃなくて」

「それはお父さんたちの結婚の問題であって、ぼくたちとは違う」ベンは箱の上に手を置いた。「チャーリー、きみがお母さんに似ているることを心配しているなら、それは悪いことじゃない。ぼくが知るかぎり、彼女は素晴らしい人だった」

ベンの答えはあまりに立派すぎて、チャーリーは息ができなくなった。「あなたは素晴らしい人ね」

ベンは皮肉っぽい笑い声をあげた。チャーリーがこういう態度を取るのは初めてではない。自分の意地の悪さを必要以上に訂正したり、まるで参加賞をもらいたがっている子供のように彼を扱おうとするのは。

チャーリーは言った。「真面目に言っているの。あなたは頭がいいし、面白いし、それに——」驚いたような彼の表情にチャーリーは言葉を切った。「なに?」

「泣いているの?」

「やだ」チャーリーはレノーラ以外の人の前では泣かないようにしていた。「ごめん。目が覚めたときからこうなの」

ベンは動かなかった。「学校のあとからという意味?」

チャーリーは唇をこすり合わせた。「その前から」

「あの男がだれなのか、知っていたのか?」

その質問にはうんざりしていた。「知らない人といっしょにいることのいい点は、それが知らない人だっていうことよ。それにたいていの場合、その人とは二度と会わない」

「いいことを教えてもらった」ベンはファイルを取り出し、ページをめくり始めた。

チャーリーはベンの目を見つめられるように、ベッドの上に膝立ちになった。「あんなことをしたのは初めてだった。これまで一度もなかった。あれに近いことすらなかった」

ベンは首を振った。

「あなたといっしょにいたあいだ、ほかの人なんて目に入らなかった」

ベンはファイルを箱に戻し、別のファイルを取り出した。「あの男とやって、いったのか？」

「いいえ」チャーリーは答えたが、嘘だった。「いったけど、自分の手を使わなきゃならなかった。それに、そんなのはなんでもないの。くしゃみみたいなものなの」

「くしゃみね。なるほど。ぼくはくしゃみをするたびに、きみがいまいましいバットマンにいかされたことを思い出すわけだ」

「寂しかったのよ」

「寂しかった、か」ベンは繰り返した。

「わたしにどうしろって言うの、ベン？　わたしはあなたにいかせてほしい。あなたといっしょにいたいの」チャーリーはベンの手に触れようとしたが、彼は手を引いた。「元に戻れるなら、なんでもする。だから教えて」

「ぼくがしてほしいことは知っているはずだ」

またもや結婚カウンセラーだ。「ひどい髪型をした時代遅れのソーシャルワーカーに、わたしが問題だなんて教えてもらう必要はない。そんなことわかっているんだから。だから直そうとしているのに」

「きみはぼくになにをしてほしいかと尋ね、ぼくは答えた」

「三十年近く前に起きたことをいまさらほじくり返してなんになるの？」チャーリーはわざとらしくため息をついた。「あのことに対して、自分が怒りを感じているのはわかっている。めちゃくちゃ腹が立っている。それを隠すつもりはないし、起きなかったことにするつもりもない。もしわたしがあのことに囚われていて、封印しようとしなかったなら、なにかそこに原因があるって彼女が言ったはずでしょう？」

「彼女はそういう言い方はしなかった」

「ねえ、ベン、だからどうだって言うの？　あなたはいまもわたしが欲しい？」

「もちろんだ」ベンはそう答えたあとで、その言葉を取り消したいような顔になった。

「それが問題じゃないと、どうしてわからないんだ？」

「だってそれが問題だもの」チャーリーは彼ににじり寄った。「あなたがいなくて寂しかった。あなたは寂しかった？」

ベンはまた首を振った。「チャーリー、そんなことをしても解決にはならない」

「少しは解決できるかもしれない」彼の髪をかきあげる。「あなたが欲しいの、ベン」

ベンは首を振り続けていたが、チャーリーを押しのけようとはしなかった。

「あなたのしてほしいことをするわ」チャーリーはさらに近づいた。彼に身を投げ出すのは、彼女が唯一試していないことだった。「教えて。なんでもするから」

「やめるんだ」ベンは言ったが、彼女を止めようとはしない。

「あなたが欲しい」チャーリーはベンの首にキスをした。自分の唇に彼の肌が反応するのを感じて泣きたくなった。顎から耳へと唇を滑らせていく。「あなたをわたしのなかに感じたい」

チャーリーの両手が胸へとおりていくと、ベンは低いうめき声を漏らした。

チャーリーはキスを続けた。舌を這《は》わせ続けた。「口でやらせて」

ベンは震える息を吸った。

「わたしを好きにしていいのよ。口も、手も、お尻も」

「チャック」ベンの声はかすれていた。「だめだ――」

チャーリーは唇を重ねた。彼がキスを返してくるまで、そのままでいた。ベンの口はシルクのようだ。彼の舌の感触に両脚のあいだが熱くなった。全身の神経に火がついたようだ。ベンの手が乳房に触れた。彼の股間が硬くなっているのを感じて、チャーリーはそこに手を伸ばした。

ベンの手がチャーリーの手を包んだ。最初は手伝ってくれているのかと思ったが、すぐにやめさせようとしているのだと気づいた。

「やだ、どうしよう」チャーリーは即座に体を引くと、ベッドから飛び降りて壁際に立った。恥ずかしさと屈辱に取り乱していた。「ごめんなさい、ごめんなさい」

「チャーリー――」

「やめて！」交通警官のように、チャーリーは両手をあげた。「いまなにか言ったら、それで終わりになっちゃう。終わりにするわけにはいかないの、ベン。そんなのだめ。あんなことがあったあとで――」

チャーリーは口をつぐんだが、自分の言葉が耳の奥で警報のように鳴り響いていた。

ベンは彼女を見つめている。ごくりと喉が動いた。「なんのあとだ？」

耳のなかでどくどくと音がする。底なしの深淵《しんえん》の縁から爪先がはみ出ているような、落ち着かない気分だった。

ベンの電話から、パイクビル警察の呼び出し音に設定している『全米警察二十四時《COPS》』のオープニングテーマが流れてきた。

バッド　ボーイズ、バッド　ボーイズ、ワッチャゴナ　ドゥ……。

チャーリーは言った。「仕事の電話でしょう。出ないと」

「いや、出ない」ベンは顎をあげ、チャーリーが答えるのを待った。

バッド　ボーイズ、バッド　ボーイズ……。

「今日なにがあったのかを話すんだ」

「わたしが供述しているとき、あなたもそこにいたわ」

「きみは銃声に向かって走った。なぜだ？　なにを考えていた？」

「銃声に向かって走ったわけじゃない。助けてって叫んでいるミセス・ピンクマンに向かって走っただけ」

「ヘラーのことか？」

「くだらないセラピストが言いそうなことよね」電話の音に負けないように、声を張りあげなくてはならなかった。「三十年前、だれかが本当にわたしを必要としているときにわたしは逃げたから、だから危険な場に自分を置くんだって」

「そのあげくに、どうなったか考えてみろ！」ベンの突然の怒りが沈黙のなかに反響した。

呼び出し音は止まっている。

静けさが雷鳴のように轟いている。

「それはいったいどういう意味？」

ベンはきつく奥歯を嚙みしめていて、ぎりぎりというその音が聞こえそうなほどだった。

彼はベッドの上の箱をつかむと、再びクローゼットへと入っていった。

「なにを言っているの、ベン？」決して元どおりにならないものが壊れてしまったかのように、チャーリーは動揺していた。「あのとき起きたことを考えろって言っているの？　それとも今日起きたことを？」

ベンは棚の上の箱をかきまわしている。

チャーリーは出口をふさぐように、ウォークインクローゼットの戸口に立った。「そうやって石を投げるだけ投げておいて、背中を向けたりしないでよ」

ベンは答えない。

階下からハンドバッグの奥に入れたままのチャーリーの携帯電話が鳴るかすかな音が聞こえた。呼び出し音が五回鳴るのを数え、息を止めて留守番電話が応答するのを待った。

ベンは相変わらず箱をいじっている。

沈黙が重くのしかかり始めた。今日できるのは泣くことだけだったから、チャーリーはまた泣いていた。

「ベン」ようやく絞り出したのは懇願するような声だった。「お願いだから、どういう意味なのか教えて」

ベンは箱のひとつを開けた。ラベルのついたファイルを指でなぞる。答えるつもりがないのだろうとチャーリーが思ったころ、彼は言った。「今日は三日だ」

チャーリーは顔を背けた。今朝ベンが電話をかけてきたのは、それが理由だった。知っているなら教えてとチャーリーがばかみたいに繰り返し尋ねているあいだ、ラスティが〝ハッピーバースデー〟を口ずさんでいたのは、それが理由だった。

「先週カレンダーを見たときは、なんの日か覚えていた。でも——」

再びベンの電話が鳴り始めた。今度は警察ではなく、普通の呼び出し音だ。一度。二度。三度目でベンは電話を取った。手短に応答している。「いつ?」「状態は?」声が低くなっていく。「医者はなんて……」

チャーリーは側柱に肩をもたせかけた。この手の電話はこれまでも幾度となく聞いたことがある。ホラーのだれかが妻を強く殴りすぎたり、喧嘩を終わらせるためにナイフを持ち出した結果、逆に銃を突きつけられたりしたのだろう。地方検事補は警察署に駆けつけて、最初に証言した相手に取引を持ちかけるのだ。

「彼は助かる?」ベンはうなずきながら訊いている。「わかった。ぼくが対処する。ありがとう」

ベンは電話を切ると、ポケットに戻した。チャーリーは言った。「当ててみましょうか。カルペッパーのだれかが逮捕されたんでしょう?」

ベンは振り返らなかった。体を支えるなにかが必要だとでもいうように、棚の縁をつかんだ。

「ベン? なにがあったの?」

ベンは鼻をすった。彼は感情を表に出さないわけではないが、泣くところを見たのは片手で数えられるほどだ。それもただ泣いているだけではない。肩を震わせていた。悲嘆に暮れているようだ。

チャーリーも泣き始めていた。彼のお姉さん? お母さん? 彼が六歳のときに出ていった、身勝手なお父さん?

チャーリーはベンの肩に手を置いた。彼はまだ震えている。「なにがあったの？　お願い、話して」

ベンは鼻をぬぐった。振り返った。目から涙があふれている。「残念だよ」

「え？」ささやくような声になった。「ベン、なんなの？」

「きみのお父さんだ」ベンは悲しみをこらえるように告げた。「病院に緊急搬送された。彼は――」

チャーリーの膝がくずおれた。倒れる前にベンが抱き留めた。

彼は助かる？

「隣人が見つけたそうだ。私道の端に倒れていた」

チャーリーは、郵便箱に向かって歩いている――鼻歌を歌い、指を鳴らし、すたすたとした足取りで――ラスティが、胸を押さえて地面に倒れこむさまを想像した。

「パパは……」ばか。強情。自滅的。「今日わたしのオフィスで、そんなことをしていたらまた心臓発作を起こすってパパに言ったところなのに。だから――」

「心臓じゃない」

「でも――」

「お父さんは心臓発作を起こしたわけじゃない。刺されたんだ」

チャーリーは声も出せずにただ口を動かしていたが、ようやく言った。「刺された？」

意味がわからなかったから、もう一度繰り返した。「刺された？」

「チャック、お姉さんに電話するんだ」

シャーロットの身に起きたこと

シャーロットは姉を振り返って言った。「一件落着！」

サマンサがなにかを言い返すより早く、シャーロットは農家に向かって走り出した。跳ねあげた赤い土が汗ばんだ脚にこびりつく。ポーチの階段を駆けあがり、靴を蹴り捨て、靴下を脱ぎ、ドアを開けたちょうどそのとき、ガンマの声がした。「ファック！」

母親は体をふたつ折りにして片手でカウンターにつかまり、咳でもしていたかのようにもう片方の手で口を押さえていた。

シャーロットは言った。「ママ、それって悪い言葉だよ」

ガンマは体を起こした。ポケットから取り出したティッシュペーパーで口をぬぐう。「わたしは〝ファッジ〟って言ったのよ、チャーリー。なんて言ったと思ったの？」

「ママは――」シャーロットは罠《わな》に気づいた。「あたしがその言葉を言ったら、その言葉を知ってることがママにわかっちゃうじゃない」

「生意気なこと言わないの」ガンマはティッシュペーパーをポケットに押しこむと、廊下に出ていった。「戻ってくるまでにテーブルを用意しておいてね」

「どこに行くの？」

「決めていない」

「ママがいつ戻ってくるかわからないのに、いつまでにテーブルを用意すればいいのかなんてどうしてわかるわけ？」シャーロットは答えを待った。

ガンマの咳が返ってきただけだった。

シャーロットは紙皿を手に取った。プラスチックのフォークが入った箱をテーブルの上に投げるように置いた。ガンマはリサイクルショップでちゃんとした銀食器と皿を買ったのだが、だれもその箱を見つけられずにいた。それがラスティの書斎にあることを、シャーロットは知っていた。その部屋は明日片付けることになっていたから、明日の夜はだれかが皿洗いをしなければならないということだ。

サマンサが壁が揺れるくらいの勢いで、キッチンのドアを閉めた。

シャーロットはその誘惑には乗らなかった。テーブルに紙皿を並べていく。

なんの前触れもなく、サマンサがいきなりフォークを彼女の顔に向かって投げた。

シャーロットは、ガンマに言いつけようとして開けた下唇にフォークの歯が当たるのを感じた。とっさに口を閉じる。フォークは落ちなかった。的を射抜いた矢のように、唇のあいだで震えていた。

シャーロットが言った。「わお、すごい！」

空中で回転するフォークを口で捕まえるのは別に難しくないとでも言うように、サマンサは肩をすくめた。

シャーロットは言った。「二回続けて同じことができたら、お皿洗いはあたしがやってもいいよ」

「あんたがあたしの口にちゃんと投げられたら、一週間あたしが洗う」

「わかった」シャーロットはどちらにしようと考えながら、狙いをつけた。わざとサマンサの顔にぶつける？　それとも本当に口を狙う？

ガンマが戻ってきた。「チャーリー、お姉ちゃんにフォークを投げないの。サム、このあいだ買ったフライパンを捜すのを手伝って」

テーブルの用意はできていたが、シャーロットは捜しものに協力するつもりはなかった。箱はどれも防虫剤とチーズみたいな犬の足のにおいがする。お皿をまっすぐにした。フォークを並べ直した。今夜はスパゲッティだから、ナイフがいる。ガンマはいつもパスタの茹《ゆ》で方が足りなくて、腱のようにくっついてしまうからだ。

「サム」ガンマがまた咳きこんだ。エアコンを指さす。「空気を動かしたいから、それのスイッチを入れて」

サマンサはエアコンを一度も見たことがないとでもいうように、窓に取りつけられた大きな箱を眺めた。赤いレンガの家が焼けて以来、サマンサはふさぎこんでいる。シャーロットもそれは同じだが、態度には出さないようにしていた。それでなくてもラスティは責任を感じているのだから、傷に塩をすりこむ必要はない。

シャーロットは余った紙皿を手に取った。飛行機を折って、父親に渡すつもりだ。

サマンサが訊いた。「何時にパパを迎えに行くの?」

ガンマが答えた。「裁判所からだれかに送ってもらうことになってる」

レノーラが送ってくれればいいとシャーロットは思った。ラスティの秘書は『レース』という本を貸してくれた。四人の友人が出てくる本で、そのうちのひとりがシャイフにレイプされるのだけれど、それがだれなのかはわからない。彼女は妊娠してしまい、生まれた娘にはだれもなにがあったのかを話さない。大人になって大金持ちになった娘が、彼女たちに問いただす。〝あんたたちくそばばあのうちのだれがわたしの母親なの?〟

「ああ、もう」ガンマが立ちあがった。「今夜はベジタリアンになってもらうけれど、いいわね」

「ママ」シャーロットは椅子にどさりと座りこんだ。両手で頭を抱え、夕食を缶入りスープにしてもらえることを願いながら、具合の悪いふりをする。「お腹が痛い」

ガンマが訊いた。「宿題があるんじゃないの？」

「化学」顔をあげて尋ねた。「手伝ってくれる？」

「ロケット科学じゃなければね」

シャーロットは訊いた。「それって、ロケット科学じゃないなら、あたしが自分でできるってことなのか、それともママはロケット科学のことしかわからないから、ロケット科学じゃなかったら教えられないっていう意味なのか、どっちなの？」

「もう少し、すっきりした言葉遣いをしなさい」ガンマが言った。「手を洗ってきなさい」

「答えてもらってないけど」

「早く」

シャーロットは廊下を駆けだした。とても長い廊下で、キッチンに立つとボーリングのレーンとして使えそうなくらいだ。少なくともガンマはそう言ったし、ボールを手に入れたらすぐにやってみるつもりだった。

五つあるドアのひとつを開けると、薄気味悪い地下室への階段だった。別のドアを開けると、独身男の寝室だった。

「ファッジ！」シャーロットはガンマに聞こえるように大声で叫んだ。

次のドアを開けた。シフォローブだ。隙あらばサマンサをからかおうとしているシャーロットはにやりとした。からかうというのは正しい言葉ではないかもしれない——だれかを震えあがらせようとしているときには。

シャーロットは、HPはなにかに取りつかれていると姉に信じこませようとしていた。昨日、リサイクルショップで買ったものが入っている箱のなかに奇妙な白黒写真を見つけた。初めはただ色を塗っていただけだったが、歯を黄色く塗ったところでシフォローブのいちばん下の引き出しに入れておいて、サマンサに見つけさせようと思いついた。

サマンサは思ったとおりに怯えた。おそらく前の夜に、独身男が死んだ恐ろしい寝室までサマンサがついてくるように、シャーロットが寝室の外の床をきしませたからだろう。シャーロットはその寝室で、独身男の体はこの家からいなくなったが、魂は残っている——つまりは幽霊になって——とサマンサに吹きこんだ。

さらに別のドアを試した。「見つけた!」

明かりの紐を引っ張った。ランニングパンツをおろしたが、便座に血が細かく飛んでいるのを見て体を凍りつかせた。

サマンサがたまに生理のときに便座に残している血の染みとは違う。まき散らしたみたいだ。ひどく咳をしたときに、口から飛び散ったような。

ガンマはここ最近、ひどい咳をしている。

シャーロットはランニングパンツをあげた。蛇口をひねり、両手で水を受けた。便座に水をかけて、赤い斑点を洗い流す。床にも赤い染みが残っていたので、そこにも水をかけた。それから鏡にも。カビだらけのシャワーの縁にまで赤い点があった。

キッチンで電話が鳴った。だれか出るつもりだろうかと考えながら、呼び出し音が二度なるのを数えた。ガンマは電話を取らせないことが時々ある。ラスティからかもしれないからだ。ガンマは火事のあと、気持ちを立て直せていなかった。サマンサのように落ちこむのではなく、たいていは怒鳴っている。それからシャーロットしか知らないことだが、泣いていることもあった。

シャーロットが蛇口を叩いたときには、丸頭ハンマーの柄はすっかり濡れていた。便座に座ると、お尻も濡れた。バスルームがひどい有様だ。ところどころにたまった水はピンク色になっている。ランニングパンツをあげた。トイレットペーパーを丸めて水を拭いた。すぐに紙が溶け始めたので、もっと使った。さらに使った。紙は水を吸うはずなのに、彼女がしたことといえば、流そうとすれば間違いなくトイレが詰まってしまう巨大な濡れた紙の塊を作っただけだ。

シャーロットは立ちあがった。バスルームのなかを見まわす。ピンク色はなくなっていたが、まだあちこち水浸しだ。だがバスルームはじめじめしているものだ。シャワーのカビは、沼から怪物がはい出てくる映画のなかのなにかのように見えた。

廊下で箱がぶつかる音がした。爪先をぶつけたらしく、サマンサの押し殺した声が聞こえた。

「ファッジ」今度は心からのつぶやきだった。トイレットペーパーの塊は血でピンク色に染まっている。それをランニングパンツのポケットに押しこんだ。用を足している暇はない。バスルームを出てドアを閉めた。サマンサは十フィート先にいた。ポケットのなかの濡れた塊に気づかれないように、すれ違いざまサマンサの腕を叩いた。そこから先の廊下はギャロップで進んだ。馬のほうが速いからだ。

「食事よ!」ガンマが叫んだ。シャーロットがキッチンにゆっくりした駆け足《キャンター》で入っていくと、ガンマはコンロの前に立っていた。

シャーロットは言った。「あたしはここにいるけど」

「お姉ちゃんはいないでしょう」

ガンマはトングでお鍋から太いパスタを引きあげた。「ママ、お願いだから、そんなもの食べさせないで」

「あなたたちを飢えさせるわけにはいかないもの」

「アイスクリームをボウルいっぱい食べればいいんじゃない?」

「下痢したいの?」

シャーロットは牛乳が含まれているものを食べると必ずお腹を壊す。けれどあのロープのようなスパゲッティでも間違いなく同じ結果になるとシャーロットは思った。「ママ、あたしがアイスクリームをボウルふたつ分食べたら、どうなると思う? すごく大きいやつを」

「腸が破裂して、あなたは死ぬわね」シャーロットは母親の背中を見つめた。ガンマが真剣なのかどうか、判断できないときがある。

電話が甲高い音をたてた。ガンマに取るなと言われるより早く、シャーロットは受話器を持ちあげていた。

「もしもし」

「やあ、チャーリー・ベア」ラスティはその言葉をこれまで百万回も言ったことを忘れたかのように、くすくす笑った。「愛《いと》しいガンマと話すことを希望しているんだが」

ラスティは電話の声が大きすぎるので、部屋の向こうにいるガンマにもその声が聞こえていた。ガンマはシャーロットに向かって首を振り、〝ノー〟と声に出さずに言った。

「ママはいま歯を磨いてる」シャーロットは言った。「それともフロスをしているのかもしれない。キーキーいう音が聞こえたからネズミかと思ったんだよね。ただ――」

ガンマが受話器を奪い取った。「〝『希望』は羽の生えた生き物　魂のなかに止まって歌詞のない調べを歌い　決してやめない――どんなときも〟」

ガンマは受話器をフックに戻し、シャーロットに言った。「地球上でいちばんありふれている鳥は鶏だって知っていた？」

シャーロットは首を振った。知らなかった。

「夕食が終わったら、化学の宿題を手伝ってあげる。言っておくけれど、アイスクリームじゃないわよ」

「化学がアイスクリームじゃないっていうこと？　それとも夕食？」

「賢い子ね」ガンマは片手をシャーロットの顔に当てた。「いつか、あなたのその脳みその魅力にやられて、真っさかさまに恋に落ちていく男の人が現れるわよ」

シャーロットは、プラスチックのフォークのように空中でひっくり返っている男性を想像した。「落ちたときに首の骨を折ったらどうする？」

ガンマはシャーロットの頭の天辺にキスをしてから、キッチンを出ていった。

シャーロットは椅子に座った。うしろに体重をかけて椅子の前の脚を浮かせ、食料品庫のほうへ歩いていくガンマを眺める。それとも地下室の階段に向かっているのかもしれないし、シフォローブかもしれない。寝室かも、バスルームかもしれない。

椅子の脚を床におろした。テーブルに肘をついた。

自分と恋に落ちる男の人が現れてほしいのかどうか、シャーロットにはわからなかった。

学校にはサマンサのことを好きな男の子がいる。ピーター・アレクサンダー。ジャズギターを弾いていて、高校を卒業したらアトランタに行ってバンドを組みたいと考えている。少なくとも、サマンサがマットレスの下に隠していた彼女宛の長く退屈な手紙にはそう書いてあった。

失ったことをサマンサがいちばん悲しんでいるのがピーターだ。彼がサマンサのシャツのなかに手を入れているところを見たことがあったから、サマンサは本当に彼のことが好きなんだろうとシャーロットは思っていた。そうでなければ、そんなことはさせないだろうから。ピーターはいかした革のジャケットをサマンサに貸していたのだが、火事で燃えてしまった。ピーターはそのことで両親とひどくもめたらしい。彼はサマンサと口をきかなくなった。

シャーロットにも口をきいてくれない友人は大勢いるが、それはその友人たちの両親が、無実の黒人男性が死刑宣告されるのを悪いことだと思わない愚かな人間だからだとラスティは言った。

シャーロットは歯の隙間から音をたてて息を吐きながら、紙皿の両側を折って飛行機を作ろうとした。火事のせいで、いまは家族の立ち位置が入れ替わっているともラスティは言った。普段は論理的なガンマとサマンサが、いつもは感情的なラスティとシャーロットのようになっている。『フォーチュン・クッキー』（入れ替わってしまった母と娘を主人公にしたアメリカのコメディ映画）みたいだ。

サマンサにはアレルギーがあるから、バセットハウンドを飼うわけにはいかないけれど。

シャーロットは唾で濡らせば形が保てるかもしれないと思い、紙皿の折り目をなめた。本当に論理的になったわけではないと、ラスティには言っていない。大丈夫じゃないけれど、大丈夫なふりをしているだけだ。シャーロットもたくさんのものをなくした。たとえばナンシー・ドリューや、金魚――物ではなくて生き物だけれど――、ガールスカウトのバッジ、来年のために取ってあった六匹の昆虫の死骸。なぜなら、昆虫を板に固定してそれがなんであるかを確定するのが、生物の上級クラスの最初の課題だと知っていたからだ。シャーロットは何度か自分の悲しみをサマンサに訴えようとしたが、そのたびにサマンサはまるで競争するみたいに、自分がなくしたものを並べたて始める。だからシャーロットはほかの話をした。学校やテレビ番組や図書館で借りた本のことを。けれどサマンサは、シャーロットがその意味を察してそこからいなくなるまで、じっと彼女を見つめるだけだった。

サマンサが当たり前の人間のようにシャーロットを扱うのは、夜、バスルームのシンクでシャツとショーツとスポーツブラを洗うときだけだった。陸上用のウェアとスニーカーだけは火事で焼けなかったのに、サマンサはそのことには触れなかった。ブラインドパスについて、辛抱強く、ゆっくりと説明するのみだ。前の膝を曲げて、手をまっすぐうしろに伸ばして、前かがみになって走る体勢を取る。でもあたしが印のところに来るまで、走り出しちゃだめ。手にバトンが置かれるのを感じたら――一気に行くの。

「振り返っちゃだめ」サマンサは言うだろう。「あたしがそこにいることを信じるの。ただ前を見て走るのよ」

サマンサは昔から走るのが好きだった。陸上で奨学金を得て大学まで走り抜け、パイクビルには二度と帰ってきたくないと思っている。SATで千六百点満点を取れば、ガンマはもう一年飛び級をさせるつもりでいるから、一年後にはいなくなってしまうということだ。

シャーロットは紙飛行機をあきらめた。紙皿はその形を保ってくれない。皿のままでいたいらしい。普通の紙でいますぐに折ろうと思った。古い気象観測用タワーから紙飛行機を飛ばしたかった。ガンマを驚かそうとしているラスティが、連れていってくれると約束したからだ。

独身男は国立気象局の委託観測員プログラムに参加している市民科学者だった。ラスティは納屋のなかで、気象データ日誌がいっぱいに詰まったたくさんの箱を見つけていた。一九四八年以降、独身男はほぼ毎日、気温、気圧、降水量、風、湿度を記録していた。彼のようなボランティアが全国に何千人もいて、台風がいつやってくるのか、竜巻がいつ発生するのかを科学者たちが予測できるように、記録したデータを米国海洋大気庁に送っている。そのためには複雑な計算が必要で、ガンマを幸せにできるものがあるとしたら、毎日計算をすることだった。

気象観測用タワーはこれまででいちばんのプレゼントになるだろう。

私道に車が入ってくる音がした。シャーロットは失敗した紙飛行機を手に取り、なにを作ろうとしていたのかをラスティに悟られないように、細かく破いた。タワーの上にのぼって、そこから紙飛行機を飛ばすのは許さないとすでに言われている。ゴミ箱の前に立ち、ランニングパンツを探って、濡れたトイレットペーパーの塊を引っ張り出した。シャツで手をぬぐい、父を出迎えるためにドアに向かって走った。

「ママ！」シャーロットは叫んだが、ラスティが帰ってきたとは言わなかった。

笑顔でドアを開けたが、笑みはすぐに消えた。フロントポーチには、ふたりの男が立っていた。

ひとりが階段まであとずさった。ドアが開くとは思っていなかったのか、彼が大きく目を見開いたことにシャーロットは気づいた。その男が黒いスキーマスクをかぶり、黒いシャツを着て、革の手袋をつけていることにも。目の前に散弾銃の銃口が見えた。

「ママ！」シャーロットは叫んだ。

「黙れ」黒シャツがシャーロットをキッチンに押しこみながら言った。どっしりした彼のブーツが、キッチンの床に庭の赤い土の足跡を残した。怯えるべきだったし、悲鳴をあげるべきだったけれど、また床を掃除しなくてはならなくなったガンマがどれほど怒るだろうということしか、シャーロットには考えられなかった。

「チャーリー・クイン」ガンマがバスルームから大声で言った。「金切り声を出さないの」

黒シャツが訊いた。「おまえの親父《おやじ》はどこにいる？」

「お、お願い」シャーロットは口ごもりながら言った。ふたり目の男に向けた言葉だ。彼もマスクと手袋をつけていたが、ボン・ジョヴィの白いTシャツを着ているせいでいくらか恐ろしさはやわらいでいた。たとえ手のなかには、銃があったとしても。「お願い、乱暴しないで」

ボン・ジョヴィの視線はシャーロットを通り過ぎ、廊下の先に向けられた。ガンマのゆっくりした足音が聞こえてくる。ガンマはバスルームから出てきたときに、男に気づいたに違いない。シャーロットがひとりではないことを知って、なにかおかしいと思っているだろう。

「おい」黒シャツはシャーロットの注意を引こうとして指を鳴らした。「くそったれの親父はどこだ？」

シャーロットは首を振った。どうしてラスティに会いたがるの？

黒シャツが訊いた。「ここにはほかにだれがいる？」

「お姉ちゃんが――」

不意に、ガンマの手がシャーロットの口を押さえた。肩に指が食いこむ。ガンマは言った。「ハンドバッグに五十ドルあるし、納屋のガラス瓶に二百ドル入っている」

「くそくらえ」黒シャツが言った。「もうひとりの娘を呼べ。下手なことはするなよ」

「やめろ」ボン・ジョヴィは緊張しているようだ。「彼女たちは陸上の練習をしているはずだった。もう――」

シャーロットは乱暴にガンマの腕から引き離された。黒シャツが万力のような指でシャーロットの首をつかんでいた。後頭部が男の胸に押しつけられた。男の指が取っ手を握るように、食道をつかんでいる。

黒シャツはガンマに言った。「娘を呼ぶんだ」

「サ――」恐怖のあまり、ガンマは声を出すことができなかった。「サマンサ?」

一同は耳を澄ました。待った。

ボン・ジョヴィが言った。「もうやめよう。やつはいない。彼女の言うとおり、金だけもらって帰ろう」

「腹をくれよ、意気地なしめ」黒シャツはシャーロットの喉を握る手に力をこめた。燃えるような痛み。息ができなかった。爪先立ちになった。男の手首に爪を立てたが、力の差がありすぎた。

黒シャツはガンマに言った。「娘を呼ぶんだ。さもないと――」

「サマンサ」ガンマの口調は鋭かった。「蛇口が閉まっていることを確かめたら、急いでキッチンに来てちょうだい」

ボン・ジョヴィはサマンサに見られないように、廊下の入り口から離れた。黒シャツに向かって言う。「彼女は言われたとおりにしたじゃないか。放してやれよ」

黒シャツはゆっくりと手を緩めた。シャーロットはあえぐように息を吸った。母親のところに行こうとしたが、黒シャツの手に喉元を押さえられていた。男はシャーロットの体をぴったりと自分に押しつけている。

ガンマが言った。「もうやめて」ボン・ジョヴィに言っている。「あなたたちがだれなのか、わたしたちは知らない。名前もわからない。いま帰ってくれれば、だれにも言わないから」

「黙れ！」黒シャツは前後に体を揺らしている。「おまえの言うことを信じるほど、おれはばかじゃないからな」

「あなたは――」ガンマは手で口を押さえて咳をした。「お願い、娘たちを解放して。そうしたらわたしは――」再び咳きこんだ。「わたしを銀行に連れていけばいい。車もあげる。あるものすべて持っていっていいから」

「欲しいものは全部いただくさ」黒シャツの手がシャーロットの胸におりた。胸骨を強く自分のほうに押しつけ、腰をこすりつける。股間が当たっていた。シャーロットは急に吐き気を催した。膀胱が解放されたがっている。顔が熱くなった。

「やめろ」ボン・ジョヴィがシャーロットの腕をつかんで引っ張った。さらに引っ張り、ようやく黒シャツからシャーロットを引き離した。

「ベイビー」ガンマがシャーロットを抱きしめた。両手で肩を包みこみ、頭に、それから耳にキスをした。「チャンスがあったら逃げて――」

ガンマが不意にその手を離し、シャーロットを押しのけた。二歩あとずさり、キッチンカウンターに背中が当たった。両手をあげている。

黒シャツが散弾銃をガンマの胸に向けていた。

「お願い」ガンマの唇が震えている。「お願いだから」ここにいるのが黒シャツと彼女のふたりきりであるかのように、その声は低かった。「わたしにはなにをしてもいいから、娘は傷つけないで」

「心配ないさ」黒シャツも声をひそめた。「痛いのは、最初の何十回かだけだから」

シャーロットは震え始めた。

それがなにを意味するかはわかっていた。男の目の邪悪な光。唇のあいだからのぞく舌。うしろから押しつけられた、男のあれ。

シャーロットの膝から力が抜けた。

崩れるようにして椅子に座りこむ。顔は汗にまみれていた。背中を汗が伝っていた。両手を眺めたけれど、そこにあるのはいつもの彼女の手ではなかった。音叉《おんさ》を胸に当てられたみたいに、内側で骨が震えている。

ガンマが言った。「大丈夫よ」

黒シャツが言った。「いいや、大丈夫じゃないね」

ふたりは互いに向かって言っていたわけではなかった。サマンサが戸口に立ち、怯えたウサギのように体を凍りつかせている。

黒シャツが言った。「家にはほかにだれがいる？」

ガンマは首を振った。「だれも」

「嘘をつくな、くそばばあ」

シャーロットの耳がこもったようになった。父の名前が聞こえ、ガンマの目に怒りの色を見て取った。

ラスティ。男たちはラスティを捜している。

シャーロットは体を揺らし始めた。本能的に気持ちを落ち着けようとしているのか、体を前後に揺らすのを止められない。これは映画じゃない。家のなかにふたりの男がいる。銃を持っている。お金が目的じゃない。目的はラスティだけれど、ラスティはここにいない。黒シャツはなにかほかのものが欲しいと言っている。シャーロットはそれがなにかを知っていた。レノーラの本で読んでいた。ガンマがここにいるのはシャーロットが呼んだからで、サマンサがここにいるのは家のなかに姉がいるとシャーロットが言ったからだ。

「ごめんなさい」シャーロットはつぶやいた。膀胱から力が抜けた。温かい液体が脚を伝うのを感じた。目を閉じた。体を前後に揺する。「ごめんなさいごめんなさいごめんなさい」

骨が動くのが感じられるくらい強く、サマンサがシャーロットの手を握った。吐きそうだ。荒れる海の上のボートに乗っているように胃が絞めつけられ、ひっくり返りそうになっている。きつく目を閉じた。走っているところを思い浮かべた。靴の底が地面を叩く。脚が痛む。胸が空気を求める。サマンサが隣にいて、ポニーテールを風に揺らしながら、どうすればいいかを笑顔で教えてくれている。

呼吸を続けて。ゆっくり、規則正しく。痛みが通り過ぎるのを待つの。

「黙れと言ったんだ！」黒シャツが叫んだ。

シャーロットは顔をあげたが、まるでねっとりした油のなかで動いているような気がした。

爆発音がして、熱い液体がシャーロットの顔と首に勢いよく降り注いだ。その激しさに、思わず隣に座っているサマンサのほうに倒れこんだ。

シャーロットはなにが起きたのかもわからないうちから、悲鳴をあげていた。

あたり一面血だらけだった。ホースで水を撒いたみたいだ。温かくてねばねばしたものが、シャーロットの顔や手や全身を覆っていた。

「黙れ！」黒シャツがシャーロットの顔を引っぱたいた。

サマンサがシャーロットの体をつかんだ。シャーロットはすすり泣き、震え、叫んでいた。

出ていた。
真っ白な骨。心臓と肺の一部。腱と動脈と静脈と命が、ぽっかり開いた傷口からこぼれ
にをしたのかを、生涯忘れることのないように。
シャーロットは姉にしがみついた。顔の向きを変えた。母親を見た。この悪党たちがな
「ガンマ」サマンサがつぶやいた。

ボン・ジョヴィがわめいた。「なんてことするんだ、ザック！」
シャーロットは動かなかった。反応しなかった。二度と口を滑らしたりはしない。
ザカライア・カルペッパー。
シャーロットは彼の事件記録を読んでいた。ラスティは最低でも四回は彼の弁護をして
いる。ザック・カルペッパーが未払いの弁護料を払ってくれれば、農家で暮らさなくても
すむと、つい昨夜もガンマが言っていたばかりだ。
「ファック！」ザックはサマンサを見つめている。彼女も事件記録を読んでいた。「ファ
ック！」
「ママ……」彼らの気を逸らせ、その正体に気づいていないとザックに信じこませようと
してシャーロットは言った。「ママ、ママ、ママ……」
「大丈夫よ」サマンサが彼女をなだめようとした。
「大丈夫じゃない」ザックはマスクを床に投げ捨てた。ガンマの血でアライグマのような

目になっている。写真《マグショット》どおりだったが、実物のほうが醜い。「くそったれ！　なんだって
おれの名前を呼んだりした？」
「お、おれは――」ボン・ジョヴィは口ごもった。「ごめん」
「言わないから」サマンサは、まだ間に合うとでも言うように床に視線を落とした。「だ
れにも言わない。約束する」
「おれはたったいまおまえのママを吹き飛ばしたんだぜ。なのに、おまえはここから生き
て出られると思っているのか？」
「だめだ」ボン・ジョヴィが言った。「そんなことのために来たんじゃない」
「おれは借金を帳消しにしてもらうために来たんだ。だが、逆にラスティ・クインに払っ
てもらわなきゃならなくなったようだな」
「だめだ」ボン・ジョヴィが繰り返した。「言っただろう――」
ザックは散弾銃を彼の顔に突きつけて、黙らせた。「おまえはわかっていないらしいな。
おれたちは町を出なきゃいけない。それにはうんと金がかかるんだ。ラスティ・クインが
家に現ナマを置いてることは、みんな知っている」
「家は燃えたの」サマンサが言った。「なにもかも燃えた」
「ファック！」ザックが叫んだ。「ファック！」ボン・ジョヴィを廊下に押し出した。散
弾銃をサマンサの頭に向けたまま、引き金に指をかけている。

「いや！」シャーロットは散弾銃から遠ざけるように、サマンサを床に引きずりおろした。膝に硬い粒があたる。砕けた骨が床に散っていた。サマンサはガンマを見た。蠟《ろう》のような白い手を握った。すでにぬくもりは失われていた。シャーロットはガンマを見た。「死なないで、ママ。お願い。大好きなの。ママが大好きなの」

ザックの声がした。「結末がどうなるか、わかってないふりをしてんじゃねえよ」

サマンサがシャーロットの腕を引っ張った。「チャーリー、立って」

ザックが言った。「おまえの手も血で汚してからじゃなきゃ、ここから出ていかねえからな」

サマンサが繰り返した。「チャーリー、立って」

「いや」シャーロットはボン・ジョヴィがなにを言っているのかを聞き取ろうとした。

「ママを――」

サマンサは抱きあげるようにしてシャーロットを立たせると、椅子に座らせた。「チャンスを見て逃げるのよ」小声でささやく。ガンマが言おうとしたのと同じ言葉だった。

「振り返らないで。ただ走るの」

「なにを話しているんだ？」ザックがテーブルに戻ってきた。ブーツの下でなにかがじゃりじゃりと音をたてた。サマンサの額に散弾銃を突きつける。ガンマの一部が銃身にこびりついているのが見えた。

ザックはサマンサに訊いた。「そいつになんて言った？　逃げろってか？」

シャーロットはザックの気を逸らせようとして、喉の奥で音をたてた。

ザックはサマンサに散弾銃を突きつけたまま、シャーロットに笑いかけた。汚らしい曲がった歯が見えた。「姉ちゃんはなんて言ったんだ？」

シャーロットは、自分に話しかけるときに彼の口調が変わることを考えまいとした。

「ほら、ハニー」ザックは彼女の胸を見つめている。また唇をなめた。「おれたちは仲良くしようぜ」

「や、やめて」サマンサは言った。額に強く押しつけられた散弾銃の先端から、血がたれた。「妹に触らないで」

「おれが話しているのはおまえか？」ザックは散弾銃にさらに力をこめた。その圧力にサマンサの顔が上を向いた。「あ？」

サマンサは奥歯を嚙みしめた。両手を強く握りしめた。まるでお湯がようやく沸点に達したかのようだ。彼女のなかでふつふつと泡立っているのは怒りだった。「妹に手を出さないで、ザカライア・カルペッパー」

ザックはサマンサの反抗的な態度に驚いたらしく、いくらか体をのけぞらせた。

サマンサは言った。「あんたがだれなのか知っているよ、くそったれの変態」

ザックは散弾銃を握り直した。唇がめくれあがる。「まぶたをはがしてやろうか。そうすれば、妹の処女膜をナイフで切り刻んでいるところがよく見えるだろうからな」

ふたりはにらみ合った。サマンサは引きさがらない。シャーロットはこんな姉をこれまでにも見たことがあった。だれの言うことも聞くつもりがないときの、あの日の表情は知っている。ただし、いまにらみ合っているのはラスティでもなければ、学校の意地悪な女友だちでもない。もう少しでだれかを殴り殺すところだった、散弾銃を持った短気な男だ。

シャーロットはラスティのファイルのなかの写真を見ていた。警察の報告書を読んでいた。ザカライアは素手でその男の頭蓋骨にひびを入れたのだ。

シャーロットの口からすすり泣きの声が漏れた。

「ザック」ボン・ジョヴィが言った。「もういいだろう」

シャーロットはサマンサが視線を逸らすのを待ったが、彼女は逸らさなかった。そうするつもりがなかったのかもしれない。そうできなかったのかもしれない。

ボン・ジョヴィが言った。「取引したじゃないか」

ザックは動かなかった。だれも動かなかった。

「取引したはずだ」ボン・ジョヴィが繰り返した。

「そうだな」ザックがボン・ジョヴィに散弾銃を渡した。「おれは約束を守る男だ」

ザックはその場を離れるふりをしたが、獲物に飛びかかるガラガラヘビのように片手が素早く伸びた。サマンサの顔をつかみ、後方へ勢いよく叩きつける。頭が鋳鉄のシンクに音をたててぶつかった。

「やめて！」シャーロットが悲鳴をあげた。

「おれが変態だって？」ザックは唾が顔にかかるくらいサマンサに迫った。「ほかに言うことはないのか？」

サマンサは口を開いたが、声は出なかった。ザックの腕をつかみ、引っ掻き、爪を立てる。彼の爪が眼球をえぐっていた。涙のように血が流れる。サマンサは足をばたつかせた。息を吸おうとあえいだ。

「やめて！」シャーロットはザックの背中に飛びかかって、こぶしで殴りつけた。「やめて！」

ザックはあっさりと彼女を振り払った。シャーロットの頭は壁にぶつかって、にぎやかな音をたてた。視界がぼやけたが、やがてサマンサの姿がはっきり見えた。床に倒れている。血が頬を伝い、シャツの襟にたまっていた。

「サミー！」シャーロットは叫んだ。なにをされたのかを確かめようと、サマンサの目をのぞきこむ。「サム？　あたしを見て。見える？　こっちを見て、お願い！」

サマンサはゆっくり目を開けようとした。まぶたは濡れた紙のように裂けていた。

ザックが言った。「こいつはなんだ？」

バスルームの蛇口を締めるためのハンマー。ザックはハンマーを拾いあげた。シャーロットにウィンクをする。「これでなにができると思う？」

「もういい！」ボン・ジョヴィはザックの手からハンマーをひったくると、廊下に投げ捨てた。

ザックが肩をすくめた。「ちょっとばかり楽しんでるだけじゃないか、兄弟」

「ふたりとも立つんだ」ボン・ジョヴィが言った。「こいつを終わらせよう」

シャーロットは動かなかった。サマンサはまばたきをして、目から血を払った。

「立たせてやれよ」ボン・ジョヴィがザックに言った。「約束しただろう。これ以上、事態を悪くするな」

ザックはごきりと音がするくらい強く、サマンサの腕を引っ張った。サマンサはテーブルにぶつかった。ザックがドアのほうへと彼女を押しやる。今度は椅子にぶつかった。シャーロットはサマンサが転ばないように手を取った。

ボン・ジョヴィがドアを開けた。「出ろ」

シャーロットが先に立ち、サマンサに手を貸しながら横向きにそろそろと階段をおりた。サマンサは目が不自由な人のように、もう一方の手を前に突き出していた。シャーロットは、靴と靴下がそこにあることに気づいた。あれを履くことができれば、逃げられる。サマンサの目が見えるなら。

「見える？」シャーロットは訊いた。「サム、見えてる？」

「見えるよ」サマンサは答えたが、嘘に違いない。まぶたを完全に開けることすらできないのだから。

「こっちだ」ボン・ジョヴィは農家の裏の畑を示した。作付けしたばかりだ。歩いてはいけない場所だが、シャーロットは言われたとおり、サマンサの手を引きながら深い畝に沿って進んだ。

シャーロットはボン・ジョヴィに訊いた。「どこに行くの?」

ザックはサマンサの背中に散弾銃を突きつけた。「歩き続けろ」

「わからない」シャーロットはボン・ジョヴィに言った。「どうしてこんなことをするの?」

ボン・ジョヴィは首を振った。

「あたしたちがなにをしたっていうの? ただの子供なのに。なんでこんな目に遭わなきゃいけないの?」

「黙れ!」ザックが警告した。「ふたりともだ」

サマンサはさらに強くシャーロットの手を握りしめた。においを嗅ぎつけようとする犬のように、顔を高くあげている。姉がなにをしているのか、シャーロットは本能で悟った。二日前、ガンマはこのあたりの立体地図をふたりに見せた。サマンサは地形を思い出そうとしている。

シャーロットも記憶を探った。

隣人の地所は見渡すかぎり広がっているが、そっちは完全に平坦《へいたん》だ。たとえジグザグに走ったとしても、いずれはつまずいて転ぶことになるだろう。敷地の右側の奥は森になっている。そっちにサマンサを連れていくことができれば、隠れるところが見つかるかもしれない。森の反対側には、気象観測用タワーの下に流れこんでいる小川がある。その先は舗装された道路だが、そこを通る人はいない。北に一キロほど行ったところに使われていない納屋がある。隣の農家は三キロほど東。そこを目指すのがいちばんいいだろう。サマンサをそこまで連れていくことができれば、ラスティに電話をして助けてもらえる。

ザックが言った。「あれはなんだ？」

シャーロットは農家を振り返った。ヘッドライトが見えた。遠くからゆっくりと近づいてくる。レノーラのバンではない。「車」

「くそっ。二秒でおれのトラックに気づかれる」ザックはサマンサの背中に散弾銃を押しつけ、歩けと促した。「歩き続けろ。でないと、いまここで撃つぞ」

いま、ここで。

その言葉に、シャーロットは体をこわばらせた。サマンサに聞こえていないことを、その意味を理解していないことを祈った。

「ほかにも方法がある」サマンサは見えていないにもかかわらず、ボン・ジョヴィのほうに顔を向けた。

ザックが鼻を鳴らした。

サマンサは言った。「なんでも望みどおりにするから」咳払いをした。「なんでも」

「はん」ザックが言った。「どっちにしろおれは欲しいものを手に入れるってことが、わからないのか？　ばかな女だ」

シャーロットはこみあげてきた苦いものを飲みこんだ。前方に空き地が見える。あそこまでサムといっしょに走っていくことができれば、隠れる場所を見つけることができれば。

サマンサが言った。「あなたがだってことはだれにも言わない。最後までマスクをしていたって言うから――」

「おれのトラックが私道に止まっていて、おまえらの母親が家のなかで死んでいるのに？」ザックは再び鼻を鳴らした。「おまえらクイン家のやつらはみんな、自分たちが頭がいいと思っている。なんだって口先だけで切り抜けられるってな」

森のなかに身を隠せるような場所があるのかどうか、シャーロットは知らなかった。引っ越してきてからずっと片付けに追われていて、あたりを散策するだけの時間はなかった。シャーロットとサマンサにとって最善の策は、警官のいる農家に駆け戻ることだ。サマンサの手を引いて畑を走ればいい。ブラインドパスのときはサマンサを信じなければいけないといつも言われていたように、今度はサマンサにあたしを信じてもらわなきゃいけない。

サマンサのほうがあたしよりも速く走れる。つまずきさえしなければ――。

「聞いて」サマンサはさらに言い募った。「どちらにしても、あなたたちは町を出なきゃいけない。あたしたちまで殺す理由はないよね？」ボン・ジョヴィのほうに顔を向ける。「お願い、考えてみて。あたしたちを縛っていけばそれでいいはず。どこか見つからないところに、あたしたちを残していけば。あなたたちが町を出ていかなきゃならないことに変わりはないんだもの。これ以上、手を血で汚したくはないよね？」

ボン・ジョヴィはすでに首を振っていた。「悪いね」

シャーロットは指が背中を撫であげるのを感じた。体を震わせると、ザックが笑った。

「妹を逃がしてやって」サマンサが言った。「また十三歳なの。ほんの子供なの」

「子供には見えないがな」ザックはシャーロットの胸をつまむような仕草をした。「いいおっぱいしてるじゃないか」

「黙れ」ボン・ジョヴィがたしなめた。「本気だぞ」

「だれにも話さないから」サマンサはあきらめなかった。「知らない男だって言うから。そうよね、チャーリー？」

「黒人だって言うのか？」ザックが訊いた。「おまえらのパパが無罪にしたやつみたいな？」

シャーロットの胸をザックの指が撫でた。彼に向き直り、吐き捨てるように言う。「小さな女の子たちにあそこを見せたあんたを無罪にしたみたいにって言いたいの?」

「チャーリー、お願いだから黙って」

「喋らせろよ。おれは、やり返せるやつが好きなんだ」

シャーロットは彼をにらみつけた。サマンサの手を引きながら、森のなかを進んでいく。できるだけゆっくりと思いながらも、ザックに並ばれないように足を速めたくてたまらない。

「だめ」シャーロットはつぶやいた。どうして急ぐの? ゆっくり行かなきゃいけない。農家から遠ざかれば遠ざかるほど、彼らを振り切って逃げるのが危険になる。シャーロットは足を止めた。振り返った。キッチンの明かりがかろうじて見える。

ザックは再びサマンサの背中に散弾銃を押しつけた。「歩け」

さらに森の奥へと進むにつれ、シャーロットの裸足の足の裏に松葉が刺さった。空気が冷たくなっていく。乾いた尿でランニングパンツがごわごわしている。太腿の内側がこすれるのを感じた。一歩ごとに、皮膚がすり減っていくようだ。

サマンサを振り返った。目を閉じ、片手を体の前に突き出している。足の下で木の葉がかさこそと音をたてた。細い流れを渡った。水が氷のように冷たい。雲の切れ間から月の光が差しこんだ。遠くに気象観測用タワーの輪郭が浮かびあがっている。錆びた鉄骨が、黒い空を背景にした骸骨のようだ。

自分がどこにいるのか、シャーロットははっきりと理解した。タワーが左手に見えるのなら、東に向かって歩いているということだ。もう一軒の農家は右方向、北に三キロほどのところにある。

三キロ。

シャーロットの最速記録は一マイル（一・六キロ）七分〇一秒だ。平らなところなら、サマンサは五分五十二秒で走れる。森は平らではない。月明かりもどうなるかわからない。サマンサは目が見えない。シャーロットが集中して、うしろではなく前だけを見ていることができれば、きっと一マイル八分で走れるだろう。

シャーロットは前方に目を向け、いちばんいいルート、もっとも障害物の少ないルートを探した。

手遅れだった。

「サム……」シャーロットはよろめくようにして立ちどまった。尿が再び脚を伝う。サマンサの腰に腕をからませた。「シャベルがある。シャベルが」

サマンサは指でまぶたを持ちあげた。目の前にあるものを見て取ると、鋭く息を吸った。二メートルほど先に、黒く湿った地面がぽっかりと口を開けている。土にできた傷のようだ。

シャーロットの歯がかたかた鳴った。ザックとボン・ジョヴィはラスティの墓を掘っていた。いまふたりはそれをサマンサとシャーロットのために使おうとしている。逃げなければ。

シャーロットはようやく理解した。それしかないとわかっていた。少なくとも墓を見分けられるくらいには、サマンサの目は見えている。つまり、走れるくらいには見えるということだ。ほかに方法はない。殺されるのをおとなしく待っているわけにはいかない。

ザカライア・カルペッパーがほかになにを考えているにしても。

シャーロットはサマンサの手を握りしめた。準備はできていると言うように、サマンサが握り返してきた。あとはチャンスを待つだけだ。

「さてと、ぼうや。自分の仕事をしてもらおうか」ザックは散弾銃の台尻を腰で支えながら、もう一方の手で飛び出しナイフを開いた。「銃を使うと音が出る。これでやれ。豚を始末するときみたいに、喉を搔っ切るんだ」

ボン・ジョヴィはその場から動かなかった。

ザックが言った。「話はついたはずだろう。おまえがそいつをやる。チビはおれに任せる」

ボン・ジョヴィが言った。「彼女の言うとおりだ。こんなことをする必要はない。彼女たちを傷つけるはずじゃなかった。そもそも、ここにはいないはずだったんだ」

「いまさらなんだ?」

サマンサはシャーロットの手をさらに強く握った。ふたりして男たちを見つめ、待った。

ボン・ジョヴィが言った。「やってしまったことは仕方がない。これ以上人殺しをして、事態を悪くすることはないんだ。罪のない人間を」

「くそっ」ザックはナイフを畳み、ポケットに押しこんだ。「キッチンで結論が出てただろうが。ほかに方法はないんだ」

「自首すればいい」

「ありえない」

逃げる準備をさせようとしているのか、サマンサはシャーロットを押して、数歩右に移動させた。

ボン・ジョヴィが言った。「おれが自首する。おれがすべての罪をかぶる」

「いいかげんにしろ」ザックはボン・ジョヴィの胸を押した。「おまえの良心が目覚めたせいで、おれがおめおめと殺人罪で捕まるとでも思うのか？」

サマンサがシャーロットの手を離した。

シャーロットは心臓が胃のなかに落ちた気がした。

サマンサがささやいた。「チャーリー、逃げて」

「黙っているよ」ボン・ジョヴィが言った。「おれがやったと言うさ」

シャーロットはもう一度サマンサの手をつかもうとした。逃げる道を教えるには、近くにいなくてはいけない。

「おれのトラックがあるのに？」

サマンサはその手を振り払った。「逃げて」

シャーロットは首を振った。なにを言っているの？　サマンサを置いてはいけない。サマンサをここに残していくわけにはいかない。

「くそったれ」ザックはボン・ジョヴィの胸に散弾銃を向けた。「おれの言うとおりにするんだ。おまえはこのナイフで、その女の喉を掻っ切る。でないと、テキサスなみのでかい穴がおまえの胸に開くことになるぞ」そう言って足を踏み鳴らした。「やれ」

ボン・ジョヴィは自分の銃をザックの頭に向けた。「おれたちは自首する」

「そのいまいましい銃をどけろ、役立たずのくそ野郎が」

サマンサがシャーロットを突いた。「逃げて」

シャーロットは動かなかった。姉を置いていくつもりはない。

ボン・ジョヴィが言った。「おまえが彼女たちを殺す前に、おれがおまえを殺す」

「おまえに引き金を引くだけの根性はないさ」

「やれるさ」

シャーロットはまた自分の歯が鳴る音を聞いた。逃げるべき？　サマンサはついてくる？　そういう意味なの？

「逃げて」サマンサが懇願するように言った。「逃げなきゃだめ」

振り返っちゃだめ。あたしがそこにいることを信じるの。

「金持ちのくそ野郎が」ザックの空いているほうの手がするりと伸びた。ボン・ジョヴィが手の甲で散弾銃を払った。

「逃げて！」サマンサはシャーロットを突き飛ばした。「チャーリー、走って！」

シャーロットは地面にしたたかに尻もちをついた。銃から放たれる閃光が見え、銃身から弾が発射される音が聞こえ、そしてサマンサの側頭部から血しぶきがあがった。

空中で回転するフォークのように、サマンサはまわりながら墓に落ちていった。

どさり。

シャーロットはその穴を見つめ、サマンサが体を起こし、あたりを見まわし、なにかを、なんでもいいから生きていることを示すなにかを言うのを待った。願った。祈った。

「くそっ」ボン・ジョヴィが言った。「なんてこった」それが毒であるかのように、銃を落とした。

地面に落ちた銃がきらりと光るのが見えた。ボン・ジョヴィの顔がショックにおののくのが見えた。にやりと笑ったザックの白い歯が見えた。

シャーロットに向かって。

ザックはシャーロットに向かって笑っていた。

シャーロットは両手と両足のかかとを使って、カニのような格好で逃げた。彼女に近づこうとするザックのシャツをボン・ジョヴィがつかんだ。「これからどうする？」

シャーロットの背中が木に当たった。体重を預けながら、じりじりと立ちあがる。膝が震えていた。手が震えていた。全身が震えていた。シャーロットは墓を見た。サマンサがあのなかにいる。サマンサは頭を撃たれた。ここからでは彼女は見えなかった。生きているのか、死んでいるのか、助けを必要としているのか、それとも――。

「大丈夫さ、スイートピー」ザックが言った。「そこにじっとしているんだ」

「おれは、おれは……」ボン・ジョヴィがつぶやいた。「人を殺した……おれは……」

いい、殺した。

彼がサマンサを殺したはずがない。あの銃の弾は小さい。散弾銃とは違う。それほどの傷じゃないに決まっている。きっとサマンサは無事で、いまは墓に隠れて、起きあがって逃げるチャンスをうかがっているに決まっている。

けれどサマンサは起きあがらなかった。動かなかったし、話さなかったし、怒鳴らなかったし、命令しなかった。

なにか言ってほしかった。どうすればいいかを教えてほしかった。サマンサはなんて言うだろう？　シャーロットになにをしろと言うだろう？

ザックが言った。「おまえはその女を埋めるんだ。おれはこのチビとちょっとばかり楽しませてもらう」

「ちくしょう」

サマンサはなにも言わないだろう。ただここに立ち尽くして、チャンスを無駄にして、サマンサが教えたことをしようとないシャーロットを怒鳴らないし、怒ることもない。

振り返っちゃだめ……あたしがそこにいることを信じるの——頭をさげてそして——。

シャーロットは走り出した。

腕を大きく振った。懸命に足を動かした。木の枝が顔を切り裂く。息ができなかった。胸に針を刺されているみたいに肺が痛んだ。

息を続けて。ゆっくり、規則正しく。痛みが通り過ぎるのを待つの。

サマンサとシャーロットはいちばんの友だちだった。なにをするのもいっしょだった。けれどサマンサが高校にあがるとシャーロットはひとり残されて、姉の注意を引く唯一の方法が走り方を教えてと頼むことだった。

力を抜くの。二歩走るごとに一回息を吸って。一歩で吐く。

シャーロットは走ることが大嫌いだった。ばかみたいだし、苦しいし、あちこちが痛くなる。けれどサマンサと同じ時間を過ごし、サマンサがしていることをして、いつかはサマンサよりうまくできるようになりたかったから、サマンサといっしょにトラックに行き、学校のチームに入り、毎日タイムを計った。日ごとに速くなった。

「戻れ！」ザックが叫んだ。

隣の農家までおよそ三キロ。十二分から十三分というところだろう。シャーロットは男の子より速くは走れなかったが、長く走っていることはできた。彼女にはスタミナがあったし、練習もしていた。体の痛みを無視することを知っていた。空気がカミソリのように感じられるときも、どうすれば息ができるかを知っていた。

知らなかったのは、背後から聞こえるブーツの重たそうな足音、胸のなかで共鳴するそのどすどすという音が引き起こすパニックだ。

ザカライア・カルペッパーが追ってきていた。

シャーロットは速度をあげた。腕を小さく曲げて、肩の力を抜く。自分の脚が、動作の速い機械のピストンだと想像した。足の裏に刺さる松ぼっくりや鋭い石を無視した。体を動かしてくれている筋肉のことを考えた――。

ふくらはぎ、大腿四頭筋、ハムストリング、体幹を締めて背中を保護するの。

ザカライアが近づいてきている。まるで迫りくる蒸気エンジンのようだ。

倒木を飛び超えた。まっすぐ走っていてはいけないとわかっていたから、左を見て、それから右を見た。気象観測用タワーを見つける必要があった。正しい方向に走っていることを確認しなければいけない。振り返ればザカライア・カルペッパーの姿が見えることはわかっていた。彼を見てしまえばさらにパニックがひどくなり、パニックがひどくなればなにかにつまずき、なにかにつまずけば倒れるだろう。

そうしたら、彼にレイプされる。

シャーロットは右に向かった。爪先で土を踏みしめ、方向を変える。ぎりぎりのところで、さらに倒木があることに気づいた。かろうじて飛び越え、妙な格好で着地した。足をひねった。くるぶしの骨が地面に当たった。痛みが脚を駆けあがった。

シャーロットは走り続けた。

走り続けた。

走り続けた。

両足が血でべたべたしている。汗が全身を伝っている。肺は燃えるようだ。だがザカライアにもう一度胸をつかまれたら、もっと熱くなるだろう。胃がきりきりと痛み、腸は溶けたみたいだ。だがザカライアにあれを突っこまれることを思えば、なんでもなかった。

明かりを探した。なんでもいい、人のいる気配を探した。

どれくらい時間がたっただろう？

あとどれくらい走り続けられるだろう？

ゴールラインを想像するの。うしろにいるだれよりも、そこに行きたいと望まなきゃだめ。

ザカライアはなにかを望んでいる。シャーロットはそれ以上になにかを望んでいる――逃げて、サマンサを助けて、ラスティを見つけてすべてを解決してもらうことを。

突然、首をはねられたかと思うほどの強烈な力でうしろから頭をぐいっと引っ張られた。シャーロットの足が前方に浮いた。

背中から地面に叩きつけられた。

自分の口から出た息が、形あるもののように見えた。

ザカライアがシャーロットに覆いかぶさった。体じゅうを撫でまわす。胸をつかむ。ランニングパンツを引っ張る。閉じた口に彼の歯が当たった。シャーロットは彼の目を引っ掻いた。股間に膝蹴りをしようとしたけれど、脚を曲げることができなかった。

ザカライアは体を起こし、シャーロットにまたがった。

シャーロットはひたすら彼を叩き、とんでもなく重いその体を振り落とそうとしたが無駄だった。

ザカライアはベルトをはずした。

シャーロットの口が開いた。悲鳴をあげるだけの空気が残っていない。めまいがした。胃のなかのものが喉までこみあげてきた。目を閉じると、宙に浮くサマンサが見えた。また同じことが繰り返されているかのように、サマンサの体が墓に落ちるどさりという音が聞こえた。次にガンマが見えた。キッチンの床に。キャビネットに背中を向けて。

真っ白な骨。心臓と肺の一部。腱と動脈と静脈と命が、ぽっかり開いた傷口からこぼれ出ていた。

「いや!」チャーリーは叫び、両手でこぶしを作った。ザカライアの胸を叩き、顔の向きが変わるくらい強く顎を殴りつけた。彼の口から血しぶきが飛んだ——ガンマのときのような細かい粒ではなく、大きな滴だ。

「くそあま」ザカライアはシャーロットを殴ろうとして振りかぶった。

シャーロットは視界の隅になにか動くものを見た。

「彼女から離れろ!」

ボン・ジョヴィがどこからか飛びこんできて、ザカライアを地面に押し倒した。こぶしを振りまわす。ザカライアがシャーロットにまたがっていたように、ザカライアにまたがった。風車のように腕をまわし、ザカライアを殴りつける。

「このくそったれ!　殺してやる」

シャーロットはあとずさって男たちから離れた。両手を地面に食いこませるようにして体を支え、ようやくのことで立ちあがった。ふらついた。目をこすった。顔と首にこびりついていた乾いた血が、汗で液体に戻っている。目が見えないサマンサのように、その場で一回転した。方角がわからなくなっていた。どっちに向かって走ればいいのかわからない。ここにいてはいけないことだけはわかっていた。

再び森に駆け戻ると、足首が悲鳴をあげた。もうタワーを捜してはいない。水の流れる音も聞いていないし、サマンサを捜そうともしていないし、農家を目指してもいない。ただ走り、それから歩き、それからあまりの疲労感に這いずりたくなった。

やがてシャーロットはあきらめて膝をつき、四つん這いになった。

背後から迫る足音に耳を澄ましたが、聞こえるのは自分の口から漏れる激しい息遣いだけだった。

吐いた。胃液が地面に当たり、跳ね返って顔に当たった。倒れこみたかった。目を閉じて、眠りに落ちて、すべてが終わった一週間後に目覚めたかった。

サマンサ。

墓のなか。

頭を撃たれた。

ガンマ。

キッチンで。

真っ白な骨。

心臓と肺の一部。

腱と動脈と静脈と命が、ザカライア・カルペッパーが撃った散弾銃のせいで一瞬で消えた。

シャーロットは彼の名前を知っている。ボン・ジョヴィの体格も、声も、ガンマが殺されたとき黙って立っていた様子も、サマンサの頭を撃ったときその手がどんなふうに弧を描いたのかも、ザカライアが彼を兄弟と呼んだことも知っている。

兄弟。

きっとふたりの死を見届ける。死刑執行人がふたりを木の椅子に縛りつけて、火がつかないようにスポンジをのせた頭に金属の帽子をかぶせて、電気椅子で処刑されることを知ったザカライア・カルペッパーの脚のあいだを尿が伝うのを、きっと見届ける。

シャーロットは立ちあがった。

ふらついたが、やがて歩きだし、それからゆっくりと走り、そしてやっと、ようやくのことで隣の農家のポーチの明かりが見えた。

7

サム・クインは左、右、そしてまた左と交互に腕で水をかきながら、スイミングプールの細いレーンを泳いでいた。冷たい水を三回かくごとに顔を横に向け、長く息を吸う。足で水を打つ。次の息継ぎを待つ。

左―右―左―息継ぎ。

クロールの単純さと落ち着いた感じが好きだった。泳ぐことだけに意識を集中させなければならないから、無関係なすべての事柄が頭から消えていく。水のなかでは電話は鳴らない。緊急の会議を知らせるラップトップのアラーム音は聞こえない。プールにメールは届かない。

ゴールがすぐそこにあることを知らせる二メートルラインが見えて、力を抜いた。指がプールの壁に当たる。

荒い息をしながらプールの底に足をつき、水泳用腕時計を見た。二・四キロメートル百五十秒／百メートル。つまり二十五メートルを三十七・五秒で泳いだということだ。

昨日の記録とほとんど変わらなかったから、その数字にサムはがっかりした。負けず嫌いの性格は、自分の肉体的能力の限界をかたくななまでに受け入れようとしない。プールの反対側の縁に目をやり、もう一度泳ごうかどうしようかと考えた。

やめておこう。

今日は誕生日だ。オフィスまで杖《つえ》をついていかなければならないほど、疲れるのは避けたい。

プールの縁から体を引きあげた。手早くシャワーを浴びた。指先にしわが寄っていて、エジプト綿のタオルに当たるとざらざらした。水中に長くいると手や足の指にしわが寄るのは、物をつかみやすくするための体の反応なのだと説明する母親の声が、頭のどこかから聞こえた。

ガンマが死んだのは四十四歳のときだ。いまの自分と同い年だ。

正確に言えば、あと三時間半で同い年になる。

エレベーターで自分の部屋に戻るあいだ、サムは度の入ったゴーグルをかけたままでいた。クロムメッキのドアに彼女の姿が映っている。すらりとしている。黒いワンピースの水着。早く乾くように、手で髪をかきあげた。二十八年前、農家の裏の森に入っていったときには、カラスの羽根のような黒髪だった。約ひと月後に病院で目覚めたときには、剃《そ》りあげられた頭から白い髪が生え始めていた。

教室のうしろにいたり、スーパーマーケットでワインを買っていたり、公園を歩いていたりする白髪の老女が実は若い娘であることを知ったときの驚いた表情や、二度見されることには慣れていた。

だが、最近はそういうことも少なくなってきたと認めざるを得ない。いつだったか夫に、そのうち顔が髪にふさわしくなると言われたことがあった。

エレベーターのドアが開いた。

サムの部屋の天井まである壁一面の窓から太陽の光が差しこんでいる。眼下では、ファイナンシャル・ディストリクトがすでに目を覚ましていたが、車のクラクションやクレーンの音や様々な騒音は三重のガラスに遮られていた。

サムはキッチンに入り、明かりを消した。ゴーグルを眼鏡に変えた。猫に餌をやった。ケトルに水を入れた。茶こし《ティー・インフューザー》とマグカップとスプーンを用意したが、お湯が沸くのを待つことなくリビングルームに置いてあるヨガマットに向かった。

眼鏡をはずした。筋肉の柔軟性を保つためのストレッチをした。最後はマットの上で脚を組んだ。膝の上に両手の甲をのせた。中指と親指の先が軽く触れるように輪を作った。目を閉じ、深く息を吸って、脳のことを考えた。

撃たれてから数年後、精神科医は脳の運動野のホムンクルスをサムに見せた。銃弾が通った場所を彼女に見せて、どの部位が損傷したかを理解させようとした。最低でも一日に一度はその部位のことを考え、できるかぎりの時間を割いてひとつひとつのひだやしわについて想像し、脳と肉体が以前のように完璧に連携して働いているさまを思い浮かべるようにと言った。

サムは抵抗した。ただの希望的観測か、もしくはほとんどまじないのようにしか思えなかった。

だがいまは、それが頭痛を防ぎ、心の平静を保つ唯一の方法だった。

脳について徹底的に調べ、MRIを見、難解な神経学の学術書を読んだが、瞑想《めいそう》によって最初に描かれた図が新しいものになることはなかった。サムの心の目には、左の運動野と感覚野が交わるところは、必ず鮮やかな黄色と緑に見えていて、それぞれの場所には対応する体の部位の名前が書かれていた。爪先。足首。膝。腰。胴。腕。手首。指。

無言のまま全体を構成するそれぞれの場所を心のなかでたどっていくと、対応する部位に似たようなうずきを感じた。

銃弾はサムの頭の左側、耳のすぐ上から入った。脳の左側は右半身、右側は左半身をコントロールする。医学的に言えば、サムの脳が受けた損傷は表面的ということになる。だがサムは、〝表面的〟という言葉は誤解を招くと常々考えていた。確かに、銃弾は中脳を通ってはおらず、脳の奥にある辺縁系を傷つけたわけでもない。だが言語を発する役目を担うブローカ野や、他人の言語を理解する働きをするウェルニッケ野や、右半身の動きをコントロールする様々な部位は、残酷なまでに傷を負っていた。

表面的——うわべだけにとどまっているさま。取るに足りない、上っ面の、事実ではない見かけ。

サムの頭には金属のプレートが埋めこまれている。耳の上には長さも幅も人差し指と同じくらいの傷がある。

あの日の記憶は断片的だ。はっきり覚えていることはわずかだった。チャーリーがバスルームをひどい有様にしたことは覚えていた。カルペッパー兄弟のこと、彼らのにおい、彼らに対する恐怖は覚えていた。ガンマの死を目撃した記憶はなかった。墓からどうやって這い出したのかは覚えていなかった。チャーリーが尿を漏らしたことは覚えていた。ザカライア・カルペッパーに怒鳴ったことは覚えていた。チャーリーは逃げなきゃいけない、安全なところに行かなきゃいけない、自分がどうなろうと彼女は生きなきゃいけないと、痛いほどに望んだことは覚えていた。

理学療法。作業療法。言語療法。認知療法。トークセラピー。アクアセラピー。サムは再び話すことを学ばなければならなかった。考えることを。結びつけることを。会話することを。書くことを。読むことを。理解することを。ひとりで着替えることを。自分の身になにが起きたかを受け入れることを。以前とは変わったという事実を認めることを。勉強の仕方を。学校に戻ることを。自分の思考過程を言葉にすることを。修辞学と論理と動作と機能と構造を。

サムは、回復期に入った最初の一年は昔のレコードのようだったと思うことが時々あった。病院で目を覚ましたときは、なにもかもが間違った速さで演奏されていた。言葉が出てこない。ケーキのどろりとした生地にからまったように、思考が滞る。三分百回転の速さに戻すことはとても不可能に思えた。だれもできるとは思わなかった。魔法を起こせるかもしれない唯一の希望が、サムの年齢だった。もしも頭を撃たれるのなら、十五歳のときがいいだろうと医者のひとりが言ったように。

サムは腕をつつかれるのを感じた。飼い猫のフォスコ伯爵が朝食を終えて、構ってもらいたがっている。耳を掻いてやり、ごろごろと喉を鳴らす音を聞きながら、サムは瞑想などやめてもっとたくさん猫を飼うべきだろうかと考えていた。

眼鏡をかけた。キッチンに戻り、ケトルのスイッチを入れる。マンハッタンのダウンタウンを太陽が斜めに照らしている。目を閉じて、全身でぬくもりを感じた。目を開けてみると、フォスコも同じことをしているのがわかった。キッチンの床下からの放射熱が好きらしい。サムは朝目が覚めたとき、素足にいきなり感じる温かさに慣れることができずにいた。新しいアパートメントには、以前の部屋にはなかった新しい機能がついていた。

新しいアパートメントに越してきた理由がそれだ——以前のアパートメントを思い出させるものがなにもない。

お湯が沸いた。マグカップに注ぐ。紅茶の葉を蒸らすため、タイマーを三分半にセットした。冷蔵庫からヨーグルトを出して、引き出しから取り出したスプーンでグラノーラと混ぜた。眼鏡を読書用のものに取り換えた。彼女の目は多焦点レンズに適応できなかった。携帯電話の電源を入れた。

仕事のメールが数通、友人からの誕生祝いがいくつかあったが、サムはあるだろうと思っていたものを見つけるまで画面をスクロールした。妹の夫ベン・バーナードからの誕生祝いのメール。彼とは遠い昔に一度会ったきりだ。どこかですれ違っても、どちらもわからないだろう。ベンはチャーリーに対して責任と愛情を抱いていたから、彼女ができないことを代わりにしてくれているのだ。

ベンのメッセージを見て笑みが浮かんだ。ミスター・スポックがヴァルカン式挨拶をしている写真に〝あなたの誕生日を祝うことが論理的であると考えます〟と記されたメッセージだった。

サムがベンに返信したのは一度きりで、9・11のときに無事であることを伝えただけだった。

タイマーが鳴った。サムは紅茶にミルクを入れると、カウンターに戻った。

ブリーフケースからメモ帳とペンを取り出した。仕事のメールを開き、返事を書いたり、転送したり、補足したりして、紅茶が冷たくなり、ヨーグルトとグラノーラがなくなるまで作業を続けた。

フォスコがカウンターに飛び乗って、ボウルの中身を確かめた。

サムは時計を見た。シャワーを浴びて、オフィスに行く時間だ。

携帯電話に視線を向けた。カウンターをこつこつと指で叩く。

画面をスワイプして、ボイスメールを開いた。

予期していた、もう一通の誕生祝いのメッセージ。

父親とはもう二十年以上も顔を合わせていない。法科大学院に通っていたころ、話すのをやめた。喧嘩をしたわけでも、縁を切ったわけでもない。前日まではひと月に一、二度電話をかけるいい娘だったのが、ある日突然そうではなくなっていた。

初めのうちラスティは連絡を取ろうとしてきたが、サムが返事をせずにいると、授業中に寮へ電話をかけてメッセージを残すようになった。決して押しつけがましくはなかった。サムが寮にいるときでも、話がしたいとは言わなかった。折り返し、電話が欲しいと言ったことは一度もない。いつでも必要なときには自分がいるとか、サムのことを考えていたとか、どうしているかと思ってかけたとか、メッセージの内容はそんなことばかりだった。

その後は、毎月第二金曜日と誕生日に欠かさず電話をかけてくるようになった。

サムが地方検事の下で働くためにポートランドに引っ越したときは、毎月第二金曜日と誕生日にサムのオフィスにメッセージを残した。

ニューヨークの特許法律事務所で新たなキャリアに踏み出したときは、毎月第二金曜日と誕生日にサムのオフィスにメッセージを残した。

そして携帯電話というものが登場すると、毎月第二金曜日と誕生日にはサムの折り畳み式電話に、やがてレーザーに、そしてノキアに、さらにはブラックベリーにボイスメールを残すようになった。そしていま彼女のｉＰｈｏｎｅは、誕生日の今朝五時三十二分にラスティが電話をかけてきたことを教えていた。

正確ではないにしろ、ラスティの電話の内容はだいたい予想がついた。長年のあいだに一風変わったメッセージが定着していた。

まずは威勢のいい挨拶から始まって、その後は天気についての報告が続く。どういうわけかラスティは、パイクビルの天気が大事だと思っているらしい。それから電話をかけてきた日にまつわる蘊蓄《うんちく》を語ってから、別れの挨拶の代わりにまったく無関係な言葉を残すのだ。

不在着信を示すピンク色の文字でラスティの名前を見るたび、サムが顔をしかめていた時期があった。なにも考えずにそのメッセージを消去するか、もしくは容量がいっぱいになって消えてしまうまで未読のまま放置した。

今回はメッセージを再生した。

「おはよう、サミー・サム！」ラスティの轟くような声が響いた。「こちらはラッセル・

T・クイン、どうぞよろしく。現在気温摂氏六度、南西の風風速三キロ。湿度は三十九パーセント。気圧は三十で安定している」サムは戸惑ったように首を振った。「今日は、一五三六年にアン・ブーリンが捕まってロンドン塔に連れていかれたまさにその日だと教えるために、おまえに電話したんだ、愛しいサマンサ。四十四歳の誕生日におまえが首をはねられないようにね」ラスティはいつも自分のジョークに笑う。サムは締めくくりの言葉を待った。「〝クマに追われて退場〟（シェイクスピアの『冬物語』の有名なト書き）」

サムは小さく笑った。ボイスメールを削除しようとしたところで、ラスティが珍しく言葉を継いだ。

「おまえの妹がよろしくと言っていた」

サムの眉間にしわが寄った。最後の箇所をもう一度再生する。

「……退場」ラスティが言い、一拍の間のあとで、「おまえの妹がよろしくと言っていた」

チャーリーがそんなことを言うはずがない。

最後にチャーリーと話をしたときが——ふたりが同じ部屋にいた最後の時間だ——ふたりの関係の終わりのときだった。これっきり二度と話をする必要もなければ、話をしたいと思うこともないとふたりともわかっていた。

チャーリーはデュークの最終学年で、大手法律事務所の面接を受けるためにサムのいるニューヨークにやってきた。チャーリーは姉に会いたかったわけではなく、彼女の部屋を地球でもっとも物価の高い街のひとつに無料で滞在できる場所として使いたかっただけなのだと気づいていたが、最後に会ってから十年近くがたっていたから、大人としての新たな関係を妹と築くことをサムは楽しみにしていた。

チャーリーと会って最初にショックを受けたのは、彼女が見知らぬ男性といっしょだったことではなく、その男性が彼女の夫だということだった。チャーリーはひと月も交際しないうちにベン・バーナードと結婚し、相手のことをまだなにも知らないうちから法的に自分を縛りつけていた。無責任で危険な決断だ。ベンが地球上でだれよりも親切でまともな人でなければ——チャーリーに首ったけであることは言うまでもなく——サムは、妹の衝動的で愚かな行動に激怒していただろう。

ふたつ目のショックは、チャーリーがすべての面接をキャンセルしていたことだった。きちんとしたビジネス用の服を買うようにとサムが送ったお金で、チャーリーはマディソン・スクエア・ガーデンで行われるプリンスのコンサートのチケットを買っていた。

そして最後が、もっとも大きなショックだった。

チャーリーはラスティといっしょに仕事をしようとしていた。

父親と同じ建物を使うだけで、実際の仕事をいっしょにするわけではないとチャーリーは言い張ったが、サムにとっては同じことだった。

ラスティは仕事で危険を冒し、その危険は家までついてきた。ラスティのオフィス——

チャーリーがこれから共有しようとしているオフィス――を訪れる人間は、あなたの家を燃やし、あなたを捜して家までやってきて、あなたがいないことがわかると母親を殺し、姉を撃ち、あなたをレイプしようとして散弾銃を持って森のなかを追いかけまわすような人たちなのよ。

サムとチャーリーは再会直後に決定的な口論をしたわけではなかった。チャーリーが予定していた五日間の滞在のうちの最初の三日は、言い争いが断続的に続いていただけだ。そして四日目、サムはとうとう爆発した。

サムは怒りに火がつくのに時間がかかるタイプだ。だからこそ、目の前に死んだ母が横たわり、妹が尿にまみれるなか、血で汚れた散弾銃を顔に突きつけられながら、ザカライア・カルペッパーに食ってかかったのだ。

脳の怪我のあと、サムは怒りをコントロールできなくなった。前頭葉と側頭葉への損傷は、ときに暴力を伴う衝動的な怒りを引き起こすという研究結果があるが、サムの怒りはそんな科学的な説明がかすんでしまうくらい激しかった。

直接暴力はふるわなかったが――わずかな慰めでしかない――、まるで狂気に支配されているかのように物を投げ、壊し、大切にしていた物にまであたった。だがそれも、鋭い舌鋒《ぜっぽう》が与えたダメージに比べれば、ささいなことでしかなかった。憤怒《ふんぬ》に支配されたサムは酸のように憎しみをまき散らした。

その後、瞑想のおかげで感情を落ち着かせることができるようになった。プールで泳ぐことで、不安をプラスの方向に転じられるようになった。

だが当時は、サムの悪意に満ちた怒りを止められるものはなにもなかった。

チャーリーは甘やかされている。わがままだ。子供だ。ふしだら女だ。父親にばかり取り入ろうとして。ガンマを愛したことなんかない。わたしを愛したことなんかない。あの日、わたしたちがキッチンにいたのはあなたのせいよ。あなたのせいでガンマは殺された。あなたは死にかけているわたしを見捨てた。ひとりで逃げた。いままた逃げ出そうとしているみたいに。

少なくとも、最後の部分だけは事実になった。

チャーリーとベンは夜中にダラムに戻っていった。わずかな荷物をまとめようとすらしなかった。

サムは謝った。もちろん謝った。当時の学生にはボイスメールもメールもなかったから、キャンパスの外にあるチャーリーのアパートに宛てて、ふたりが残していった荷物を詰めた箱といっしょに配達証明郵便を送った。

チャーリーに手紙を書くのは、それまでの人生で間違いなくいちばん難しいことだった。チャーリーを愛していること、ずっと愛してきたこと、彼女は特別な存在で、彼女との関係は大切なものであることを書いた。ガンマがチャーリーを愛し、大切に思っていたこと。

ラスティがチャーリーを必要としているのはわかっていること。チャーリーは父親に必要とされていると感じる必要があること。チャーリーは幸せになって、幸せな結婚をして、子供――たくさんの――を持つのにふさわしいこと。チャーリーは自分で決断をくだせるくらい大人であること。だれもが彼女を誇りに思っていて、彼女のために喜んでいること。許してもらえるなら、なんでもするつもりであること。

「お願い」サムは手紙の最後に書いた。「信じてちょうだい。わたしが何カ月もの苦しみ、何年ものリハビリ、今後も続く慢性の痛みを耐えることができたのは、わたしの犠牲が、そしてガンマの犠牲さえもが、あなたに逃げるチャンスを与えたという事実があったからなのよ」

返事が届いたのは六週間後だった。

それは、短くて、正直で、複雑な一文だけの手紙だった。「姉さんを愛しているし、姉さんがわたしを愛してくれていることもわかっているけれど、わたしたちは顔を合わせるたびになにがあったかを思い出してしまうから、そのたびにうしろばかりを見ていたらどちらも前には進めない」

妹はサムが思っていたよりもずっと賢明だった。

サムは眼鏡をはずした。そっと目をこする。まぶたの傷は点字のように感じられた。〝表面的〟という言葉についてはおおいに文句はあったが、サムは傷を隠すために最大限の努力をしていた。恥ずかしいと思ったからではなく、人が興味を示すからだ。〝頭を撃たれたの〟というのは、会話を中断させるもっとも有効な台詞だった。

まぶたのピンク色に盛りあがっている箇所は化粧で隠した。美容院で三百ドルかけて、側頭部の傷をわからないようにしてもらっている。足取りがもつれかかったときにもごまかせるように、ゆったりした黒いズボンとシャツを身につけるようにしていた。話をするときは、はっきり発音するように心がけたし、疲れのせいでうっかりしたことを口走りそうなときは、黙っているようにした。杖が必要な時期もあったが、肉体を酷使すればさらに肉体を酷使する結果になることを、歳月と共に学んでいた。遅くまで仕事をして、六ブロック先の自宅まで車で帰りたいと思ったときは車に乗った。

今日はオフィスまでの六ブロックを比較的楽に歩いた。誕生日を祝って、いつもの黒い装いに色鮮やかなスカーフを加えた。左に曲がってウォールストリートに入ると、イースト・リバーからの強烈な風が吹き抜けた。マントのようにスカーフが背中で舞った。サムは笑いながらシルクのスカーフと格闘した。首に巻き直し、端をゆったりと結びながら、新たに地元となった場所を歩いていく。

このあたりに暮らすようになってからまだ日は浅いが、サムは昔からここの歴史が好きだった。ウォールストリートの〝ウォール〟は実際に、ニューアムステルダムの北の境界線として作られた木材の壁《ウォール》だった。パールストリートやビーバーストリートやストーンストリートは、背の高い木の帆船が接岸した場所から延びる泥の道沿いで、オランダの商人がそういったものを売ったことにちなんでつけられた名前だ。

十七年前、初めてニューヨークに来たとき、サムは働く法律事務所を選べる立場にいた。特許法の世界では、スタンフォード大学の機械工学の修士号は、ノースウェスタン大学の法律の修士号よりも価値がある。サムはニューヨーク州の司法試験と特許法の司法試験の両方に一度で合格した。多様性《ダイバーシティ》をなんとしても進めなければならない男性中心の分野では、サムは貴重な存在だった。事務所からのオファーは、事実上、哀願に近かった。

サムが選んだのは、エレベーターと温水プールがあるアパートメントの頭金を払えるだけの契約金を提示した最初の事務所だった。

そのアパートメントはチェルシーにあって、高い天井とビクトリア時代の屋内水泳場のようなスイミングプールが地下に作られた戦前の美しい中層建築だった。その後サムの財政状況は急速に上向いたが、夫が亡くなるまでは寝室がふたつの狭苦しいアパートメントで満足して暮らしていた。

「誕生日、おめでとうございます」エレベーターのドアが開くと、アシスタントのエルドリンが待っていた。サムの毎日は判で押したように同じだったから、秒単位で行動を予測することができる。

「ありがとう」サムは彼にブリーフケースを預けたが、ハンドバッグは手放さなかった。

エルドリンはサムと並んでオフィスに向かいながら、いつものように今日のスケジュールを告げた。「UXHのミーティングは第六会議室で午前十時半からです。アトランタと午後三時に電話会議の予定ですが、午後五時から非常に重要なミーティングがあるとローレンスに言っておきました」

サムは微笑んだ。友人と誕生日祝いに一杯やることになっている。

「来週のパートナーミーティングについて、緊急の案件があります。要点を明確にしておく必要があります。机の上に置いておきましたから」

「ありがとう」サムは給湯室に寄った。エルドリンに紅茶を持ってきてもらうつもりはなく、これが毎朝の日課だった。

「今朝、カーチスから電話をもらった」サムはカウンターの上の缶からティーバッグを取り出した。「コカ・コーラの宣誓証言があるから、来週はアトランタに行きたいの」シュテーリク・エルトン・マロリー・アンド・サンダース法律事務所は、よりによってアトランタに出張所があった。サムは毎月のようにアトランタに行き、フォーシーズンズ・ホテルに泊まり、二ブロック歩いてピーチツリー・ストリートのオフィスに向かうことにしていた。パイクビルまでは州間高速道路で二時間だという事実には、気づかないふりをした。

「手配しておきます」エルドリンは冷蔵庫から牛乳を取り出した。「もしグレンジャーが――ああ、ひどい」彼は、隅に置かれている音を消したテレビを見ていた。図が不気味にまわりながら画面に現れた。学校乱射事件。

銃による暴力の被害者であるサムは、銃乱射事件のニュースを聞くたびに震えあがるのだが、たいていのアメリカ人同様、毎月のように起きるそういった事件にもいくらか慣れてきていた。

画面には幼い少女の写真が映った。学校のアルバムに使われているものだろう。写真の下にはルーシー・アレクサンダーと書かれていた。

サムは紅茶にミルクを足した。「学生のころ、ピーター・アレクサンダーという名前の子とデートしたわ」

サムのあとについて給湯室を出ていきながら、エルドリンは眉を吊りあげた。普段のサムは、めったに私生活の話をしない。

サムはそのままオフィスに向かい、エルドリンは一日のスケジュールの説明を続けたが、ろくに聞いていなかった。ピーター・アレクサンダーのことを思い出したのは久しぶりだ。気まぐれな少年で、アーティストとして生まれついた人間の苦しみについて、つまらない話を長々と聞かされたものだ。彼には胸を触らせたが、それはただ、どんなふうに感じるかを知りたかったからだ。

そのときピーターは自分がなにをしているのかわかっていなかったから、はっきり言って、汗ばんだだけだった。

サムは、日当たりのいい角のオフィスのなかでひと際目立つ、机の脇のガラスと金属の塊の上にハンドバッグを置いた。ファイナンシャル・ディストリクトで働く大方の人間同様、そこから見えるのは隣のビルだ。ウォールストリートの高層ビル街が作られたときにはまだ、敷地の境界線からの《セットバック》距離の規制はなかった。ほとんどの建物はおよそ六メートルの歩道で道路から隔てられているだけだ。

サムがコンピューターの脇に置かれたコースターにカップをのせているあいだに、エルドリンは話を終えた。

サムは彼が出ていくのを待って、椅子に腰をおろした。ブリーフケースから読書用眼鏡を取り出す。十時半のミーティングに備えて、メモを見直し始めた。

特許法を仕事にすると決めたとき、それが巨額な金の動きに関わるものであることは理解していた。とんでもなく裕福な企業が、新しいスポーツシューズによく似たストライプ模様を使ったとか、自分たちのブランドの色を取り入れたと言って別のとんでもなく裕福な企業を訴え、非常に高額な弁護料を取る弁護士が、シアンの色の割合だのなんだのといったことを退屈しきった裁判官に訴えるのだ。

微積分の創案者はどちらかで、ニュートンとライプニッツが争った日々は遠い昔だ。サムは一日のほとんどを、デザイン図の細部を注意深く眺めたり、ときに産業革命の時代にまでさかのぼって、特許出願について調べたりすることに費やしている。

サムはその仕事のすべてが好きだった。科学と法律を融合させるのが好きだった。自分は父親と母親のいちばんの利点を受け継いで、満足できる人生を送っていると考えるのが好きだった。

エルドリンがガラスのドアをノックした。「最新情報です。学校の銃乱射事件は北ジョージアであったみたいですよ」

サムはうなずいた。〝北ジョージア〟は、アトランタ以外のすべての場所にとっての物置のようなものだ。「被害者は何人？」

「たったふたりです」

「ありがとう」サムは〝たった〟という言葉を深く考えないようにした。エルドリンの言うとおり、ふたりというのは被害者の数としては少ない。明日にはニュースにもならなくなっているだろう。

サムはコンピューターの電源を入れた。十時半のミーティングの前に内容をしっかり頭に入れておきたかったから、弁論趣意書の草稿を開いた。UXHファイナンシャル・ホールディングLTDの子会社サニレディ対日本デベロップメント・リソーシズ・インクの子会社レディメイト・コープの訴訟について、二年目のアソシエイトが要約を試みたものだ。六年間の堂々巡りと二度の調停失敗とほとんどが日本語の罵り合いを経て、この件は裁判にかけられることになった。問題となっているのは、公衆トイレの仕切りに取りつける汚物入れの自動で閉まる蓋の動きをコントロールする蝶番《ちょうつがい》のデザインだ。レディメイト・コープはフェミジェニや、元祖であるレディメイト、タフガイという妙な名前のものなど、同じような容器を製造していた。

この訴訟に関わる人間のなかで、そういった容器を実際に使用しているのはサムだけだった。デザインの際に相談を受けていたなら、どれも〝できそこない〟と名付けていただろうに。女性がそういった容器を使うときに真っ先に浮かぶのが、その言葉だからだ。のみならず、サムならばねを使った長蝶番をデザインしていただろう。ふたつの部品に〇・〇三セントの余分な製造コストがかかるにせよ、裁判に負けたときの損害賠償金はもちろんのこと、特許侵害訴訟に数百万ドルの裁判費用をかけるよりはいい。

コンピューター上の弁論趣意書だけでは、UXHも損害賠償金のことはよく理解できないかもしれない。特許法は言葉を飾り立てるものではないのだが、草稿を書いた二年目のアソシエイトは耳障りのいいものにまとめあげていた。

サムがポートランドの地区検察局に三年勤務したのは、それが理由だった。法廷で通用する言葉を使えるようになりたかったからだ。

サムは草稿を読み進め、メモを取り、長い文章をシンプルなものに書き換え、相手方の弁護士を不安にさせるために末尾に少しだけ美辞を加えた。サムと初めて会ったとき、砂糖を二杯入れたコーヒーを持ってくるようにと彼女に命じ、待つのは嫌いだとボスに伝えるように言った男だ。ガンマはいろいろな面で正しかった。サム・クインは、サマンサ・クインよりはるかに敬意を払ってもらえる。

十時三十四分、サムはいちばん最後に会議室に入った。最後に行くのはわざとだ。遅れてきた人間を叱りたくはない。

テーブルの上座に座った。ミシガンやハーバードやMITの学位を持つ、うぬぼれに満ちた白人の若い男たちを見まわす。うぬぼれるのも当然かもしれない。彼らが座っているのは、世界でもっとも重要な特許法律事務所のガラスに囲まれたぴかぴかのオフィスなのだから。彼らが自分たちを重要人物だと思っているとしたら、それはいずれそうなるからだ。

だがいまはとりあえず、サムに認めてもらわなければならない。サムは彼らから新しい情報を聞き、提案された戦略に意見を言い、たいていは彼らが自分で過ちに気づくまでいろいろな観点から考えさせる。サムは無駄のないミーティングをすることで知られていた。判例を調べ、一九六〇年以降この特許がどのように使われてきたのかをより深く反映させて、明日までに草稿を書き直すように命じた。

サムが立ちあがると、全員が立ちあがった。サムは、成果を楽しみにしていると当たり障りのない言葉を残し、会議室を出た。

男たちは一定の距離を置きながら、サムのあとをついてきた。全員が建物の同じ側で仕事をしているからだ。サムはオフィスまでの長い廊下を歩きながら、ガチョウの群れにつきまとわれているようだと思うことが時々あった。自分の名前を覚えてもらおうとして、あるいはサムを怖がっていないことをほかの者たちに見せつけようとして、いつものごとくひとりが前に出てきた。誕生日おめでとうございますと言い残して、別の会議に行った者が数人。だれかが、ヨーロッパの旅はどうでしたかと尋ねてきた。別の若者は長々と話をしながらオフィスのドアまでついてきて、祖母がデンマーク生まれだというところで締めくくった。いくらか熱心すぎるのは、サムが近々この事務所の共同経営者になるという噂が流れているからだろう。

サムの夫はデンマーク生まれだった。

アントン・ミケルセンはサムより二十一歳年上のスタンフォード大学の教授で、サムは彼の『ローマ帝国に見る工学』を受講していた。アントンが自分の研究に向ける情熱にサムは魅了された。世界に感動できる人間にサムは常に惹《ひ》かれた。自分の内ではなく、外に目を向ける人間が好きだった。

だがアントンのほうは、学生であるサムに興味を示すどころかあえて距離を置いていたので、自分がなにか間違ったことをしたに違いないとサムは考えていた。彼から連絡があったのは、サムがスタンフォード大学を卒業し、ノースウェスタン大学の二年生になってからだった。

スタンフォードでは、男性優位の分野で学ぶ女性はごくひと握りしかいなかった。一部の教授たちからたまにメールが送られてきた。その件名は、省略記号を多用したせっぱつまったものが多かった。〝あなたの姿が頭から消えない……〟とか〝あなたにぜひ……助けてもらいたい……〟というような。あたかも欲望で頭がどうにかなっていて、サムだけがその痛みを和らげることができるとでも言いたげだった。サムがそのままスタンフォードで博士号を取るのではなくロースクールに進学したのは、そういった教授たちが理由のひとつだった。その手の女好きで哀れな中年男に論文を指導されるのは、とても耐えられなかった。

アントンが初めてメールを送ってきたとき、同僚たちの評判はよくわかっているようだった。

〝このメールを不愉快に感じたなら、申し訳ありません〟彼のメールにはそう書かれていた。〝わたしの仕事上の権限があなたが選んだ分野と重ならず、また影響を及ぼさないようになるまで、三年待ちました〟

アントンはスタンフォードを早期退職し、海外技術系企業のコンサルタントになっていた。彼はサムの近くにいられるようにニューヨークに自宅を構え、四年後、サムがいまの法律事務所のアソシエイトとなったときに結婚した。

アントンは、それまで想像もしたことのなかった世界をサムに教えてくれた。ふたりで行った初めての海外旅行は夢のようだった。大学一年生のときに友人たちとティファナに行ったことがあるだけで、それ以外サムはアメリカを出たことはなかった。アントンは、子供のころ母方の親戚と夏を過ごしたというアイルランドに彼女を連れていった。デザインを愛することを学んだデンマークに連れていった。遺跡を見せるためにローマに。ドゥオモを見せるためにフィレンツェに。愛を教えるためにベニスに。

ふたりは広く世界を旅した。どこか知らない場所に行くというただそれだけの目的のためにアントンが仕事を引き受けたり、サムが会議に出席したりした。ドバイ。オーストラリア。ブラジル。シンガポール。ボラボラ。新しい国、初めての町に足を踏み入れるたび、サムはガンマを思った。パイクビルを出て、世界を見て、どこかほかの場所で生きていくようにといつもサムに勧めていたガンマ。

隣に敬愛する男性がいる旅は、どれもこのうえなく幸せだった。

サムのオフィスの電話が鳴った。

サムは椅子の背にもたれた。時計を見る。アトランタからの三時の電話だ。また仕事に没頭して昼食を取るのも忘れていた。細いピントル蝶番の特許デザインにすっかり夢中になっていた。

ローレンス・ヴァン・ルーンはアトランタ在住のオランダ人で、国際特許法の社内専門家だ。ＵＸＨの訴訟について話をするために電話をかけてきたのだが、彼もサムと同じくらい旅好きだった。仕事の話の前に、数週間前にイタリアとアイルランドを巡ったサムの十日間の旅について知りたがった。

文化や建物、そこに住む人々について語った時期もあったが、時間とお金を旅にかけるうちにサムはホテルを話題にすることが多くなっていた。

ダブリンの〈ザ・メリオンホテル〉のガーデンスイートからは、庭園《ガーデン》が見えず、裏通りに面していること。グランド運河の〈ザ・アマン〉は息を呑むほど素晴らしく、サービスも申し分なかったこと。毎朝紅茶を飲んだ小さな中庭は町でもっとも落ち着いた場所のひとつであること。フィレンツェには〈ウエスティン・エクセルシオール〉というホテルがあって、そこから見えるアルノ川の景色は見事だけれど、屋上のバーからの物音がスイートルームまで時折聞こえること。ローマではお風呂と美しいプールが目当てで〈カヴァリエリ〉に泊まったと、サムはローレンスに語った。

最後の部分は嘘だった。

サムが泊まったのは〈ホテル・ラファエロ〉だった。アントンとの初めての旅でローマに行ったとき、予算内で泊まることのできた唯一のホテルがそこだったからだ。

ローレンスのためにサムは嘘をつき続けた。これまでの旅の記憶をたどり、お勧めのレストランや博物館を紹介した。ダブリンのトリニティ・カレッジ図書館のロングルームに立ち尽くし、目に涙をたたえて美しいアーチ形天井を見あげたことは言わなかった。フィレンツェでは、ミケランジェロのダヴィデ像が展示されているアカデミア美術館のベンチに座って泣いたことも。

ローマには、懐かしさと悲しみが同じくらい満ちていた。トレビの泉、スペイン広場、パンテオン、コロッセオ、月明かりの下でワインを飲みながらアントンが彼女にプロポーズしたナヴォーナ広場。

そういった素晴らしい景色を初めて見たときは夫がそばにいた。だがいまアントンは死んで、サムが同じ喜びと共にその景色を目にすることは二度とないのだ。

「素晴らしい旅だったようだね」ローレンスが言った。「アイルランド《Ireland》とイタリア《Italy》か。〝I〟で始まる国だが、そこにインド《India》も加えるべきだろうな」

「アイスランド《Iceland》、インドネシア《Indonesia》、イスラエル《Israel》……」彼が笑いだしたので、サムは微笑みながら言った。「そろそろホテルの話はやめて、汚物入れのわくわくする話題に取りかかるべきじゃないかしら」

「もちろんだ」ローレンスは言った。「だが訊いてもいいだろうか？　立ち入ったことじゃないといいんだが」

アントンのことを訊かれるのだと思ったサムは身構えた。一年たったいまも、訊かれることがあるからだ。

「学校での銃乱射事件のことなんだ」

その事件のことをすっかり忘れていた自分が恥ずかしくなった。「なにか問題でも?」

「いや、いや、もちろん恐ろしい事件だけれど、そうじゃない。テレビである男性を見かけてね。ラッセル・クイン。容疑者の弁護人だ」

サムは、親指が震えるほど強く受話器を握りしめた。これまで考えなかったが、校内で発砲してふたりの命を奪った人間の弁護にラスティが名乗りをあげるのは、驚くことではない。

ローレンスが言った。「きみがジョージア出身だということは知っていたから、ひょっとしたら親戚かもしれないと思ってね。彼はずいぶんとリベラルな人みたいだし」

サムは絶句していたが、ようやく言葉を絞り出した。「よくある名前だから」

「そうかい?」ローレンスは自分の第二の故郷となった町のことはなんでも知りたがった。

「そうよ。南北戦争以前から」もっと上手な嘘をつけなかった自分にうんざりして、サムは首を振った。話を続けるほかはなさそうだ。「ところで、UXHの内部の人から聞いたんだけれど、日本デベロップメントは組織改革をしようとしているんですって?」

ローレンスは気が進まない様子だったが、仕事の話にと舵《かじ》を切った。サムは、彼が聞いたという噂話に耳を傾けつつ、視線をコンピューターに向けた。

『ニューヨーク・タイムズ』紙のウェブサイトを開いた。ルーシー・アレクサンダー。事件が起きたのはパイクビル中学校。

サムが通っていた学校だ。

少女の顔を眺めた。目の形や唇のカーブなど、ピーター・アレクサンダーに似ているところを探したが、見つからなかった。だが、パイクビルは小さな町だ。少女がサムの昔の恋人の親戚である可能性は高い。

事件に関する記事をさらに読み進めた。十八歳の少女が銃を学校に持ちこんだ。発砲は始業のベルの前に始まった。名前が明かされていない教師が銃を奪い取った。数々の勲章を授与されている元海兵隊員で、現在は十代の子たちに歴史を教えている。

サムはふたり目の被害者の写真が出てくるまで、さらに画面をスクロールした。

ダグラス・ピンクマン。

サムの手から受話器が滑り落ちた。床から拾いあげ、「ごめんなさい」とローレンスに告げる。その声は震えていた。「続きは明日にしてもらえる？」

彼の返事はほとんど耳に入っていなかった。ただ写真を見つめることしかできない。

サムの在学中、ダグラス・ピンクマンはフットボールと陸上を教えていた。彼はサムを最初に認めてくれた人だった。一生懸命努力して練習すれば、陸上で奨学金を取って大学に行けると言った。サム自身は、学業でもそれ以上の奨学金を取れるとわかっていたが、自分の肉体が頭脳と同じくらい有能だと考えるとわくわくした。走ることは本当に楽しかった。野外。汗。エンドルフィンの分泌。孤独感。
　そしていま、サムは調子の悪い日には杖が必要で、ミスター・ピンクマンは教室の外で殺された。
　さらにくわしいことが知りたくて、サムは画面をスクロールした。彼はホローポイント弾で胸を二発撃たれていた。某情報提供者によれば、即死だったという。
　『ハフィントン・ポスト』紙のサイトをクリックした。『タイム』紙よりはもっとくわしい記事が載っているはずだ。一面はすべてこの事件だった。見出しは〝北ジョージアの悲劇。〟ルーシー・アレクサンダーとダグラス・ピンクマンの写真が横に並んでいる。
　サムはハイパーリンクを調べた。
　元海兵隊員は名を伏せることを希望
　容疑者の弁護人が声明を発表
　いつなにが起きたのか：銃撃の全貌
　ピンクマンの妻、夫の死を目撃
　サムは容疑者の弁護人を見たくなかった。最後のハイパーリンクをクリックした。
　驚きのあまり、あんぐりと口が開いた。

ミスター・ピンクマンはジュディス・ヘラーと結婚していた。

人生とは不思議なものだ。

サムはミス・ヘラーと面識はなかったが、当然ながらその名前は知っていた。ダニエル・カルペッパーがサムを撃ったあと、チャーリーはレイプしようとしたザカライアの手を逃れて、ヘラーの農場に助けを求めた。ミス・ヘラーがチャーリーの面倒を見ているあいだ、警察が到着する前にカルペッパー兄弟のどちらかが現れた場合に備えて、老いた父親が完全武装でフロントポーチに座っていたという。

当然ながら、サムがこういったことを知ったのはずっとあとになってからだ。怪我のあとの最初のひと月、サムは記憶を保つことができなかった。短期記憶がざるのようになっていたから、チャーリーが病院の彼女のベッドに座り、幾度となく事件の話をしたこともほとんど覚えていない。目には包帯が巻かれたままだった。目は見えず、なにもできない。チャーリーの手を握り、妹の声をかろうじて思い出し、何度も同じことを尋ねた。

ここはどこ？　なにがあったの？　どうしてガンマはいないの？

そのたびに、何十回も、おそらくは百回以上、チャーリーは答えた。

ここは病院。お姉ちゃんは頭を撃たれたの。ガンマは殺された。

そしてサムは眠りに落ち、あるいは数分が過ぎ、再びチャーリーの手を取ってまた尋ねる——。

ここはどこ？　なにがあったの？　どうしてガンマはいないの？

ガンマは死んだの。お姉ちゃんは生きている。なにもかも大丈夫だから。

同じ話を何度となく繰り返さなければならなかったことが、十三歳の妹にどんな影響を与えたのか、サムは長いあいだ考えもしなかった。チャーリーが泣かなくなったことを知らなかった。感情が薄れたのか、あるいは表に出さないことを覚えたのかもしれない。いやがることなく事件について話すうち、チャーリーは距離を置いて語るようになっていた。他人の身に起きたことのようにというのではなく、こんな悲劇があっても自分はなにも変わらないことを確かめようとするかのように。

それがもっともはっきりしたのが裁判記録だった。サムは記憶の訓練の一環として、千二百五十ページにもなる記録に何度か目を通した。これがわたしの身に起き、そしてこういうことが起き、その後こうやってわたしは生き延びました。

検察官の尋問に対するチャーリーの証言は淡々としていて、ニュースを伝えるレポーターのようだった。こういうことがガンマの身に起きた。こういうことがサムの身に起きた。こういうことをザカライア・カルペッパーはしようとした。裏口のドアを開けたとき、ミス・ヘラーはこういうことを言った。

幸いなことに、ジュディス・ヘラーの証言がチャーリーの無味乾燥な言葉に色付けをした。証言台に立ったミス・ヘラーは、ポーチに立つ血まみれの少女を見たとき、どれほど驚いたかを語った。チャーリーはひどく震えていて、最初は話すことすらできなかった。ようやく家のなかに入り、ようやく言葉を発することができたときには、どういうわけかアイスクリームが欲しいと言った。

ミス・ヘラーはどうすればいいのかわからなかったが、とりあえずチャーリーの要求どおりにした。そのあいだに彼女の父親が警察に電話をした。アイスクリームを食べたチャーリーが吐き気を催すとは考えなかった。二皿分のアイスクリームを食べたチャーリーはトイレに駆けこんだ。閉じたバスルームのドアの向こうから、チャーリーは母親と姉が死んだと思うとミス・ヘラーに告げたのだった。

耳障りな音がして、サムは我に返った。

ローレンスはとっくに電話を切っていたが、サムは受話器を握ったままだった。受話器を戻した手が、宙をさまよった。

電話を切る《ハングアップ》という言葉の語源を考えてみて。

『ハフィントン・ポスト』紙のページが自動的に更新された。アレクサンダーの家族の記者会見のライブ映像だ。

サムは音量を落とした。映像を見つめる。リック・ファーヒーという男性が、家族の代わりに話していた。プライバシーを尊重してほしいと訴えているが、耳を傾けてはもらえないとサムにはわかっていた。昏睡状態だったことのいい面のひとつが、事件についてあれこれと憶測する声を聞かずにすんだことだ。

画面では、ファーヒーがまっすぐにカメラを見つめている。「ケリー・ウィルソン。冷酷な人殺しです」

ファーヒーは振り返り、ケン・コインだと思われる男性と目と目を合わせた。コインは似合わない警察官の制服ではなく、つややかなネイビーブルーのスーツを着ている。彼がいまパイクビルの地方検事であることをサムは知っていたが、どこでその情報を得たのかはよく覚えていなかった。

ふたりが交わした視線は、これが死刑案件であるとはっきりと告げていた。ラスティが弁護人になったのもうなずける。ラスティは以前から、死刑反対を表明していた。被告側弁護士として、有罪判決を受けた人間の疑いを晴らすことに尽力してきたラスティは、死刑という制度は間違いを犯す確率があまりにも高いと考えていた。

カルペッパーの裁判記録を読んだサムは、父が一時間近くも証言台に立ち、州には人の命を奪う道徳的権限はないことを根拠に、ザカライア・カルペッパーに寛大な判決を求めて熱のこもった感動的な訴えを行ったことを知っていた。

チャーリーは同じくらい熱心に死刑を求めた。

サムはその中間にいた。当時彼女はまだ自分の考えをはっきり言葉にすることができなかった。法廷に提出した手紙では、ザカライア・カルペッパーに終身刑を要求した。それは慈悲からではなかった。そのころサムはアトランタにあるシェファード・スパイナル・センターに入院中だった。リハビリの辛い日々を支援してくれたのは、専門家で思いやりのある人たちばかりだったが、サムは罠にかかったウサギになった気分だった。

手助けがなければ、ベッドに入ることも出ることもできない。

手助けがなければ、トイレにも行けない。

自分の部屋から出られない。

食べたいときに食べられず、食べたいものを食べられない。

ボタンを留めることもファスナーをあげることもできないから、スニーカーの紐を結べないから、マジックテープのついた不格好な矯正靴を履かざるを得ない。

体を洗うことも、歯を磨くことも、髪を梳かすことも、散歩に行くことも、日光の下や雨のなかを出かけることも、なにもかもだれかに手を貸してもらわなければならなかった。

ラスティは道徳的原則を持ち出して、ザカライア・カルペッパーに終身刑を要求した。

報復を強く望むチャーリーは死刑を求めた。囚人になることがどういうものかを身をもって知ったサムは、一切の自決の手段を奪われた場所で、長く悲惨な日々を送らせたいと望んだ。

三人とも望みがかなったと言えるのかもしれない。上告と一時的な刑執行猶予と裁判上の駆け引きの結果、ザカライア・カルペッパーはジョージアの死刑囚監房にもっとも長く収容されている死刑囚のひとりになっていた。ザカライア・カルペッパーはだれかれとなく自分の無実を訴えていた。ラスティに数千ドルの弁護料の借金があったから、チャーリーとサムは共謀して彼と弟を陥れたのだと主張していた。

いまになって考えれば、死刑を求めるべきだったのだろうと思う。

サムはコンピューターのブラウザを閉じた。

今夜の誕生日の飲み会はキャンセルしてほしいと、友人に謝罪のメールを送った。電話は取り次がないでほしいとエルドリンに告げた。読書用眼鏡をかけた。細いピントル蝶番に再び意識を集中させた。

コンピューターから顔をあげたときには、窓の外は暗くなっていた。エルドリンはもういない。オフィスは静まり返っている。珍しいことではないが、このフロアに残っているのは彼女だけになっていた。

長い時間、じっと座りすぎていた。座ったままでストレッチをした。体がこわばっていたが、最後には意を決してなんとか立ちあがった。机のいちばん下の引き出しに入れてあった、折り畳み式の杖を伸ばした。首にスカーフを巻いた。車を呼ぼうかと考えたが、待っているあいだに六ブロックは歩けると思い直した。

建物の外に出たとたんに、後悔した。川からの風は身を切るような冷たさだった。片手でスカーフをしっかりつかみ、もう一方の手は杖を握りしめた。腕にかけたブリーフケースとハンドバッグがずっしりと重い。車を待つべきだった。友人と一杯やるべきだった。今日はいろいろなことで選択を間違えている。

マンションに入ると、夜間のドアマンがお誕生日おめでとうございますと声をかけてきた。サムは立ち止まって礼を言い、子供たちは元気かと尋ねたが、実は立っていられないほど脚が痛かった。

ひとりでエレベーターに乗りこんだ。

ドアの内側に映る自分の姿を眺めた。

白髪の孤独な女性が見つめ返してきた。

ドアが開いた。キッチンに入ると、フォスコがやってきて伸びをした。土曜の夜の誕生パーティーのタイ料理が残っていたので、それを食べた。カウンターのスツールは座り心地が悪い。両脚を床につけたまま、端のほうに腰かけた。熱い刃物で筋肉を切り開かれているかのように、痛みが脚の横側をのぼってくる。

時計を見た。寝るには早すぎる。仕事をするには遅すぎる。ひどく疲れていたから、誕生日プレゼントにもらった本を読む気にはなれなかった。テレビは見ないようにしていた。

以前アントンと暮らしていたチェルシーでは、テレビは見ないようにしていた。ブルーブルーライトを見すぎると、目の奥が痛み始めるからだ。

新しいマンションの居間にはあらかじめ大きなテレビが備えつけてあった。サムは、法律上〝部屋〟と呼ぶことができないので、建築業者が〝ボーナススペース〟と呼んでいる窓のない暗い部屋にいることが多かった。

長椅子に腰をおろした。コーヒーテーブルに空のワイングラスを、その横にテヌータ・ポッジョ・サン・ニコロ／二〇一一のボトルを置いた。

アントンの好きだったワイン。

フォスコがサムの膝に飛び乗った。サムは上の空で耳のあいだを撫でてやった。ワインボトルの美しいラベルをじっと見つめた。縁を取り巻く繊細な渦巻き模様と中央のシンプルな赤い封蠟《ふうろう》。

そのなかの液体は、毒も同然だ。

夫を殺したのは、サン・ニコロのようなワインだとサムは考えていた。

アントンのコンサルタントとしての仕事が拡大し、サムが昇進していくにつれ、ふたりはよりいいものを手にできるようになった。五つ星ホテル。ファーストクラスのフライト。スイートルーム。個人旅行。贅沢《ぜいたく》な食事。アントンが生涯、情熱を傾けたのがワインだった。昼食時に一杯、夕食時にはまた一杯、あるいは二杯、嬉々《きき》としてグラスを傾けた。特に好きだったのが辛口の赤ワインだ。サムがいないときには、飲みながら葉巻を吸うこともあった。

こうなったのは運命であり、もしかしたら葉巻が原因かもしれないとアントンの医師は言ったが、夫の死はワインに含まれる高濃度のタンニンのせいだというのがサムの考えだった。

食道がん。

その割合はすべてのがんのなかでも二パーセント以下しかない。

タンニンは天然に存在する収斂剤《しゅうれんざい》で、ある種の植物はこれによって昆虫や捕食動物から身を守っている。多くの果実、ベリー類、マメ科の植物に含まれるこの化合物は、様々な用途に使われている。植物タンニンと合成タンニンは革をなめす際に利用され、タンニン酸塩は抗ヒスタミン剤や咳止め薬の製造にしばしば使われる。

葡萄《ぶどう》の皮と種にはタンニンが豊富に含まれているため、当然ながら赤ワインにもタンニンが豊富だ。タンニンが多く含まれるワインは少ないものよりも熟成が進む。従って、より高価で熟成の進んだワインほど、タンニンがより濃縮されていることになる。

紅茶にもタンニンは含まれているが、牛乳のタンパク質によって凝集力が中和される。タンパク質とタンニンがアントンの病気の鍵だというのがサムの考えだった。なかでも問題になるのが、舌の奥にある腺から分泌される唾液中のタンパク質のヒスタチンだ。唾液は抗菌および抗カビの性質を持つが、傷の修復にも大きな役割を果たしている。最後の機能がもっとも重要だと言えるかもしれない。がんというのは、細胞が異常に増殖した結果だ。ヒスタチンが食道の細胞を守り、修復しなければ、その細胞のＤＮＡは変容し、異常な増殖が始まる可能性がある。

タンニンは口内のヒスタチンの分泌を抑制すると言われている。

アントンが乾杯するたび、グラスを傾けるたび、食道の細胞内の悪性腫瘍は成長していき、リンパ節に広がり、最後にはほかの臓器へと浸潤していったのだ。

それが、サムの立てた仮説だった。二年という長い月日のあいだに活気に満ちたハンサムな夫が衰えていくのを見ながら、サムは自分に理解できる説明――ｘがｙの原因となった――にすがりついた。アントンは口腔《こうくう》内のＨＰＶは陰性だった。そのウィルス感染は、頭部と首のがんの約七十パーセントに関連しているとされる。彼はアルコール依存症ではなく、近親者にがんを患った人間はいなかった。

つまり、原因はタンニンに違いない。

運命が彼の病になにかの役割を果たしたという事実を、不幸が再び襲いかかってきたという事実を受け入れるのは、サムの知性と感受性をもってしても無理だった。

フォスコがサムの腕に頭をこすりつけた。フォスコはアントンの猫だった。ワインの香りにパブロフの犬のような反応を示すらしい。

サムはそっとフォスコを脇へ押しやると、長椅子の端に移動した。もう会うことのできない夫のためにグラスにワインを注いだが、飲むつもりはなかった。

そして、午後三時以降避けてきたことをした。

テレビのスイッチを入れた。

サムにとってはいつまでもミス・ヘラーである女性が、ディカーソン郡立病院の正面玄関の外に立っている。当然のことながら、ひどく打ちのめされた様子だ。垂らしたままの金色がかった長い白髪は風に乱れている。目は血走っている。薄い唇は肌の色とほとんど同じだ。

彼女は言った。「今日の悲劇を、ひとりの若い女性の死によって消し去ることはできません」ここで言葉を切り、唇を結んだ。カメラのシャッター音とレポーターたちの咳払いが聞こえた。ミセス・ピンクマンの声はしっかりしている。「わたしは、アレクサンダーのご家族のために祈ります。夫の魂のために祈ります。わたし自身の救済のために」ミセス・ピンクマンは再び唇を結んだ。目に涙が光った。「ですが、ウィルソンのご家族のためにも祈りたいと思います。彼らもまたわたしたちと同じくらい辛い思いをしているからです」彼女は肩をそびやかせ、まっすぐにカメラを見つめた。「わたしはケリー・ウィルソンを許します。この恐ろしい悲劇に対する罪を赦します。〝もし人の過ちを赦すなら、あなた方の天の父もあなた方の過ちをお赦しになる〟（マタイによる福音書6：14／新共同訳）とマタイが言っているように』

　彼女はカメラに背を向けると、病院のなかへと戻っていった。レポーターたちがあとを追わないように警備員が入り口を封鎖した。

　画面にキャスターが戻ってきた。自称専門家が並んで座っている。サムは膝の上にフォスコをのせ、彼らの言葉をぼんやりと聞いていた。

　サムのイギリス人の友人いわく、イギリス人は感情を表に出さず淡々とものごとを受け止めるイギリス人らしさを、プリンセス・ダイアナが死んだ日に失ったそうだ。感情を皮肉たっぷりのコメントで置き換える文化は、ひと晩のうちに人目もはばからず涙するものに変わっていた。その友人は、それもまた歓迎されざるアメリカ化――イギリス人はアメリカの製品や文化を貪欲に消費しながら、いつもアメリカについて文句を言う――のひとつだと言った。ダイアナ妃の死をおおっぴらに悼んだことがきっかけとなって、悲劇への対応の仕方が大きく変化したのだ。

　アメリカに対する非難も含め、その友人の仮説はおそらくそれなりに正しいのだろう。だがサムは、もっとも憂慮すべきはこういった悲惨な事件が幾度となく繰り返された結果、決まりきったリアクションが生じるようになったことだと考えていた。ボストンマラソンのテロ。サンバーナディーノの銃乱射事件。パルスナイトクラブでの銃乱射事件。

人々は激怒する。テレビやインターネットのニュースやフェイスブックに釘付けになる。悲しみ、恐怖、怒り、苦痛を言葉で表現する。変わらなければならないと声をあげる。金を集める。行動を求める。

そして人々は普段の暮らしに戻っていき、また次の悲劇が起きるのを待つのだ。

サムはテレビに視線を戻した。キャスターが言った。「これからお見せするのは、以前に流したものと同じ映像です。新たにチャンネルを合わせていただいた視聴者の方々のためにご説明しておきますと、この映像は今朝、アトランタから北に約二時間のところにあるパイクビルで起きた事件を再現したものです」

サムは画面をぎこちなく移動する粗末な絵を眺めた。再現というよりは、単なるシミュレーションだ。

キャスターが言った。「今朝六時五十五分ごろ、容疑者のケリー・レネ・ウィルソンが廊下に入ってきました」

ひとりの人物が廊下の中央に移動した。

ドアが開いた。二回発砲があり、年配女性がかがみこんだ。

サムは目を閉じたが、耳はふさがなかった。

ミスター・ピンクマンが撃たれた。ルーシー・アレクサンダーが撃たれた。さらにふたりの人間が現れた。どちらも名前は公表されていない。ひとりは男性で、もうひとりは女性だ。女性はルーシー・アレクサンダーに駆け寄った。男性はケリー・ウィルソンと銃を奪い合っている。

サムは目を開けた。額に汗が浮かんでいる。手のひらに半月型の跡が残るくらい強く、手を握りしめた。

携帯電話が鳴り始めた。キッチンだ。ハンドバッグのなか。

サムは動かなかった。テレビを見続ける。キャスターは、蝶ネクタイをしているところを見ると精神医学に関わっているらしいはげた男にインタビューをしている。

その男は言った。「一般的に申しまして、こういった銃撃事件の犯人は孤独であることが多いのです。疎外され、愛されていないと感じています。いじめられていることも、しばしばあります」

電話が鳴りやんだ。

蝶ネクタイは言葉を継いだ。「今回の犯人は女性ですから――」

サムはテレビを消した。部屋は真っ暗になったが、暗いなかを移動するのは慣れている。フォスコが隣で眠っていることを確かめてから、ワインボトルとグラスにそろそろと手を伸ばし、キッチンに運んだ。中身をシンクに空けた。

携帯電話を確かめた。知らない番号からだ。電話勧誘辞退リストに登録はしているが、おそらくなにかの勧誘の電話だろう。サムは親指で携帯電話を操作して、その番号をブロックした。

手のなかで携帯電話が震え、新しいメールの受信を知らせた。時間を見た。香港は業務を開始している。サムの人生で変わらないことがひとつあるとすれば、常に恐ろしいほどの量の仕事を抱えていることだ。

緊急のメッセージがないかぎり、読書用眼鏡をわざわざ取りに行きたくはない。目を細め、新しいメールのリストを確かめた。

どれも開けなかった。

カウンターに携帯電話を置き、夜の日課に取りかかった。フォスコの水のボウルがいっぱいになっていることを確かめた。明かりを消し、ボタンを押してブラインドを閉め、アラームがセットされていることを確認する。

バスルームに入り、歯を磨いた。夜の分の薬を飲んだ。ウォークインクローゼットのなかでパジャマに着替えた。ベッド脇のテーブルに面白い本が置いてあるが、いまは早く休みたかった。今日という日を過去のものにして、新たな展望と共に明日を迎えたかった。

ベッドに潜りこんだ。どこからかフォスコが現れ、サムの頭の横で枕の上に陣取った。

サムは眼鏡をはずした。明かりを消した。目を閉じた。

一定の速さで少しずつ息を吐き出す。

夜ごとのエクササイズをゆっくりと進めたあと、足の短趾屈筋《たんしくつきん》から頭皮の下の帽状腱膜まで全身のすべての筋肉の力を抜いた。

体がリラックスして、眠りが訪れるのを待ったが、今夜はどこかおかしかった。部屋があまりに静かすぎる。フォスコすらいつものようにため息をついたり、なめたり、いびきをかいたりもしない。

サムは目を開けた。

天井を見つめ、闇が灰色になり、さらにその灰色が、窓のブラインドの隙間から忍びこんでくるかすかな光が作る影に呑みこまれるのを待った。

「見える？」チャーリーが聞いた。「サム、見えてる？」

「見えるよ」サムは嘘をついた。サムは、裸足の足の裏に植え付けがされたばかりの土を感じた。一歩ごとに農家から、光から遠ざかり、視界が暗さを増していく。チャーリーは灰色の染みだった。ハイカットは背が高くて痩せていて、濃い灰色の鉛筆のようだ。ザカライア・カルペッパーは、四角くて黒い憎悪の塊だった。

体を起こし、ベッドの横に脚をおろした。太腿に両手を当て、こわばった筋肉をほぐす。放射熱で温まった床が足の裏に心地よかった。

サムは心臓の鼓動を感じていた。ゆっくりと規則正しい動き。洞房結節から房室結節、そしてヒス・プルキンエ系とインパルスが伝わっていき、心室の筋肉が収縮と弛緩《しかん》を繰り返す。

サムは立ちあがった。再びキッチンに向かった。ブリーフケースから読書用眼鏡を取り出した。携帯電話を手に取った。

ベンからの新しいメールを開いた。

〝チャーリーがきみを必要としている〟

8

黒いメルセデスベンツの後部座席に座ったサムは、車が高速道路に入ると携帯電話を握りしめたり、その手を緩めたりを繰り返した。

この二十年で町は発展し、同時に景観は損なわれていた。昔のままのものはなにひとつない。ショッピングセンターが雑草のように乱立している。広告板が景色を彩っている。かつては野草が生い茂っていた中央分離帯すら消えていた。州間高速道路の中央には、朝夕で進行方向が逆転する有料道路が走っていた。

「あと一時間くらいかかると思います」運転手のスタニスラフがクロアチア語なまりで言った。「まったくこんなものは——」彼は大げさに肩をすくめた。

「いいのよ」サムは窓の外に目を向けた。アトランタに来るときは、必ずスタニスラフを頼むことにしている。彼は、沈黙の価値を知っている数少ない運転手のひとりだった。あるいは、サムのことを神経質な客だと思っているのかもしれない。サムが、黒いセダンの後部座席に慣れていることを彼が知るはずもない。

サムは車の運転をちゃんと習ったことがなかった。十五歳になったとき、ラスティはガンマのステーションワゴンにサムを乗せて連れ出した。だが家族相手になにかをしようとしたときはたいていそうなるように、結局は仕事を優先し、サムの運転の練習は永遠に延期になった。ガンマがその代わりを務めようとしたものの、彼女はひどく口うるさい運転者であり、とんでもなく辛辣な同乗者だった。そのうえガンマもサムも爆発しやすいから、すぐに言い争いになった。というわけで運転の練習は高校の秋学期に始めたほうがいいということで、ふたりの意見が一致したのだった。

だがその後、カルペッパー兄弟がキッチンに現れた。

同い年のほかの少女たちが仮免許証の勉強をしていたころ、サムはもう一度歩けることを願いながら、爪先や足や足首やふくらはぎや膝や太腿やお尻や腰を元どおりに連携させようとしていた。

運転するための障害となったのは運動機能だけではなかった。ザカライア・カルペッパーがサムの目に与えた損傷は——再びあの言葉を使うなら——〝表面的〟だった。しばらく続いた光に対する過敏症はほどなく治った。ずたずたになったまぶたは形成外科医の手によって修復された。ザカライアの短くギザギザな爪は強膜を貫いたものの、脈絡膜や視神経や網膜や角膜は無傷だった。

視覚を奪ったのは脳出血だった。手術の最中に先天性脳動脈瘤が破裂し、眼球から脳へと視覚情報を伝達する神経の一部が損傷を負ったのだ。矯正視力は〇・五まで回復し、大方の州では運転できる境界値以上だったが、右目の周辺視野は視界の二十度以下しかなかった。

法の世界では、サムは盲目とみなされる。

幸いなことに、サムが自分でハンドルを握る必要はなかった。空港への往復は社用車を使う。事務所や市場、近くで行われる様々な会合やパーティーに行くときは歩いた。アップタウンに行く必要がある場合はタクシーに乗るか、エルドリンに車を手配してもらう。この町が好きだと言いながら、別荘を購入できる機会を得るやいなや、ハンプトンやマーサズ・ビニヤードに逃げ出そうとするニューヨーカーとは一線を画していた。アントンとサムのあいだで話題にのぼったことすらない。広々とした海が見たければ、マンハッタンのディズニー・ビーチのような場所に自分を閉じこめずとも、パリオホリかコルチュラ島に行けばいい。

サムの携帯電話が震えた。画面の縁に自分の汗がたまっているのを見て初めて、電話機を強く握りしめていたことに気づいた。

ゆうべ返信して以来、ベンは何度か新しい情報を送ってくれている。最初のメールではラスティは手術中だったが、次のメールによれば手術が終わり、ICUに移されたそうだ。その後、見落とされていた出血があることがわかって再び手術が行われ、いまはまたIC

Uにいる。

最後のメールは、サムの飛行機が離陸する前に見たものと同じだった。

〝変化なし〟

時間を見た。ベンは、サムが伝えたデルタ航空の便の動きを追っているようだ。メールは予定されている到着時刻の十分後に送られてきていた。サムが便名どころか、フライトそのものについても嘘をついているとは夢にも思っていないのだろう。シュテーリク・エルトン・マロリー・アンド・サンダース法律事務所は自家用飛行機を所有していて、相応の地位になれば利用することができる。サムの名前は、エレベーターのドアの向かい側のステンレスの看板にまだ記されてはいないものの、すでに契約書にはサイン済みで、所内にも通知されていたから、エルドリンに手配を頼んだ時点で飛行機の準備は完了していた。

だがサムはゆうべのうちに出発しなかった。

ベンに知らせるために、デルタ航空の朝早い便を調べた。荷造りをした。ペットシッターにメールを送った。キッチンカウンターに座り、隣の椅子の上でフォスコがいびきをかいたりうなったりするのを聞きながら、泣いた。

パイクビルに戻ることで、わたしはなにを手放すのだろう?

決して戻ってこないとガンマに約束した。

けれどもしガンマが生きていたなら、もしいまもあのごちゃごちゃした農家に住んでいたなら、サムは必ずクリスマスに、そしておそらくはその合間の休暇にも帰郷していただろう。サムが仕事でアトランタを訪れたときには、いっしょに食事をするためにガンマは車を飛ばしてきただろう。ブラジルやニュージーランド、そのほかどこでもガンマの望むところに連れていっただろう。チャーリーと仲たがいすることもなかったはずだ。サムは当たり前の姉であり、義理の姉であり、ひょっとしたら伯母になっていたに違いない。ラスティとの関係は悪くはなっていないにしろ、同じようなものだっただろう。だがラスティは打たれ強い。別の人生、もしも頭を撃たれていなければ送っていたであろう人生では、サムも逆境を肥やしにしていたかもしれない。

わたしは、自由に動く体を持っていただろう。

中途半端なタイムで泳ぐのではなく、毎朝走っていたはずだ。痛みを感じずに歩くことができただろう。今日はどこまであがるかなどと考えもせずに、手をあげる。頭のなかにある言葉をはっきり発音できることを疑いもしない。自分で車を運転して州間高速道路を走ることも、自分の体と心と頭が完全なものであることを知り、そこから得られる自由を堪能することもできただろう。

サムは喉の奥にこみあげてきた悲しみを呑みくだした。シェファード・スパイナル・センターを退院してからというもの、そういったもしものシナリオは考えないようにしていた。いまそんな悲しみに浸ってしまえば、動けなくなるとわかっていた。

携帯電話を見つめ、ベンの最初のメールまでスクロールした。

〝チャーリーがきみを必要としている〟

サムが返信せざるを得ないようにするにはなにを書けばいいのか、ベンはよくわかっていた。

だが即座に反応したわけではなかった。言葉を濁さなかったわけではなかった。ゆうべ、ようやくベンのメールを読んだあと、サムはためらった。脚を引きずり始めるまで、部屋のなかをうろうろと歩きまわった。熱いシャワーを浴びた。紅茶をいれ、ストレッチを試み、瞑想をしようとした。だがどれほど結論を引き延ばそうとしても、頭から離れないことがあった。

チャーリーがサムを必要としたことは一度もなかった。

当然の質問――どうして？ なにがあったの？――をベンにする代わりに、サムはテレビをつけた。ラスティが刺されたことをＭＳＮＢＣが報じたのは、三十分後だった。情報はごく限られたものだった。ラスティは隣人によって発見された。私道の突き当たりにうつぶせで倒れていた。地面には郵便物が散乱していた。隣人が警察を呼んだ。警察が救急車を呼んだ。救急車がヘリコプターを呼び、そしてサムはいま、二度と戻らないと母親に約束した場所に戻ろうとしている。

実際のところ、パイクビルに行くわけではないとサムは自分に言い聞かせた。ディカーソン郡立病院はパイクビルから三十分のブリッジ・ギャップという町にある。サムが十代のころのブリッジ・ギャップは、親が寛大で、ボーイフレンドや女友だちが車を持っていたら遊びに行くような大きな町だった。

おそらく若いころのチャーリーは、ボーイフレンドや友人たちとブリッジ・ギャップに行っていただろう。ラスティは間違いなく寛大だ。厳しいのはガンマだった。バランスを取っていたガンマがいなくなって、チャーリーがかなり羽目をはずしたことをサムは知っていた。大学時代が最悪だった。チャーリーが通っていたジョージア大学《UGA》のあるアセンズから、何度か夜遅くに電話がかかってきた。食べ物を買うためのお金を、家賃の分を、病院に行くお金を送ってほしいと言って。一度などは、結局は間違いだったとわかるのだが、妊娠したかもしれないと言ってきたこともあった。

〝助けてくれるの、くれないの、どっち?〟チャーリーの攻撃的な口調は、サムの無言の非難を断ち切った。

ベンと結婚したことから判断するに、チャーリーはどこかの時点で立ち直ったのだろう。だがそれは変化というよりは、以前の状態に戻ったと言うべきなのかもしれない。チャーリーは反抗的なタイプではなかった。みんなから誘われ、どこに行ってもすんなりと溶けこめる、おおらかな人気者だった。生まれ持った愛想のよさは、あの事件以前のサムにもなかったものだ。

いまチャーリーはどんな人生を送っているのだろう？

子供がいるのかどうかすら、サムは知らなかった。おそらくいるのだろう。チャーリーは昔から赤ちゃんが好きだった。赤いレンガの家が火事になる前は、近隣の半分の家でベビーシッターをしていた。迷子になった動物の世話をし、リスのために外にナッツを置き、ガールスカウトの会合では鳥の餌箱を作った。裏庭にウサギ小屋を建てたこともあったが、ウサギは隣の家の使われなくなった犬小屋のほうを好んだので、おおいにがっかりしていた。

いまチャーリーはどんな姿をしているのだろう？　サムと同じような白髪だろうか？　四六時中体を動かしているせいで、いまもまだほっそりしていて、筋肉質だろうか？　いま見たら、チャーリーだとわかるだろうか？

ディカーソン郡へようこそと書かれた看板が、窓の外に一瞬浮かびあがった。

スタニスラフにもっとゆっくり運転するように言うべきだった。

サムは電話機の上で親指を滑らせた。〝予断を許さない〟。MSNBCのページを更新すると、ラスティの新しい情報が入っていた。散々病院の世話になってきたサムでさえ、この表現がどの程度の危険を表すのかは、定かではなかった。

アントンの人生の終わりが近づき、ついに入院したときには、病状についての新しい情報はなかった。ある日は苦痛がなく、その翌日は苦痛があるだけだった。そして、彼には明日がないという暗黙の了解。

サムはさらにくわしい情報を求めて、『ハフィントン・ポスト』のブラウザをスワイプした。ラスティの最近の写真が画面に現れると、驚きのあまり息を呑んだ。

サムはボイスメールで父親の声を聞くたびに、どういうわけか、ラジアンヌ・ティーのコマーシャルに出ているバール・アイヴスを連想した。白い帽子とスーツに、銀色の派手なメダルのようなものがついた黒の棒タイ姿のふくよかな男性。

父親とはまったく似つかない。以前も。そしていまも。

豊かだった黒髪はほぼ真っ白になっていた。肌はビーフジャーキーを連想させた。ようやくジャングルから脱出を果たしたかのような、あの痩せこけた容貌はそのままだった。頬はこけ、目は落ちくぼんでいる。写真はラスティの味方ではなかった。実物の彼は一時もじっとしていることがなく、常にどこかしらが動いているから、そのうしろに隠されている弱々しい老人の姿は見えないのだ。

いまもレノーラがそばにいるのだろうかとサムはいぶかった。十代のころでさえ、ラスティが一日のほとんどの時間をいっしょに過ごすその女性のことをガンマがひどく嫌った理由は理解できた。ラスティはそれなりの期間を喪に服したあと、彼女と再婚したのだろうか？　ガンマが殺されたとき、レノーラはまだ若かった。病院には血が半分つながった妹か弟がいるのだろうか？

サムはハンドバッグに携帯電話をしまった。

「さてと」スタニスラフがｉＰａｄを示しながら言った。「ナビによれば、あと一キロほどです。二時間で帰るんですよね？」

「それくらいね。もっと早いかも」

「レストランでランチしてます。病院のカフェテリアはおいしくないですからね」彼は名刺を差し出した。「メールをください。五分で正面玄関に行きます」

アトランタ方向に向けた車のなかでエンジンをかけたままで待っていてと言いたくなるのをこらえ、サムは言った。「わかった」

スタニスラフはウインカーを出した。ハンドルを片手で操作して大きな弧を描きながらカーブを切り、病院の曲がりくねった私道に入った。

サムはぎゅっと胃をつかまれた気がした。

ディカーソン郡立病院は記憶にあるものよりもずっと大きかった。それともこの三十年のあいだに増築されたのかもしれない。カルペッパー兄弟が現れるまで、クイン家がここの緊急処置室のお世話になったのは一度だけだった。チャーリーが木から落ちて腕の骨を折ったのだ。猫を助けようとしたという、いかにも彼女らしい事故だった。病院に向かう車のなかで、悲鳴をあげるチャーリーにガンマが滔々と言い聞かせていた言葉をサムはいまも覚えていた。それは、自分で木からおりることのできる神経と腱を備えた生き物を助けようとした愚かさについてではなく、人間の解剖学的構造についてだった。

肩から肘までの骨は上腕骨というの。普段は上腕とか、単に腕とか呼んでいるわね。上腕骨は肘でふたつの骨、橈骨《とうこつ》と尺骨につながっている。それが前腕よ。

なにを聞かされても、チャーリーの悲鳴が途絶えることはなかった。このときばかりはサムも、大げさだと言ってチャーリーを責める気にはなれなかった。折れた上腕骨が、サメのひれのようにチャーリーの裂けた皮膚から突き出ていたのだ。

スタニスラフは正面玄関の大きな張り出し屋根の下にメルセデスを止めた。大柄な彼が運転席から降りると、車が揺れた。うしろからまわって、サムのためにドアを開けた。車から降りるために、サムは右脚を持ちあげなくてはならなかった。今日は杖を使っている。これから会う人は皆、彼女の身になにがあったのかを知っているのだから。

「メールをくれれば、五分で来ますから」スタニスラフはそう言い残すと、車に戻っていった。

サムは喉が妙にこわばるのを感じながら、動きだす車を見ていた。ハンドバッグには彼の名刺が入っていると、改めて自分に言い聞かせた。いつでも彼を呼び戻せるし、無制限のクレジットカードを持っているし、自由に使える飛行機があるし、いつでも好きなときに逃げ出せるのだと。

それでも車が遠ざかっていくと、拘束衣に腕を締めつけられているような気分になった。

サムは向きを変えた。病院を眺める。入り口の脇のベンチに、首から記者証をぶらさげ、足元にカメラを置いたふたりのレポーターが座っていた。ふたりはサムをちらりと見ただけで、電話に戻った。サムは建物のなかへと入っていった。

ベンの姿を捜したのは、彼女の到着を待っていてくれるのではないかと半分期待していたからだ。だがロビーにいたのは患者と見舞い客だけだった。ヘルプデスクはあったが、床の色分けされた矢印を見れば進むべき方向はわかる。緑の線に従ってエレベーターを目指した。案内板を指でたどり、〈成人ICU〉を捜した。

エレベーターに乗ったのはサムひとりだった。ほかの人たちが階段を使っているときに、自分だけがいつまでもエレベーターに乗っているような気がした。各階を通過するごとに、チャイムが鳴った。エレベーターのなかは清潔だったが、どこか病気のにおいがした。

サムはまっすぐ前を見つめ、階数を数えないようにしていた。エレベーターのドアは指紋がつかないようにサテン真鍮《しんちゅう》が使われていたが、ひとりで立つ歪んだ像は見て取ることができた。超然とした態度、抜けめのなさそうな青い目、白く短い髪、封筒のように白い肌、相手のいやなところに小さいけれど痛む傷を与える毒舌。歪曲《わいきょく》していても、不満そうな薄い唇ははっきりわかった。そこにいるのは、パイクビルを出ることがなかった怒りをたたえた冷酷な女だった。

ドアが開いた。

床に描かれていたのはプールの底にあるような黒い線で、ＩＣＵの閉じたドアへと続いていた。

ラスティのところへ。

妹のところへ。

義理の弟のところへ。

未知のなにかのところへ。

長くわびしい廊下を進むサムの脚に、千匹ものスズメバチに刺されるような痛みが走った。タイルの上を歩く靴の音が心臓のゆっくりした鼓動を伴奏している。汗に濡れた髪がうなじに貼りついている。手首と足首の内側の細い骨がいまにも折れそうな気がした。消毒剤のにおいのする空気をかろうじて吸いながら、痛みに耐えつつサムは歩き続けた。

サムがそこにたどり着くより早く、自動ドアが開いた。

女性がそこに立っていた。長身、引き締まった体つき、長い黒髪、淡い青色の目。鼻は最近折れたばかりのようだ。両目の下には黒いあざができている。

サムは必死になって足を速めた。脚の腱が甲高い悲鳴をあげている。スズメバチは胸まであがってきた。杖の握りが手のなかで滑る。

サムはひどく緊張していた。どうして緊張するの？

チャーリーが言った。「ママに似てる」

「そう？」胸のなかで声が震えた。「ママの髪は黒かったけど」

「それは美容院に行っていたからよ」サムは髪をかきあげた。銃弾が作った傷に指先が引っかかった。「ロンドンのユニバーシティ・カレッジが行ったラテンアメリカに関する調査報告があって、白髪の原因となる遺伝子を分離したのよ。ＩＲＦ４」

「興味深いわね」チャーリーは言った。腕を組んでいる。ハグをするべき？　それとも握手？　サムの脚が耐えられなくなるまで、ここで互いを見つめ合っていなければいけないの？

サムは訊いた。「顔をどうしたの？」

「どうって？」

サムは、チャーリーが目のまわりのあざや鼻の痛々しい腫れについて説明するのを待ったが、例によって妹はそうするつもりはないようだった。

「サム？」ぎこちない雰囲気を救ったのはベンだった。サムの背中に両手をまわし、アントンが死んでからだれにもされたことのないようなやり方で、しっかりと彼女を抱きしめた。

まぶたの裏が熱くなるのを感じた。こちらを眺めていたチャーリーが視線を逸らすのが見えた。

「ラスティの状態は安定している」チャーリーが言った。「今朝はずっと意識があったりなかったりだったけれど、じきに目を覚ますだろうって」

ベンはサムの背中に手を当てたまま言った。「全然変わっていないね」

「ありがとう」サムは恥ずかしくなって、ぼそぼそと礼を言った。

「保安官が来ることになっている」チャーリーが言った。「キース・コイン。あの能無しを覚えているでしょう？」

覚えていた。

「ばかみたいな声明を出したわよ。ラスティを刺した犯人を捕まえるためにすべての人員を動員するって。でも期待しないことね」チャーリーは胸の前でしっかりと腕を組んだまま。昔どおりの怒りっぽくて、自信たっぷりのチャーリーだった。「彼の部下のひとりが犯人でも、わたしは驚かない」

「ラスティはあの子の弁護をするのね」サムが言った。「学校で銃を撃った子の」

「ケリー・ウィルソン」チャーリーが教えた。「あとで、長くて退屈な話をしてあげる」

サムは、チャーリーの言葉の選択を妙だと思った。ふたりの人間が撃たれて死んでいる。ラスティが刺されている。どう考えても、長すぎるとか退屈だとかいう要素はないはずだ。だが自分はくわしい話を知るために来たわけではないと、サムは自分に言い聞かせた。

彼女がここにいるのは、あのメールのせいだ。

サムはベンに言った。「しばらくふたりきりにしてもらえる？」

「もちろんだ」ベンの手は背中に当てられたままで、サムはようやくそれが親愛の情を表すためではなく、彼女の不自由な体のせいであることに気づいた。

サムは体をこわばらせた。「わたしは大丈夫だから。ありがとう」

「わかっているよ」ベンは彼女の背中を撫でた。「ぼくは仕事がある。用があれば、いつでも呼んでくれればいいから」

チャーリーがベンに手を伸ばしたが、彼はすでに背中を向けていた。

ベンのうしろで自動ドアが閉まった。サムは窓越しに、ゆっくりと遠ざかっていくベンを見ていた。彼が角を曲がるのを待って、杖を腕にかけた。廊下の先に並んでいるプラスチックの椅子まで行こうと身振りでチャーリーに示した。

チャーリーが先に立った。いつもの自信に満ちた足取りで歩いていく。サムの足取りはそれよりずっと弱々しかった。杖がないと、お化け屋敷の斜めになった床を歩いているような気がする。それでも、なんとか椅子までたどり着いた。座面に手を当てて、腰をおろした。

サムは言った。「なにが、ラスティをこんな原因……」

支離滅裂な言葉を口走ったことに気づいて、サムは目を閉じた。

「つまり――」

「ラスティがケリー・ウィルソンの弁護をすることになったからだって、警察は考えてる」チャーリーが答えた。「町にはそれが気に入らない人がいるのよ。ジュディス・ヘラーは除外していい。ひと晩じゅう、ここにいたから。彼女、二十五年前にミスター・ピンクマンと結婚したのよ。変でしょう、ね？」

サムは自分がなにを言い出すのか信用できなくて、うなずいただけだった。

「となると、残るのはアレクサンダー一家」チャーリーはこつこつと足で床を叩き始めた。妹がラスティと同じくらい落ち着きがないことを、サムはたったいままで忘れていた。「ピーターとは関係ないわよ。高校でいっしょだったピーターを覚えているでしょう？　ね？」

サムは再びうなずいた。語尾に必ず〝ね〟をつけるチャーリーの昔の癖が戻ってきたことには触れまいとした。サムがなにも言葉を発しなくても、うなずいたり首を振ったりするだけでこと足りるようにしているのかもしれない。

「ピーターはアトランタに引っ越したの。でも何年か前に自動車事故で死んだ。だれかのフェイスブックに書いてあった。残念だわ、ね？」

その知らせに思いもよらない胸の痛みを感じながら、サムは三度目にうなずいた。

チャーリーは言った。「パパが取りかかっている事件はほかにもある。だれが関わっているのかは知らないけれど、ここのところいつもより帰りが遅かった。レノーラはわたしには教えてくれないの。パパほどレノーラをいらつかせる人間はいないけれど、それでも彼女はパパの秘密を話してくれない」

サムは眉を吊りあげた。

「不思議でしょう、ね？　パパを殺すこともなく、よくこれだけ長いあいだいっしょに働けたと思う」チャーリーは不意に笑い声をあげた。「念のため言っておくけれど、パパが刺されたときレノーラは家にいたから」

「どこなの？」サムはレノーラの自宅の場所を訊いたつもりだったが、チャーリーは別の意味に受け取った。

「通りの先に住んでいるミスター・トーマスが、私道の突き当たりでパパを見つけたの。脚の傷とシャツに少し血がついていただけで、目に見える出血はそれほどなかったそうよ。ほとんどがお腹のなかにたまっていたの。あの手の傷だとそうなるんでしょうね」チャーリーは自分の腹部を示した。「ここと、ここと、ここ。刑務所で囚人が刺すときみたいに。だからわたしは別の事件が原因じゃないかって思ってる。パパは囚人たちを怒らせることが多かったから」

「そうね」短いけれど的確な返事だった。

「彼女から話が聞けるんじゃない？」ドアが開くのと同時にチャーリーが立ちあがった。窓からレノーラの姿が見えていたに違いない。

サムも彼女に気づいた。あんぐりと口が開いた。

「サマンサ」帰りが遅くなると言ってラスティがかけてくる電話のベルの音と同じくらい、レノーラのしゃがれ声は子供のころに聞き慣れたものだった。「あなたが来てくれて、お父さんはきっと喜ぶわ。飛行機は揺れなかった？」

サムはまたうなずいただけだったが、今回はショックのせいだ。

レノーラが言った。「なにもなかったみたいに、なにも問題ないみたいに、あなたたちふたりで話をしていたんでしょう？」レノーラは返事を待たなかった。「お父さんの様子を見てくるわね」

レノーラはチャーリーの肩をぎゅっとつかんでから、廊下を歩き去った。サムは、紺色のクラッチバッグを抱えてナースステーションに近づいていくレノーラを眺めた。紺色のハイヒールに、膝のはるか上までしかない同じ色のスカートをはいている。

チャーリーが言った。「知らなかったの？」

「だって彼女が――」ふさわしい言葉が出てこなかった。「あれは――彼女がその――」

チャーリーは手で口を押さえた。笑いに体を震わせている。

「おかしくないわよ」サムが言った。

チャーリーの指のあいだから、息が噴き出た。

「笑わないでったら。それって失礼でしょう？」

「姉さんの前だけよ」

「信じられない――」サムは最後まで言い終えることができなかった。

「昔から姉さんは賢すぎて、自分がどれくらいばかなのかわからなかったものね」チャーリーは笑いをこらえきれずにいた。「本当にレノーラがトランスジェンダーだって気づいてなかったの？」

サムはうなずいた。確かにパイクビルで暮らしていたころは温室育ちだったけれど、わかりきったことだったはずだ。レノーラの生まれつきの性別が男性であることに、どうして気づかなかったのだろう？　レノーラの身長は少なくとも百八十八センチはある。声はラスティより低い。

「レオナルド」チャーリーが言った「大学時代、パパの友だちだったの」

「ガンマは彼女を嫌っていた」サムは驚いてチャーリーを見た。「ママはトランスジェンダーとかそういう人が嫌いだったの？」

「そうじゃない。少なくとも、わたしはそうじゃないと思う。ママは最初、レオナルドとデートしていたの。もう少しで結婚するところだった。きっと、ママはすごく腹を立てて……」そのあとを想像するのは簡単だったから、チャーリーはそこで言葉を切った。「ママは、レノーラが自分の服を着ているところを見つけたの。どの服かは言わなかったけれど、最初にその話を聞いたときに真っ先に連想したのは下着だった。話してくれたのはレノーラよ。ガンマは一度もそのことには触れなかった。本当にわからなかったの？」

サムはうなずくことしかできなかった。「ガンマは、ふたりが浮気しているって考えているんだと思っていた」

「それはないわね」チャーリーが言った。「ラスティってことよ。それは――」

「あなたたち？」レノーラがヒールの音をタイルに響かせながら戻ってきた。「意識がはっきりしたわ。少なくともラスティにしてはね。面会は一度にふたりだけですって」

チャーリーは即座に立ちあがった。サムに手を差し出す。

サムは杖に寄りかかりながら、なんとか立ちあがった。ここにいる人たちに、病人に対するような扱いをさせるつもりはない。「担当医にはいつ話を聞けるの？」

「回診は一時間後みたい」レノーラが言った。「ミスター・ペンドルトンのクラスのメリッサ・ラマーシュを覚えている？」

「ええ」サムは答えたが、彼女の高校時代の友人や教師の名前をどうしてレノーラが覚えているのか不思議でたまらなかった。

「いまはドクター・ラマーシュよ。ゆうべラスティの手術をしたのが彼女」

サムはメリッサのことを思い出した。テストで満点を逃すたびに泣いていた。父親の手術をしてもらうのなら、そういう人間が望ましいだろう。

父親。

サムはもう何年もラスティとその言葉を関連づけて考えたことはなかった。

「あなたが先に行って」チャーリーはレノーラに言った。ラスティに会いたいという思いは明らかに消えているようだ。ずらりと並ぶ大きな窓の前で足を止めた。「サムとわたしはあとで行くから」

レノーラは黙ってその場を立ち去った。

チャーリーはしばらく無言だった。窓に近づき、駐車場を見おろす。「いまがチャンスよ」

帰るチャンスという意味だ。ラスティに会う前に。再びこの世界に呑みこまれてしまう前に。

サムは訊いた。「あなたは本当にわたしが必要だったの？　それともあれはベン？」

「わたし。でもわたしにはできなかったから、ベンが気を利かせて姉さんに連絡を取ってくれた。パパは死ぬんだって思ったの」サムはガラスに額を押し当てた。「二年前、パパは心臓発作を起こした。最初の発作はたいしたことがなかったけれど、二度目はバイパス手術が必要だった。そのあと合併症も起こした」

サムはなにも言わなかった。心臓のことはなにも聞かされていなかった。ラスティは恒例の電話を欠かしたことがない。サムが知るかぎり、ラスティはずっと健康だった。

「決断しなくちゃいけなかったの」チャーリーが言った。「自分で呼吸できなくなったときがあって、生命維持装置につなぐかどうかをわたしが決めなくちゃならなかった」

「DNRはなかったの？」サムが訊いた。自然死を望むのか、あるいは心肺蘇生《CPR》と生命維持装置を望むのかを明記した〝蘇生措置拒否《Do Not Resuscitate》〟書を、普通は遺言書と同時に作成する。

チャーリーが答えるより早く、サムは言った。「ラスティは遺言書を作らないわね」

「そうね、ない」チャーリーはこちらに向き直った。「あのとき、わたしは間違いなく正しい決定をした。っていうか、いまとなれば正しかったってわかる。ラスティは助かって、元気になったんだから。でも今回、手術の最中にメリッサが出てきて、出血がなかなか止まらないし、心拍が安定しないから、救命措置を取るかどうかを決断しなきゃならないって言われたときは――」

「ラスティを殺すために、わたしに来てほしかったわけね」

チャーリーは驚いた顔をしたが、それはあまりに率直なサムの言葉のせいではなかった。彼女の言葉の端々からにじみ出る怒りのせいだ。チャーリーは言った。「怒鳴りたくなったのなら、外に出たほうがいいかもしれない」

「そうすればレポーターたちに聞かせられるから？」

「サム」時を刻み始めた核弾頭のタイマーを見つめているかのように、チャーリーは不安そうな顔になった。「外に出よう」

サムは両手を強く握りしめた。久しく忘れていた闇が体の内側でうごめきだすのが感じられる。大きく息を吸った。そしてもう一度。その闇が胸のなかの硬いボールくらいに縮むまで、さらにもう一度。

サムはチャーリーに言った。「シャーロット、わたしに人の命を終わらせることができるとか、進んでそうするとか思っているのなら、大きな間違いだから」

サムは杖に体を預けるようにして、ナースステーションまで歩いた。だれもいない机の向こう側にあるホワイトボードで、ラスティの病室を確認する。ノックしようとして手をあげたが、指が板に触れる前にレノーラがドアを開けた。

レノーラが言った。「あなたが来ているって言っておいたから。心臓発作を起こしてほしくはないもの」

「三度目にっていうことでしょう？」サムはレノーラに返事をする時間を与えなかった。ただ父親の病室へと入っていった。

空気が薄すぎる。

照明が明るすぎる。

目の奥に鋭い痛みが走り、思わずサムはまばたきをした。

アントンが死んだ特別室のような贅沢な造りではなかったが、ICUのラスティの病室は見慣れたものだった。木の羽目板やクッションの利いた長椅子や薄型テレビやサムが仕事をした机といったものはないが、置かれている機械は同じだ。心臓モニターのピッピッという音、酸素吸入装置のシューシューという音、ラスティの腕に巻かれた血圧計のバンドがこすれる音。

ラスティはほぼ写真のとおりで、顔にはほとんど色味がなかった。悪魔のような目の輝きや、ゴムのような頰にできるえくぼは、決して写真には写らない。

「サミー・サム！」ラスティは大きな声をあげたが、最後は咳になった。「こっちへおいで。おまえの顔をよく見せてくれないか」

サムは近づこうとしなかった。鼻にしわが寄るのがわかった。ラスティは煙草の煙とオールドスパイスのにおいがした。ありがたいことに、どちらもサムの日々の暮らしとは縁がないにおいだ。

「母親にそっくりじゃないか」ラスティはうれしそうに笑った。「おまえの年老いた父親をわざわざ喜ばせに来てくれたのか？」

サムの右側に不意にチャーリーが現れた。そちら側はよく見えないことをチャーリーは知っている。いつからそこにいたのだろう？　彼女は言った。「パパが死ぬんじゃないかって思ったのよ」

「わたしは生まれてからずっと、女性たちを失望させ続けているからな」ラスティは顎を掻いた。シーツの下で、足が音のないビートを刻んでいる。「またあれこれと批判されているわけじゃないようで、安心したよ」

「どうかしらね」チャーリーはベッドの向こう側にまわった。腕を組んでいる。ラスティの手を取ろうとはしなかった。「大丈夫なの？」

「ふむ」ラスティは考えるふりをした。「刺されたからな。町の言葉では〝カット《cut》〟と言うようだが」

「それもひどく」

「腹を三度、脚を一度」

「あら、そう」

サムは、ふたりの軽口を聞き流した。ラスティとチャーリーの掛け合いのような会話には、昔から加わらないことにしている。だがラスティはいかにも楽しそうだ。いまもチャーリーのことが大好きなのがよくわかった。チャーリーが声をかけるたびに、目が輝いている。

サムは腕時計を見た。信じられないことに、車を降りてからまだ十六分しかたっていない。サムはふたりのやりとりを遮るように尋ねた。「ラスティ、なにがあったの？」

「なにがあったとは――？」ラスティは自分の腹を見おろした。胴の両側から外科用ドレーンが伸びている。ラスティはショックを受けたふりをして、サムに視線を戻した。「わたしは殺されたんだ！」

今度ばかりはチャーリーも話を合わせようとはしなかった。「パパ、サムは今日の午後帰らなきゃならないのよ」

サムはそう言われて驚いた。どういうわけか、帰ってもいいのだということをつかの間忘れていた。

チャーリーは言った。「だから、パパ、なにがあったのか話して」

「わかった、わかった」ラスティは低くうめきながら、ベッドの上で体を起こした。父が、怪我をしていることがわかるような素振りをしたのはこれが初めてであることにサムは気づいた。

「ふむ――」ラスティが咳をした。胸のなかで湿った音がする。咳をすると辛いのか顔をしかめ、再び咳をしてまた顔をしかめ、発作が治まるのを待っている。

ようやく話ができるようになると、もっとも理解ある観衆のチャーリーに向かって話し始めた。「おまえの昔の家まで送ってもらったあと、軽く食べて、少しだけ飲んだ。そうしたら、郵便箱を確かめていないことを思い出したんだ」

サムは自宅で最後に郵便物を受け取ったのがいつだったか、思い出すことができなかった。前世紀の儀式のような気がした。

ラスティは言葉を継いだ。「ウォーキングシューズを履いて、外に出た。ゆうべは気持ちのいい夜だったよ。少し雲がかかっていて、朝は雨になりそうだった。そうか――」その朝はすでに過ぎたことを思い出したらしかった。「雨は降ったのか？」

「降った」話を進めてと言うように、チャーリーは手をまわした。「だれにやられたのか、見たの？」

ラスティは再び咳をした。「それは複雑な質問だな。答えも同じくらい複雑だ」

チャーリーは待った。サムも待った。

「いいだろう、わたしは郵便物を確かめるために郵便箱まで歩いた。きれいな夜だった。空の高いところに月が出ていた。昼間の太陽の光で私道は温まっていた。想像できるだろう？」

サムはチャーリーといっしょになってうなずいている自分に気づいた。三十年という月日が消えて、父の物語に耳を澄ます幼い少女に戻ったかのようだ。

ラスティは、娘たちが耳を傾けていることがうれしいらしかった。頬にいくらか赤みが戻ってきていた。「角を曲がったところで頭上からなにか聞こえたんで、例の鳥を探した。鷹《たか》の話をしたことを覚えているかい、シャーロット？」

チャーリーはうなずいた。

「あいつがまたシマリスを捕まえたんだと思った。だがそのときだ——そらっ！」ラスティはパンと手を打った。「脚に焼けるような痛みを感じた」

サムの頬が赤くなった。彼女もまたチャーリーと同じように、ラスティが手を叩いたときに飛びあがったのだ。

「なにがあったのかを見るには、顔をひねらなくてはならなかった。そうしたら見えたんだ。太腿のうしろ側から、大きなハンティングナイフの柄が突き出ていた」

サムは手を口に当てた。

「というわけで、水に落ちる岩みたいにわたしは地面に倒れた。太腿の裏にナイフが刺さると痛いんだよ。あの男が近づいてきたのはそのときだった。そいつはわたしを蹴り始めた。何度も何度も蹴られた——腕、あばら、頭。郵便物が一面に散らばった。わたしは立ちあがろうとしたんだが、太腿の裏にはナイフが刺さったままだった。男は頭にとどめのひと蹴りを食らわそうとしてきて、わたしは両手でその脚にしがみついて必死に殴り返した」

サムは喉の奥で心臓が激しく打つのを感じていた。命がけで戦うのがどういうものかは知っている。

「そのまましばらく争った。脚を取られたやつはぴょんぴょんと跳ね、わたしは倒れまいと必死だった。そうしたらやつは、わたしの脚にナイフが刺さっていることを思い出したんだ。ナイフをつかんで抜いたと思ったら、今度は腹を刺し始めた」ラスティは手で刺す仕草をした。「そのあとはふたりともぐったりしていた。疲れ果てていた。わたしは腹を押さえ、脚を引きずりながらやつから逃げようとした。やつはその場に立ったままだった。家まで戻れば警察に電話できるかもしれないと思ったそのときだ。やつが銃を取り出したんだ」

「銃？」サムが訊き返した。パパは銃でも撃たれたの？

「ピストルさ。どこか外国のやつだった」

「ああもう、パパったら」チャーリーがつぶやいた。「そのあとパパは頭から輸送用コンテナに落ちたの？」

「ふむ――」

「それって『リーサル・ウェポン2』のエンディングじゃないの。このあいだの夜、見たった言ってたよね」

「そうだったか？」ラスティはいかにも邪気のなさそうな顔で言った。それはつまり、彼が邪気だらけだということだ。

そしてサムがばかだということでもある。

「パパって本当にろくでなし」チャーリーは腰に手を当てた。「実際はなにがあったの？」

サムは自分の口が動くのを感じたが、言葉は出てこなかった。

ラスティは言った。「わたしは刺された。あたりは暗かった。犯人は見ていない」肩をすくめる。「要求の多いふたりの娘の注意をほんの少し引こうとしただけだから、許してやってほしいね」

「全部嘘なの？」サムは両手でハンドバッグを握りしめた。「なにもかも、ばかげた映画に出てきた場面なの？」自分がなにをしているかに気づく間もなく、サムはハンドバッグを父親の頭に向かって振りまわしていた。「ろくでなし」チャーリーの言葉を真似た。「どうしてそんなことをするの？」

ラスティは両手をあげて頭を守ろうとしながら笑った。

「ろくでなし」サムは繰り返し、再度彼を叩いた。

ラスティは顔をしかめ、手を腹部に当てた。「わけがわからない。手をあげると、腹が痛む」

サムは言った。「腹筋を切っているからよ、嘘つきのろくでなし。筋肉組織の中心、いちばんの基礎となるところだから体幹って呼ばれている」

「なんとまあ。ガンマの台詞を聞いているみたいだ」

再びラスティを叩く前に、サムは床にハンドバッグを落としていた。手が震えている。これほど長いあいだ家族から距離を置く原因になった、怒りや辛辣さや憤りやそのほかのとげとげしい感情が一気に湧き起こるのを感じた。「なんなのよ」サムはわめいていた。

「いったいなんだっていうのよ？」

ラスティは指を折って数えていった。「何度か刺された。心臓の具合が悪い。口も悪い。これは明らかに娘たちにも受け継がれたようだ。煙草と酒は別々に考えるべきなんだろうが――」

「うるさい」チャーリーが遮った。サムが爆発したことで、彼女の怒りも再燃したようだ。「わたしたちがどんな夜を過ごしたかわかる？　わたしはひどい椅子で寝たの。レノーラはいまにも自分の髪を引っこ抜きそうよ。ベンは――ベンはきっとなんでもないって言うだろうけれど、本当はそうじゃない。すごく動揺していた。パパが刺されたことをわたしに教えなくちゃいけなかったんだから。それがどんなに辛いことか、わかるでしょう？　そのうえサムにメールまでしなきゃいけなかった。それにサムは二度とここには来たくなかったんだから」チャーリーは息継ぎのためにようやく言葉を切った。目に涙が浮かんでいる。「わたしたち、パパは死ぬんだって思ったのよ。身勝手なろくでなしのパパが」

ラスティは動じなかった。「死はわたしたちを見て笑う。不滅の従僕は永遠にわたしのコートを持っていてはくれない」

「プルーフロック（イギリスの詩人T．S．エリオットの詩集に登場する人物）なんてうんざり」チャーリーは指で涙をぬぐった。サムに向かって言う。「ネットで、帰りの便をもっと早い時間に変更してあげる」今度はラスティに言った。「少なくとも一週間は入院になるから。依頼人にはレノーラから連絡してもらう。今回の件は休廷に――」

「だめだ」ラスティは背筋を伸ばした。冗談めかした雰囲気はあっという間に消えていた。

「明日行われるケリー・ウィルソンの罪状認否は、おまえに任せる」

「なにを――」チャーリーは明らかにいらだった様子で、両手をあげた。「ラスティ、その話はすんだでしょう。わたしは――」

「わたしに言っているのよ」サムは言った。その要求を口にしたときから、ラスティの視線はサムをとらえたままだった。「わたしに罪状認否をやらせたいの」

断った仕事だったにもかかわらず、チャーリーの目に一瞬、嫉妬の色が浮かんだ。

ラスティはサムに向かって肩をすくめた。「明日の九時だ。ちょろいもんだ。入って、出てくるだけ。十分もあれば終わる」

「姉さんは州の弁護士資格を持ってない」チャーリーが指摘した。「姉さんは――」

「持っているさ」ラスティはサムにウィンクした。「チャーリーに言ってやってくれ」

サムは、ジョージア州の弁護士試験に合格したことをどうして知っているのかとは尋ねなかった。ただ時計を見て言った。「今日遅くに帰りの便を予約してあるの」

「予定は変更できるものだ」

「デルタ航空は変更料を取るし、それに――」

「その分の金は貸そう」

サムは六百ドルのブラウスの袖から、ありもしない糸くずを払った。

問題が金でないことはだれもがわかっていた。

ラスティが言った。「一、二日すれば歩けるようになるから、そうしたらすぐにわたしが取りかかる。この件は奥が深いんだ。いろいろなことが関わっている。車輪をまわし続けていられるように、年老いた父親を助けてはくれないか?」

サムは首を振ったが、ラスティ以外ケリー・ウィルソンを熱心に弁護しようとする人間がいないことはわかっていた。形ばかりの弁護まで基準をさげたとしても、これほどの短期間で仕事を引き受けてくれる弁護士を見つけるのは不可能だろう。彼女の現在の弁護士が刺されたとなれば、なおさらだ。

だが、それはラスティが考えるべき問題だ。

サムは言った。「わたしにはニューヨークでの仕事があるの。抱えている案件もある。とても重要な案件よ。三週間以内に公判が開かれるの」

ラスティもチャーリーもなにも言わなかった。ただじっとサムを見つめている。

「なに?」

チャーリーが静かに言った。「サム、座って」

「座る必要はないわ」

「舌がまわらなくなっている」

そのとおりだとわかっていた。ただの疲労からくる構音障害で座ったりしたら、それで終わりだということもわかっていた。

少し時間が必要なだけだ。

サムは眼鏡をはずした。ラスティのベッド脇の箱からティッシュペーパーを取り出し、問題なのは簡単にきれいにできる汚れだとでもいうように、レンズを拭いた。

「ベイビー、チャーリーといっしょになにか食べてきたらどうだ？　気分がよくなったら、改めてこのことを話し合おう」

サムは首を振った。「わたしは――」

「だめだめ」チャーリーが遮った。「それって、わたしの仕事じゃないから。ユニコーンの話なら、自分でして」

「チャーリー」ラスティは舌を鳴らした。「いまそのことを教える必要はないだろう」

「姉さんはばかじゃないのよ、ラスティ。いずれは訊かれるんだから。わたしが話すのはごめんよ」

「わたしはここにいるんだけど」サムは眼鏡をかけた。「ここにいないみたいに、ふたりで話すのはやめてくれる？」

チャーリーは壁にもたれた。再び腕を組む。「姉さんが罪状認否をするなら、無罪の申し立てをすることになるの」

「それで？」サムは訊いた。罪状認否で有罪の申し立てをすることはめったにない。

「形だけのものじゃない。パパは本気でケリー・ウィルソンは無罪だって考えている」

「無罪？」聴覚までおかしくなったのかとサムは思った。ふたりのせいで、まともに機能している脳の最後の領域までがショートしたらしい。「有罪なのはわかりきっているじゃないの」

チャーリーは言った。「ここにいるフォグホーン・レグホーンに教えてやってよ。パパはケリー・ウィルソンは無罪だと思っているの」

「でも――」

チャーリーはどうしようもないというように、両手をあげた。「なにを言っても無駄よ」

サムはラスティに向き直った。わかりきったことを尋ねられないのは、怪我のせいではない。父はついに正気を失ってしまったらしい。

「ケリー・ウィルソンと話をしてくるといい。食べ終わったら警察署に行って、わたしの共同弁護士だと言うんだ。ケリーとふたりきりで話をしてみてくれ。五分でいい。そうすればわたしの言いたいことがわかる」

「なにがわかるっていうの?」チャーリーが言った。「彼女は、男性ひとりと幼い少女ひとりを冷酷に殺したの。もっと知りたい? 銃撃から一分もしないうちに、わたしはあの場にいた。煙の出ている銃を持っているケリーをこの目で――まさにこの目で見たのよ。幼い少女が死ぬところを目撃した。それなのに、ここにいる鬼警部アイアンサイドは、彼女が無罪だと思っている」

チャーリーが事件に関わっていたという事実をサムが理解するまで数秒かかった。「あそこでなにをしていたの? 銃撃の現場で? いったい――」

「それはどうでもいいの」チャーリーはラスティを見つめたまま答えた。「自分がなにを言っているのか、考えてみてよ、パパ。この事件に関わることが、サムにとってどういう意味を持つのかを。復讐心《ふくしゅうしん》に燃えるいかれた人間に、サムまで襲われてもいいの？」チャーリーはばかにするように鼻で笑った。「また？」

ラスティは卑劣な攻撃には慣れていた。「サミー・サム。とにかく、あの子と話をしてみてほしい。どっちにしろ、わたしもセカンドオピニオンが欲しいんだ。おまえの目の前にいる偉大な男も、絶対間違いを犯さないわけじゃないからな。同業者としておまえの意見は尊重する」

おだてるような父の言葉も、サムをいらだたせただけだった。「銃乱射事件は、知的財産の分野に含まれるわけ？　それとも、わたしがどの方面の法律を学んだのか、忘れたの？」

ラスティはウィンクをした。「ポートランドの地区検察局は、特許権侵害の温床だったのか？」

「ポートランドにいたのはずっと昔よ」

「そしていまは、くだらない会社をくだらないことで訴えている、くだらない法人組織の手助けをするのに忙しい？」

「だれだって、くだらないことをする権利はあるの」論点を逸らそうとするラスティの手には乗らなかった。「わたしはケリー・ウィルソンが必要としている弁護士じゃない。もう違う。それどころか、そうだったことなんてない。わたしは訴追する側にいるほうが役に立つの。いつもそちら側にいるから」

「訴追側だろうが弁護側だろうが、重要なのは法廷の空気を読むことだ。おまえには生まれつき、その力がある」ラスティは再び背筋を伸ばした。口に手を当てて咳をする。「ハニー、わたしが死にかけていると思ってわざわざここまで来てくれたことはわかっている。いずれそういう日が来ることは命にかけて約束するが、今日のところは、おまえがこの世に生まれてからの四十四年という歳月のなかで、わたしが一度も口にしたことのない言葉を言おうと思う。わたしのために引き受けてほしい」

サムが首を振ったのは、拒否するためではなくいらだちのせいだった。ここにいたくなかった。頭が疲れている。自分の口から漏れる蛇のようなシューシューという息の音が聞こえた。

「もう行くわ」

「いいとも。だが明日は頼む。ケリー・ウィルソンの面倒を見る人間はだれもいないんだ。彼女はこの世でひとりぼっちだ。両親には、娘の置かれた状況を理解するだけの能力がない。自分で弁護もできないし、彼女を気にかける人間もいない。警察も、捜査官も、ケン・コインも」ラスティはサムに手を伸ばした。ニコチンに染まった指先がブラウスの袖に触れた。「あいつらは彼女を殺す。腕に注射針を突き刺して、十八歳の少女の人生を終わらせようとしているんだ」

サムは言った。「学校に弾の入った銃を持っていって、ふたりを殺そうと決めた時点で、彼女の人生は終わっていたのよ」

「サマンサ、おまえの言うことに異議を唱えるつもりはない。だが頼むから、あの子の話を聞いてやってくれないか？　話をするチャンスを与えてやってほしい。彼女の声になってくれ。わたしはこんな状態だから、彼女の弁護を頼めるくらい信頼できるのは世界中でおまえしかいないんだ」

サムは目を閉じた。頭ががんがんする。病室の機械がきしむ音。頭上の明かりがまぶしすぎる。

「彼女と話をしてほしい」ラスティは懇願した。「おまえを信頼していると言ったのは、本当だ。おまえが無罪の申し立てに賛成できないというのなら、罪状認否に行って心神耗弱を主張すればいい。少なくともそれなら、わたしたち全員が同意できる」

チャーリーが口をはさんだ。「ごまかされちゃだめよ、サム。どっちにしたって、姉さんが法廷に行くことになる」

「わかっているわ、チャーリー。修辞学的な詭弁《きべん》には慣れているから」サムは胃がきりきりと痛むのを感じた。十五時間、なにも食べていない。それ以前から眠っていない。舌がまわっていなかった——きちんとした文章を話すことができればの話だが。杖なしでは歩けない。怒りを感じていた。もう何年も感じたことがないほどの激しい怒りだった。そのうえ、父親の言葉に耳を傾けるようにラスティの言うことを聞いていた。依頼人のためならだれであれ——たとえ自分の家族であっても——犠牲にする男の言葉ではなく。

サムは床からハンドバッグを拾いあげた。

チャーリーが訊いた「どこに行くの?」

「家に。頭にもうひとつ穴を開けられるのも、こんなことに巻きこまれるのもごめんよ」

病室を出るサムのあとをラスティの笑い声が追ってきた。

訳者紹介　田辺千幸

ロンドン大学社会心理学科卒、英米文学翻訳家。主な訳書にスローター『サイレント』『罪人のカルマ』『贖いのリミット』(以上、ハーパーBOOKS)、テイラー『歴史は不運の繰り返し：セント・メアリー歴史学研究所報告』(早川書房)、ボウエン『貧乏お嬢さまの結婚前夜』(原書房)など。

ハーパーBOOKS

グッド・ドーター 上

2020年9月20日発行　第1刷

著　者　カリン・スローター

訳　者　田辺千幸《たなべちゆき》

発行人　鈴木幸辰

発行所　株式会社ハーパーコリンズ・ジャパン
東京都千代田区大手町1-5-1
03-6269-2883(営業)
0570-008091(読者サービス係)

印刷・製本　中央精版印刷株式会社

Printed in Japan
ISBN978-4-596-54142-0

カリン・スローターの好評既刊
〈ウィル・トレント〉シリーズ

ハンティング 上・下

鈴木美朋 訳

拷問されたらしい裸の女性が
車に轢かれ、ERに運び込まれた。
事故現場に急行した特別捜査官
ウィルが見つけたのは、
地中に掘られた不気味な
拷問部屋だった。

上巻　定価：本体889円＋税　ISBN978-4-596-55045-3
下巻　定価：本体861円＋税　ISBN978-4-596-55046-0

サイレント 上・下

田辺千幸 訳

湖で女性の凄惨な死体が
発見された。
男が逮捕され自供するが、自殺。
留置場の血塗れの壁には
無実の訴えが残されていた――。
特別捜査官ウィルが事件に挑む！

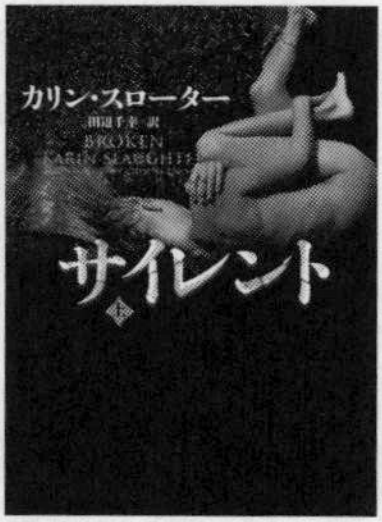

上巻　定価：本体861円＋税　ISBN978-4-596-55059-0
下巻　定価：本体861円＋税　ISBN978-4-596-55060-6

カリン・スローターの好評既刊
〈ウィル・トレント〉シリーズ

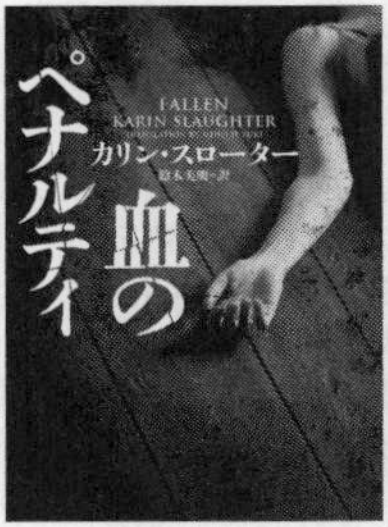

血のペナルティ

鈴木美朋 訳

切断された薬指を残し、
元警官が拉致された。
彼女は4年前に起きた
麻薬捜査課の汚職事件で
唯一無罪放免となった刑事だ。
特別捜査官ウィルは
再調査に乗りだす。

定価：本体1185円＋税　ISBN978-4-596-55076-7

罪人のカルマ

田辺千幸 訳

捜査官ウィルは、40年以上前に
連続殺人事件を起こした父親が
仮釈放されたと知る。
まもなく同じ手口で
女性が殺害され……。
ウィルvsシリアルキラー（実父）！

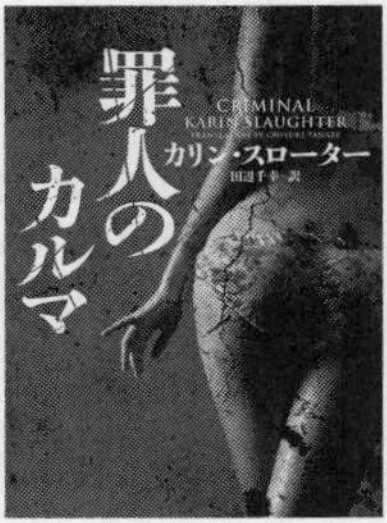

定価：本体1185円＋税　ISBN978-4-596-55090-3

カリン・スローターの好評既刊
〈ウィル・トレント〉シリーズ

ブラック&ホワイト

鈴木美朋 訳

素性の知れない犯罪者を追い、
潜入捜査中のウィルは警官を
標的にした強盗事件に出くわす。
狙われたのは、かつてウィルが
取り調べた曰くつきの
女刑事だった——。

定価：本体1167円＋税　ISBN978-4-596-54115-4

贖いのリミット

田辺千幸 訳

血の海に横たわる元警官の
惨殺死体が発見された。
現場に残された銃の持ち主は
捜査官ウィルの妻アンジーと判明。
背後に隠された闇とは。
シリーズ最高傑作！

定価：本体1236円＋税　ISBN978-4-596-54128-4

カリン・スローターの好評既刊
〈ウィル・トレント〉シリーズ

破滅のループ

鈴木美朋 訳

CDCの疫学者が拉致された。
1カ月後、爆破テロが発生。
捜査官ウィルと検死官サラは
逃走中の犯人たちに鉢合わせ、
サラが連れ去られる。
シリーズ最大の危機!

定価:本体1236円+税
ISBN978-4-596-54137-6